KB267143

아슈레이 세계

나메스
바라스
벤항일
리사다임
나유
카브리스
미메이라
카르모니아
호로스
킹리엔
가이칸 제국
이오카
자유도시 레카
제국수도 카드미엘
하나스
요하엘
케슈톤
폴리카르강
페이요트산맥
대하 나하르
2000. 10. 18

아슈레이

The Wind of Ashurei

3

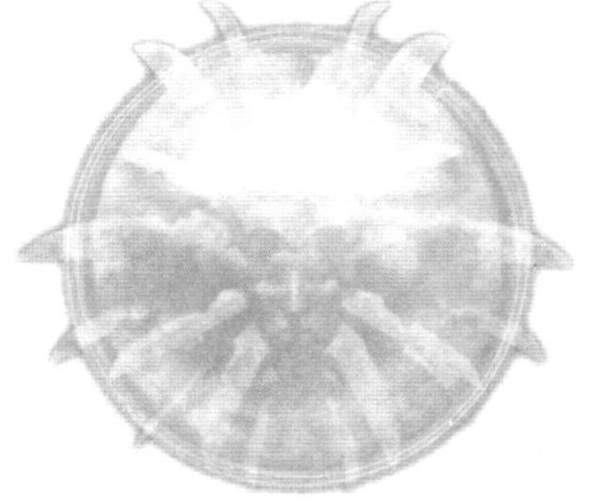

아슈레이 3
김우인 판타지 장편 소설

초판 1쇄 찍은 날 | 2001년 3월 7일
초판 1쇄 펴낸 날 | 2001년 3월 15일

지은이 | 김우인
펴낸이 | 서경석
펴낸곳 | 도서출판 청어람
편집 | 문혜영, 허경란, 박영주, 김희정, 권민정
마케팅 | 정필, 강양원

등록번호 | 제1081-1-89호
등록일자 | 1999. 5. 31
어람번호 | 제1-0084호

주소 | 경기도 부천시 원미구 심곡1동 350-1 남성B/D 3F (우) 420-011
전화 | 032-656-4452 팩스 | 032-656-4453
e-mail | eoram99@chollian.net

값 7,500원

ISBN 89-5505-044-5 (SET) / ISBN 89-5505-047-X 04810

김우인 판타지 장편 소설

아슈레이

The Wind of Ashurei

3

가이칸 제국

도서출판
청람

목차

제1장 흐르는 바람 세나케인 / 7

제2장 트러블 메이커 시안 / 33

제3장 요하엘 성에 가다 / 79

제4장 고향 / 153

제5장 추격 / 193

제6장 카드미엘 / 255

제1장
흐르는 바람 세나케인

The Wind of Ashurei

　시원한 바람이 산길을 내려가고 있는 사람들의 얼굴을 스치고 미세한 머리카락 사이를 빠져나가 흔들리고 있는 풀잎 사이로 흘러갔다.

　거대한 아슈레이 대륙의 남단을 양분하는 페이요트 산맥은 동토라고 불리워지는 나칸의 땅의 그 험준한 산맥에 비교할 수는 없지만 나름대로 가이칸인들에게는 험난하기로 소문난 산맥이다.

　페이요트의 끝자락에서부터 펼쳐지는 넓고 넓은 평야의 대부분은 아슈레이 대륙의 최강국이라 일컬어지는 가이칸 제국의 영토였다.

　그리고 그 산맥의 끝자락.

　어디로 보나 인기척이라는 없는 것이 마땅한 그곳에서 오늘따라 이상하게 사람의 목소리가 들려오고 있었다.

"우악!! 이 머리 색이 뭐야!!! 나도 검은색으로 해줘!!!"

버럭— 하고 소년이 소리를 질렀다.

하지만 그 소년을 바라보는 세 사람 중 둘은 어디서 돼지 한 마리가 꽥꽥 소리를 지르며 바둥거리나 하는 표정으로 바라볼 뿐이다.

소년에게 반응하는 것은 단 한 사람.

소년과 마찬가지로 금발의 머리카락을 가지고 있는 한 남자뿐이다.

"시안님, 진정하세요."

"지금 진정하게 됐어? 기껏 바꾼다고 해서 좋아했더니. 이게 뭐야!! 금색으로 하늘하늘거리기만 하잖아! 이래봐야 먼저의 그 후줄근한 백금발 머리와 뭐가 달라!! 이게 어디가 변장이냐!!"

"시끄러워. 너한테는 그 색이 맞아."

"그러는 로운이나 이리야 씨는 검은색이잖아. 왜 나는 금발이냐구!!"

소리를 버럭버럭 지르고 있는 소년은 건장한 세 남자들보다는 상당히 왜소한 체격 덕에 자칫 잘못 보면 여자라고 착각할 수 있을 정도의 소년이었지만, 소리를 지르는 목소리 하나만큼은 확실히 남자라고 봐줄 만한 목소리의 소유자.

그는 다름 아닌 시안 리에 하로이엔 디 미메이라라는 거창한 이름을 가진 소년이었다.

시안은 화를 내고 있었다.

그것도 아주 진심으로 말이다.

찌익— 하고 머리카락을 당겨 색깔을 재차 확인하자 더 더욱 화가 치밀어 올랐다.

　도대체 하늘거리는 백금발의 머리카락과 번쩍이는 금발의 차이가 도디체 무엇일까? 하는 생각이 그의 머리 속에 가득 들어차고 있었다.

　"젠장!! 난 금발 싫어!! 새카만 머리로 바꿔줘!!"

　맑은 하늘에 시안의 고함 소리가 울려 퍼졌다.

＊　　　　　＊　　　　　＊

　"후우— 당분간은 돌아오고 싶지 않았는데. 어쩌다 보니 이거 다시 가이칸으로 들어왔잖아. 참나, 뭐 하러 그 고생을 하고 거기까지 도망갔었나 몰라."

　이리야가 투덜거렸다. 생각해 보면 참 웃긴 일이었기 때문이다.

　그가 제국 수도 카드미엘 부근에서 도망을 쳐서 레카까지 도주해 그곳에 잠시나마 정착한 시간까지 더한다면 근 1년에 가까운 시간이었다.

　그런데 지금 그는 단 며칠 사이에 제국 변방이라고는 해도 여하튼 다시 제국의 영토 안에 발을 디디고 서 있는 것이다.

　"미안하게 됐군."

　"아니, 아니. 뭐, 당신이 미안할 것까지야. 어쩔 수 없는 일이었으니까 그런 거 가지고 추궁할 생각은 별로 없어."

　이리야는 귓가에 조금 흘러내린 그의 두건 자락을 귀찮은 듯이 손으로 툭— 하고 쳤다. 순간 느슨해진 두건이 풀려져 내려서 그때까지 천 아래 가려져 있던 그의 짙푸른 머리카락이 사르륵거리며 떨어졌다.

"에이, 풀렸군. 아! 그렇지!"

"예?"

이리야는 흘러내린 자신의 머리카락을 다시 추스르다 말고 시선을 돌렸다.

앞장서서 걸어가고 있는 은백색의 머리카락을 가진 소년과 그 소년과 똑같은 머리카락을 휘날리며 걸어가고 있는 남자 한 명이 이리야와 로운의 눈에 들어왔다.

"전부터 생각했던 것이지만 당신들, 너무 눈에 띄어. 뭐, 나부터도 문제지만."

오랜 시간 천 아래에 꼭꼭 동여매져 있던 머리카락을 부스스하게 만들면서 이리야가 말했다.

"뭐…."

로운은 이리야의 의견에 토를 달지 않았다.

굳이 말하지 않아도 이리야가 무슨 소리를 하고 있는지 짐작이 갔기 때문이다.

페이요트 산맥을 내려오는 데 걸린 시간은 꼬박 하루.

그동안 산중턱에서 몇 명인가 되는 사람들을 만날 때마다 그들은 그 얼마 되지 않는 시선을 한 몸에 받으면서 산자락을 내려와야 했다.

그 이유는 다름 아닌 그들의 화려한(?) 외모 때문이었다. 옷차림은 비록 흐트러져 있지만 순간순간 불어오는 바람에 나부끼는 은색의 머리카락만큼은 그들이 어딘가 모르게 조금은 특별한 인간들이라는 것을 증명하고 있었다.

"사실 뭐, 여러 명이 우르르 몰려다니는 정도야 어디서나 볼 수 있으니까 걱정없지만 당신들은 나처럼 머리를 감추고 다니는 것도 아니고. 너무 생각이 없어."

"뭐, 바꾸면 되지."

"응?"

이리야는 로운이 아무렇지도 않게 한 말에 놀라서 눈이 휘둥그레
졌다.

"뭘 바꿔?"

"일단 이 머리 색 정도만 바꾸어도 괜찮지 않을까 싶은데. 사실
그전까지는 뭐, 나도 조금은 간과한 부분이 있었지만 일단 우리들
을 노리고 있는 자들이 누군지도 알았으니까."

생각에 잠긴 듯한 로운의 얼굴을 보면서 이리야는 한숨을 내쉬었
다.

이리야가 알고 있는 상식으로 보았을 때 그들을 노리고 있는 자
들은 절대적으로 전문가들이었다. 검은 암살단 하세카를 무시할 수
있는 자들은 자신의 기준에서는 절대 찾아볼 수 없다. 그리고 문제
는 자신 역시 그들의 목표물로 이미 정해져 버렸다는 것.

"어휴— 정말 생각만 해도 골치가 아프군. 그럼 내려가면 일단 머
리카락을 염색하는 약이라도 구해봐야 하나? 젠장. 이런 시골에 그
런 게 있으려나."

"그런 거 필요없어. 어이, 기엘!!"

로운의 부름에 시안의 뒤를 부지런히 따라가던 기엘이 고개를 돌
렸다.

"이리 좀 와봐."

이리야는 도대체 로운이 뭘 하려는 것인지 이해를 할 수 없었지
만 입을 다물고 그가 하는 양을 지켜보고 있었다.

어차피 이들이 가진 능력을 다 알지는 못한 상태. 그리고 지금까

지 그들에게 놀란 것도 한두 번이 아니었다. 그러니 남은 방법은 그대로 지켜보는 것뿐.

"무슨 일이야?"

"적당하게 변장을 해야겠어. 아무래도 우리 인상착의는 대충 알려진 것 같은데 이대로 마을로 들어서거나 혹 성으로 들어서게 되면 좀 곤란하잖아."

"그렇군."

기엘은 정말 그제야 깨달았다는 얼굴을 했다.

이리야는 그런 기엘의 얼굴을 보면서 강직해 보이고 섬세해 보이는 이 기사 양반이, 어딘가 모르게 꽤나 과격하고 단순해 보이지만 생각이 깊은 로운과는 달리 의외로 단순한 성격을 가지고 있는 것이 아닐까 하는 생각을 했다.

"도대체 뭘 하려는 건데?"

"변환술을 좀 응용해 볼까 하는데…."

"그런 것도 가능한가? 바람술이?"

"바람술보다는 아마 당신 같은 물의 술사들이 더 손쉽게 할 수 있을 거야. 하지만 일단 당신은 모르는 것 같으니 바람술로 할 수밖에. 꼬마!! 이리 와봐."

로운은 갑자기 심각한 표정으로 생각에 잠긴 이리야를 보면서 속으로 쓴웃음을 지었다.

결국 이 사람은 자신들에게 뭔가 얻을 이득이 있기 때문에 붙어 있는 것이라는 생각 때문이었다.

물론 그가 자신들에게 나름대로는 도움을 주었고 현재는 비슷한 운명으로 암살자들의 표적이 되어버렸다는 것은 알고 있다. 하지만 그런 위험을 아무런 이유 없이 감수해 줄 리는 없다는 것이 그의 생각이었다.

이유야 어쨌든 간에 이리야의 능력은 확실하게 그들에게 도움이 되고 있었다. 그 이유 하나만으로도 로운은 이 이리야라는 남자를 참아줄 수 있었다.

동기는 다르더라도 결과적으로 시안을 보호하는 데 도움을 준다면 얼마든지 용납하고 그를 동료로 받아들일 수 있다고 생각하는 그였다.

"시안님!!"

기엘과 로운이 멀리 떨어져서 세 사람이 뭔 소리를 하고 있는 건지 쳐다보고 있던 시안을 불렀다.

부르자마자 시안이 조르르 달려왔다.

"왜?"

"이리 서봐."

로운은 무뚝뚝하게 시안을 자신의 앞쪽으로 손짓해서 불렀다.

시안은 잠시 기엘의 얼굴을 바라보다가 에잇— 하는 작은 소리와 함께 로운의 앞에 섰다.

"도대체 뭘 하려는 거야? 제발 부탁이니까 설명 좀 해줘."

볼멘소리로 시안이 물었다.

하기사 항상 그게 불만이었다. 위험하다느니 어쨌느니 하면서 뭔가를 시키기는 하는데 매번 로운은 결과가 다 난 다음에야 알려주는 것이다.

"변장을 시키려는 거야. 가만히 있어."

"변장?"

"너는 머리도 안 돌아가? 뻔히 우리를 노리는 놈들이 있는데. 이대로는 아무 데도 못 가."

"그럼 그렇게 설명하면 되지, 왜 사람을 무작정 오라 가라 하는데? 쳇."

머리도 안 돌아가느냐는 소리에 시안은 조금 화가 났다.

그리고 그 생각을 미처 못했던 자신이 왠지 상당히 멍청한 놈인 것 같아서 더욱 기분이 상했다.

'빌어먹을. 아무리 그래도 그렇지, 꼭 그렇게 말을 할 필요가 있어?'

"쳇, 마음대로 해봐. 무슨 색이 되든 지금보다야 나아지겠지."

"…흐응."

뭔가 생각하는 듯한 로운의 얼굴을 시안은 말똥말똥한 눈으로 쳐다보았다.

"빨리 해. 괜시리 사람 불안하게 하지 말고."

"알았다, 알았어. 가만히 있어. 아, 그리고…"

로운이 조금 말을 고르고 있는 모습을 보고 시안은 로운이 무슨 생각을 하는지 깨달았다.

이번에야말로 반응이 빠르다는 칭찬 아닌 칭찬을 들을 수 있을까 싶어서 시안은 얼른 말을 꺼냈다.

"걱정하지 마. 거부 같은 것은 안 할 테니까."

"그건 고맙군."

씨익― 하고 로운이 웃었다.

순간, 시안은 왠지 모를 불안감에 몸을 떨었다.

*　　　*　　　*

'그러니까, 그러니까아―!! 말을 해줬어야지!!'

시안은 울컥울컥 치밀어 오르는 화를 열심히 내리눌렀다.

반짝반짝 살아 숨 쉬는 금색의 실같이 빛을 반사하는 금발의 머리카락은 바람이 불 때마다 그의 얼굴을 마구 휘감고 있었다. 그때마다 간신히 내리눌렀던 성질이 울컥하고 다시 튀어 올랐지만 이미 있는 대로 화를 버럭버럭 낸 뒤라, 남자 체면에 더 이상 뭐라고 말하지도 못하고 시안은 속만 끓이고 있었던 것이다.

'새카만 머리!! 더도 말고 덜도 말고 내 원래 머리 색으로 돌려 달라구!!'

시안은 도끼눈을 뜨고 저 멀리서 굼실굼실 저녁 식사를 준비하고 있는 두 남자를 노려보았다.

그들은 이전과는 달리 윤기가 흐를 정도로 새카만 머리카락을 하고 있었다.

'악취미야, 악취미. 아주 날 가지고 놀려는 악취미라구!!'

시안은 자리에서 벌떡 일어섰다.

"어디 가십니까? 시안님?"

한눈을 팔고 있는 줄 알았던 기엘이 시안이 움직이자마자 대뜸 물었다.

시안은 그에게 손을 내저으면서 대답했다.

"아아, 잠깐 바람 좀 쐬려구. 그러니까 따라오지 마."

기엘은 귀찮은 듯이 손을 내젓는 시안을 보면서 어떻게 할까 잠시 망설였다.

비록 이제 머리카락 색은 바뀌어서 적당하게—로운의 주장에 의하면—변장은 했지만 언제 위험이 닥칠지 모르는 상황이다.

"조심하세요. 그리고 무슨 일이 있으시면…"

"알았어, 알았다구. 미친 듯이 불러 제껴 줄 테니까 바람처럼 뛰어와."

그 말을 마지막으로 저벅저벅 걸어가던 시안은 툭 튀어나온 작은 언덕에서 풀쩍 뛰어내렸다.

"우— 우앗!!"

작은 비명 소리가 입에서 튀어나왔다. 하지만 다음 순간 뭔가 부웅— 하는 공기의 저항감 같은 것이 느껴지더니 시안의 몸이 살며시 바닥에 닿았다.

"우와! 놀랬다."

두근두근하는 심장 소리가 들려왔다.

시안은 주위를 두리번거리면서 마땅히 있어야 할지도 모르는 그 무엇인가를 찾기 시작했다.

"어라? 없네?"

시안은 머리를 벅벅 긁으면서 '역시 그렇게 쉽게 나오는 게 아닌가?'라고 하면서 중얼거렸다.

그 순간 마치 그 말에 답이라도 하는 것처럼 머리 속에서 소리가 들려왔다.

"뭐가 없다는 거냐?"

"어?"

"'어'는 뭐가 '어'야? 계속 지켜봤지만 내 주인 중에서 너처럼 한심한 인간은 처음이다."

"한심하기는 뭐가 한심해!! 머리 속에서 징징 울지 말고 당장 나와!"

시안이 버럭 소리를 지르며 화를 냈다.

그렇지 않아도 로운에게 조금은 바보 취급을 받고 있는 것 같아서 화딱지가 나는데 몸속에 들어 있는(?) 녀석에게까지 바보 취급을 받으려니 그나마 제정신을 유지하려던 신경이 툭— 하고 끊어져 버렸다.

"그것부터가 문제야. 날 불러내는 게 그렇게 쉽지만은 않을 텐데 말이야."

"어렵기는 또 뭐가 어려운데?!"

멀리서 보면 아마도 혼자서 허공을 향해 고래고래 소리를 지르고 있는 미친 사람처럼 보일 것이다.

하지만 시안은 정말 있는 대로 진심으로 화를 내면서 세나케인을 불러댔다.

"나와!! 난 얼굴 안 보고 이야기하는 것 따위 정말 싫어!! 나오라면 나오지 뭔 말이 그렇게 많아!"

"……."

왠지 모를 한숨 소리.

"나오라니까!!"

"…성질하고는."

슈욱— 소리와 함께 시안의 몸에서 무엇인가가 빠져나왔다. 다음 순간 시안의 앞에는 훤칠한 키의 미남자 하나가 미간을 찌푸린 채로 서 있었다.

"성질이 뭐가 어째?"

"…나쁘다고 말해 줘야 알아듣냐?"

"……."

부글부글 시안의 속이 끓어오르기 시작했다.

"그래! 나 바보다! 못 알아듣는다. 어쩔래!! 그러니까 누가 이런데 불러오래!! 내가 알 게 뭐야! 모르는 게 당연하잖아. 넌 내가 살던 곳에 대해서 뭐 아는 거 있어? 모르잖아!"

헉, 헉, 하고 시안이 숨을 몰아 내쉬었다.

'뻗쳐!! 뻗친다구, 하나같이!! 모조리 열뻗쳐!!'

세나케인은 붉어진 시안의 얼굴을 바라보다가 툭 말을 던졌다.

"그 색은 안 어울려. 바람에 속한 인간은 바람의 머리를 해야지. 그런 황금색의 머리카락 따위, 옛날 기억만 나고…."

쓰윽— 하고 세나케인의 손이 시안의 머리 위로 지나갔다.

손이 지나가는 순간 뼈 속까지 저릴 듯한 차가움이 시안의 머리카락을 감싸 올렸다가 사락사락하며 흘러내렸다.

"역시, 이쪽이 좋군. 두 번 다시 바꾸지 마."

"……."

시안은 멍청하게 세나케인의 얼굴을 바라보았다.

조금 전에 화를 내던 것도 다 잊어먹은 시안은 문득 얼굴에 감겨 오는 머리카락의 색이 다시 원래대로 투명하게 빛나는 백금발로 변해 있다는 것을 깨달았다.

시안은 맥이 탁 풀려 버렸다.

"젠장할!!"

몇 번이나 발을 구르다가 시안은 그 자리에 털퍼덕 드러누워 버렸다.

"아무려면 어때. 쳇."

조용한 침묵이 그들을 감쌌다.

한참을 묵묵하게 누워 있던 시안이 문득 고개를 들자 아직도 제자리에 가만히 서 있는 세나케인이 시선에 들어왔다.

"가만히 있지 말고 아무거나 이야기 좀 해봐."

"뭘?"

"그냥 아무거나."

"흐응."

세나케인은 고개를 갸웃했다.

역시 인간이라는 것은 특이한 존재다. 할 말이 없는데도 말을 하라니, 자신에게 있어서 그것은 말도 안 되는 이야기다.

하지만 이 인간은 그 인간들 중에서도 더욱 특이한 이계인.

세나케인은 조금 생각을 하다 말고 시안이 손짓하는 대로 그의 옆에 앉았다.

"너. 진짜 특이해."

"어디가?"

"이계인이라서 그런 건가? 바람의 주인 중에서 너 같은 인간은 없었는데 말이야."

그러면서 세나케인은 지나가는 바람의 한 자락을 잡아서 불쑥 시안의 앞으로 내밀었다.

시안은 도대체 뭘 어쩌려나 싶어서 그가 하는 행동을 그냥 바라보고만 있었다.

"너는 바람을 흘려 버려."

"……"

도더체 무슨 소리를 하는 걸까? 시안은 설명을 해달라는 표정으로 세나케인을 바라보았다.

"대부분의 바람술사들은 바람의 힘을 빌어서 힘을 써. 그리고 그것이 옳은 것이고. 물론 태어났을 때부터 그들은 기본적으로 바람에 속한 인간이기 때문에 바람술을 쓰는 자체가 자신의 힘을 쓰는 것과 다름이 없지만 힘이 모자랄 때는 결국 지나가는 바람의 힘을 빌어 쓰는 거야. 바람술을 쓰지 않을 때도 무의식적으로 하는 거지."

"그런데?"

"하지만 넌 그렇지가 않아. 흘려 버려. 하지만 그러면서도 그대로 바람의 힘을 받고 있어."

"……?"

시안은 무슨 소리인지 몰라서 멍한 표정을 할 수밖에 없었다.

갑자기 웬 바람의 '철학'이란 말인가?

"간단하게 말해서 지금까지 나를 이렇게 할 일 없이 오래도록 실체화시키고도 멀쩡한 인간은 너 하나밖에 없었다는 이야기야."

그 말을 끝으로 세나케인은 자신이 할 말은 다 했다는 표정으로 시안을 향해 방긋 웃었다.

"그게 다야?"

"물론."

"무슨 설명이 그 모양이냐? 넌 과외 선생 하기는 글러먹었어. 하나도 못 알아듣겠는걸."

"훗."

세나케인이 웃자 그가 들고 있던 바람의 자락이 함께 움직였다. 마치 시안을 향해 웃고 있는 것 같았다.

"네 자신이 바람의 힘, 바람의 실체 그 자체라는 소리지. 사실은 나도 잘 몰라. 나는 느낄 뿐이니까. 인간의 단어로 설명하는 데는 한계가 있어."

"쳇."

좀 들어보면 뭔가 배울 거리라던가 알아두면 써먹기 좋은 거라도 나오지 않을까 해서 귀를 기울이고 있던 시안은 좀 실망을 해버렸다.

결국 그 소리가 그 소리.

더 정확하게 말하면 역시 뭔 소리를 하는 것인지 하나도 이해할 수가 없었다.

"역시 머리가 나빠."

시안이 생각하고 있는 것을 그대로 읽은 것처럼 세나케인이 말했다.

"시끄러!!"

"뭐, 그대로도 좋아. 바람은 움직이는 거니까. 하하하."

가만히 두면 무슨 바람교라는 사이비 종교 교주라도 될 수 있을 것이라고 시안은 생각했다.

사이비 종교의 교주는 아무것도 아닌 것을 그럴듯하게 말하는 재능이 있는 법이라고 언제나 생각해 왔기 때문이다.

"난 좀 잘 거니까 기엘이나 로운이 부르면 깨워줘."

"흐응? 이제는 잔심부름도 시키는 건가?"

"입 닥쳐. 시끄러우니까."

꼬물꼬물.

내리쬐는 햇빛을 받으면서 시안은 자리를 잡았다.

머리가 복잡할 때 제일 좋은 것은 역시 잠!

세나케인이라는 든든한 보디가드(?)도 있겠다, 멀지 않은 곳에 자신이 말하면 뭐라도 그대로 복창하면서 따라줄 사람들도 있겠다, 모자란 것이 뭐가 있겠는가?

'아. 바닥이 좀 딱딱하긴 하군.'

그리고 시안은 그대로 잠에 빠져들었다.

"저렇게 화를 내시는데 웬만하면 검은 머리로 해드리지 그랬어?"

기엘은 뭔지 모를 짐승 한 마리를 잡아서 솜씨 좋게 손질하고 있는 로운의 옆에 털썩 주저앉았다.

"할 수 있으면 했어."

"뭐?"

"녀석한테 바람술을 쓰는 게 전보다 훨씬 더 어려워졌어. 너도 한 번 해봐. 반탄력이 장난이 아니야. 그나마 한 게 저 정돈데 말 다했지 뭐."

로운은 조금은 자존심이 상했다는 식으로 대답했다.

실제 그렇기도 했다. 아무리 애를 써도 그의 힘으로는 시안의 머리카락에 더 이상의 변화를 줄 수가 없었던 것이다.

"그, 그렇게 되나?"

"응. 아무래도 은형술 같은 것을 좀 더 가르쳐야 할 것 같아. 아무리 숨기려고 해도 어지간한 엘러들이라면 바로 알아내고 말걸, 저 정도면?"

"그건 나도 동감."

이리야가 보글보글 끓고 있는 스튜의 맛을 보면서 로운의 말에 동감을 표했다.

말이 필요없다라는 것이 딱 들어맞을 정도로 시안의 몸에서 느껴지는 엘의 파장은 강력하고, 또한 깨끗하고 순수한 것이었다.

"어?"

손질을 하다 말고 기엘이 휘익— 시안이 사라진 쪽으로 고개를 돌렸다.

그와 동시에 나머지 두 사람도 기엘과 마찬가지로 고개를 돌렸다.

"나타난 것 같은데?"

"응."

하나의 파장으로 전해오던 시안의 느낌이 어느 사이 둘로 나뉘어져 있었다.

세나케인이 실체화되어 있다는 이야기다.

"뭐. 안전하겠군."

"그렇긴 하지만."

기엘은 한숨을 내쉬면서 로운의 옆에 주저앉았다.

한숨을 내쉬는 이유는 다른 것이 아니다.

바로 어제까지 손안에서 돌봐야 했던 존재가 갑자기 훌쩍 자라버려 혼자서 독립을 외치고 있는 것을 보고 있는 아버지의 심정이랄까?

어쩔 수 없는 일이라고 몇 번이나 생각하지만 그래도 역시 섭섭함은 감출 수가 없었다.

"그러고 보니 전에 그 세나케인이라는 존재에 대해서 말했던 것 말인데."

로운이 엄숙하게(?) 스튜를 저으면서 말했다.

"응? 아아, 그 전설 속에 나오는 미메이라의 수호신이라는 소리?"

처음 세나케인과 조우한 이후 로운은 여유가 날 때마다 그 세나케인이라는 존재에 대해서 심각하게 고민을 하고 있었다.

"응. 하지만 조금 전에 기억이 났는데 그것뿐만이 아닌 것 같아."

"뭐… 그 세나케인 본인의 말도 그렇기는 하지."

"생각보다 뭔가 더 엄청난 존재일 것이라는 기분이 들어."

"엄청난 존재?"

이리야가 손가락으로 스튜의 맛을 보려 하자 툭— 하고 로운의 국자가 방해한다.

"에이. 맛 좀 보자는데, 쪼잔하게시리."

"기다려."

보글보글.

스튜는 이제 맛있는 향기를 내면서 끓어오르고 있다.

세 남자는 궁상맞은 포즈로 스튜 그릇 주위에 둘러앉아 있는 중이다.

"혹시 더 기억나는 거라도 있는 거야, 로운?"

"글쎄, 자세한 것은 직접 물어보는 쪽이 좋지 않을까 하는 생각뿐이야, 현재로는. 그가 어떤 존재이든 간에 쉽게쉽게 대할 만한 존재가 아닌 건 확실해."

"그건 그렇지. 사실 그건 누구든, 아, 누구든은 아닌가? 여하튼 엘러들이라면 절대 무시 못 할 것이라고 생각해. 아참, 신기한 게 하나 있는데 대답해 줄 수 있을까?"

이리야는 곰곰이 전부터, 정확하게는 처음 세나케인이라는 존재를 만났던 그때부터 느껴오던 것을 물어보기로 결정했다.

사실 매번 궁금증이 들 때마다 묻는 것이 조금 자존심이 상해서 어지간한 것은 대충 넘어가고 있던 그였다.

아무리 잘 모른다지만, 그래서 결국 이들을 따라오기로 마음먹었지만, 아무리 그래도 조금만 궁금하면 토끼처럼 눈을 뜨고 발발거리며 묻는 시안의 전철을 밟아 제2의 시안이 되는 것은 조금 꺼려졌던 것도 사실이다.

하지만 진짜로 궁금한 것은 궁금한 것.

"처음부터 궁금했던 건데, 왜 있잖아, 호로스에 갔었을 때 내 엘이 영향을 받았던 것."

"그랬었죠."

"불의 나라라는 곳에 가는 것으로 그런 현상이 일어났다면 바람의 화신이라고 할 수 있는 그 바람의 세나케인이라는 존재가 저런 식으로 주위에 있으면 비슷한 영향을 받는 게 아닐까 생각했는데…."

"생각과는 달라서 이유를 모르겠다는 뜻인가?"

"바로 그거야."

로운은 잠시 스튜를 젓던 손을 멈추었다.

"글쎄? 정확하게는 모르겠지만 아마도…."

로운은 뒷말을 이어서 하라는 듯 기엘을 바라보았다.

기엘은 로운의 말을 이어갔다.

"일단은 그가 자연스럽게 존재하고 있기 때문이 아닐까 생각됩니다. 마치 한 사람의 인간처럼 굉장히 자연스럽게 우리에게 맞추어진 형태로 나타났으니까요. 실제 그가 나타났을 때 저나 로운 역시 어떤 압박감도 느낄 수 없었으니까요. 일단 그의 말로 미루어보았을 때, 시안님의 몸을 매개체로 해서 존재한다는 결론이 나오는데, 결국 시안님의 영향권 안이라면 문제가 없다, 뭐 이런 식이 아닐까 생각합니다."

정확한 이유를 알 수 있는 것은 아니지만 현재로써는 그렇게밖에 생각할 수 없었다.

"뭐, 바람은 흐르는 거니까요."

기엘이 적당하게 결론을 내었다.

이리야 역시 더 이상 묻지 않고 기엘이 말한 것을 곰곰이 되씹어 보는 눈치였다.

"그리고 앞으로 같이 여행을 하다 보면 또 알게 되겠지요."

"아! 다 됐다. 기엘, 밥팅이 불러."

"밥팅이?"

기엘은 로운의 입에서 튀어나온 이상한 단어에 눈썹을 치켜 올렸다.

"지난번에 자기가 그러던데? 자길 밥팅이로는 생각하지 말라고. 아마도 그쪽 언어로 밥을 많이 먹는 사람, 또는 밥에 집착하는 인간, 뭐 이런 의미인 것 같던데?"

"그래도 그렇게 부르는 건 좀…."

"사실이잖아."

"……."

휴우— 하고 기엘은 어쩔 수 없다는 듯이 고개를 저었다.

이상한 부분에서 고집을 피우는 것이 그의 친구 로운이다.

"알았어."

기엘은 자리에서 일어나서 큰 소리로 시안의 이름을 불렀다.

"시안님!! 식사 준비가 다 되었습니다!! 어서 오세요!!"

때마침 스쳐 지나가는 바람을 타고 그의 목소리가 흘러갔다.

"시안님!!"

멀리서 대답하는 소리가 들려왔다.

"역시 밥팅이라서 밥이라고 하니까 대뜸 대답을 하는군."

로운이 뒤에 한마디 덧붙여 씹는 것을 잊지 않았다.

"시안님!"

"그만 불러!! 귀 안 먹었어!! 그리고 로운!! 한 번만 더 밥팅이라고 부르면 국물도 없을 줄 알아!"

"귀 한번 밝군."

"시끄러!!"

어느새 두다다다 바람과 함께 뛰어온 시안이 씩씩대면서 자리에 앉았다.

“밥 줘!!”

“……”

“아…”

투덜거리는 시안의 뒤에 훤칠한 장신의 남자가 얼쩡거리고 있는 것을 발견하고 기엘이 작은 감탄사를 내뱉었다.

“세나케인.”

“오늘부터는 케인이야. 세나케인도 너무 길어. 부르기 힘들어.”

“누구 맘대로?”

세나케인이 눈을 부라리면서 시안을 쏘아보았다.

“도대체 처음부터 왜 남의 이름을 가지고 왈가왈부하는 거냐, 넌?”

“부르기 쉬운 게 짱이야. 어쨌든 난 내 맘대로 부를 거니까.”

대답하는 시안의 손에 로운이 스튜가 가득 담긴 그릇을 내밀었다.

“여하튼 인간이란 자기 멋대로군.”

“그러니까 인간이지.”

시안은 맛있는 스튜를 글자 그대로 입속으로 퍼부으면서도 지지 않고 대꾸했다.

“그런데 넌 머리가 도대체…”

세나케인이 같이 나타나는 바람에 눈치를 못 채고 있었던 로운이 황당하다는 얼굴로 시안의 머리카락을 가리켰다.

고성해서 바꾸어놓았던 시안의 머리는 그 고생을 헛수고로 돌리려는 듯 다시 환한 백금발의 머리가 되어 있었기 때문이었다.

“아. 이거? 케인이 바꾸어놨어. 마음에 안 든대.”

시안의 말에 로운이 뭐라고 말을 하려다가 그만둬 버렸다.

시안이 직접 바꾼 거라면 잔소리라도 퍼부어줄 수 있으련만 바꾸어 버린 상대가….

"왜, 문제 있나?"

"……."

로운은 차마 세나케인을 향해서는 뭐라고 말도 못하고 속만 부글부글 끓였다.

'도대체가, 이놈이나 저놈이나 생각이 없어.'

묘하게 흘러가는 분위기 속에서 기엘이 나름대로는 분위기를 바꾸기 위해서 입을 열었다. 여차하면 왠지 세나케인과 로운이 한판 붙을 것 같은 분위기였다.

"드… 시겠습니까?"

"뭘?"

기엘은 들고 있던 작은 그릇을 어찌하지도 못하고 절절매었다.

"아아, 음식이라는 거군. 고맙지만 별로. 인간의 음식은 입에 맞는 편이 아니거든."

"쳇, 인간이 아니라면서 웬 입맛? 구라 치고 있네."

"……."

상대방은 나름대로는 바람의 신의 화신일지도 모르는 존재건만 그 주인이라고 하는 대단한 꼬마는 전혀 그런 것을 인정하지 않는 모양이다.

그 증거는 저 버르장머리없는 말대꾸.

하지만 어느 누구도 그에 대해서 단 한 마디도 할 수 없었다.

과연 누가 이의를 제기할 것인가?

기엘은 속으로 시안이 왠지 모르게 로운의 성격을 닮아가는 것이 아닐까 하고 고민을 하기 시작했다.

‘어째서 쓸데없는 이상한 데서 저렇게 제멋대로인지 몰라. 정말
이지.’

"밥 먹어!! 밥!! 머리 굴리지 말고."

"너. 알겠습니다, 시안님."

기엘은 잠시 세나케인의 눈치를 살피다가 묵묵히 ‘스튜’를 먹기
시작했다.

세나케인은 언제나 그랬던 것처럼 바람처럼 자연스럽게, 그리고
부드럽게 주위로 사라락 소리를 내면서 사라졌다.

흐르는 바람처럼.

트러블 메이커 시안

The Wind of Ashurei

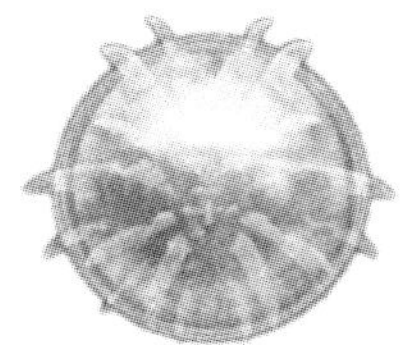

"으아아아— 온몸이 뻐근해. 정말 저길 넘어가면 마을이 있는 거야?"

"네. 그렇습니다, 시안님."

"으으— 간만에 좀 다리 뻗고 누워 잘 수 있겠군. 이게 웬 팔자에 없는 하드 트레이닝이람."

시안은 뻐근한 어깨를 툭툭 치면서 앞장서서 걸어갔다.

눈으로는 빤히 보이던 평야는 생각보다는 멀어서 그들이 페이요트를 벗어나는 데는 생각보다 많은 시간이 필요했다.

"우우— 재미없군, 이거. 정말 앞으로 내내 이렇게 심심하게 여행을 해야 하는 거야?"

"예?"

시안이 너무나 평온하기만 한 푸른색의 하늘을 쳐다보면서 말했다.

목숨의 위협을 받지 않고 여행하는 것이 좋기는 하지만 역시 아무것도 없는 산길만 내리 걷다 보니 지루했다.

"일이 없는 것을 다행으로 여겨. 여행을 하는 목적은 두루두루 견문을 익히라는 거지, 말썽 거리 속으로 뛰어들라는 소리가 아니야."

"그냥 하는 말이지!! 누가 사고 같은 거에 휘말리고 싶대? 도대체 무슨 말을 못… 어, 어라?"

시안은 귀를 의심했다. 어디선가 사람 소리가 들려왔기 때문이다.

시안은 로운을 향해서 항의를 하다 말고 몸을 돌려 후다다닥 하고 달려가기 시작했다.

"시, 시안님!! 어디 가십니까!!"

"사람 소리야!!"

"예?"

기엘은 귀를 의심했다.

사람 소리가 나면 그가 듣지 못했을 리가 없다.

바람술사들이 의례 그렇듯, 기엘 역시 보통 사람들보다는 훨씬 귀가 밝은 편이다.

하지만 그의 귀에는 아무것도 들리지 않았던 것이다.

"사람 소리라니요?"

기엘이 시안에게 답변을 듣기도 전에 시안은 벌써 저 앞으로 달려나가고 있었다.

"쳇, 할 수 없군."

조금 뒤로 처져서 걷고 있던 로운이 허리춤에 매달린 라이트와 짊어지고 있던 몇 개 안 되는 가재도구(?)와 짐들을 고쳐 메었다.

"이리야!"

"알았어, 알았다구. 참나, 무슨 강아지 훈련시키는 것도 아니고.

저 녀석이 원하면 정말이지 하늘에 떠 있는 달이라도 따다 바칠 양
반들이구만."

말이 떨어지기 무섭게 기엘이 시안의 뒤를 따라 달려가기 시작했
다.

그 뒤를 나머지 두 남자가 덜그럭 소리와 함께 달려가기 시작한
것은 두말할 필요도 없을 것이다.

'사람 소리가 분명히 났는데….'

한참을 뛰어왔는데도 눈앞에는 아무것도 보이지 않았다. 다시 말
해서 사람의 머리카락 한 올도 보이지 않자 시안은 불안해지기 시
작했다.

분명 귀에는 사람의 목소리가 들려왔었다.

하지만 아무리 달리고, 또 달려도 사람이라는 존재가 보이지 않
으니 불안할 수밖에 없었다.

이러다가 괜시리 또 혼자서 단독 행동을 했다고 로운에게 잔소리
를 들을지도 모른다는 생각이 들자 시안은 등골이 오싹해졌다.

세상에서 제일 싫은 것 중 하나를 들라면 아마도 그것은 잔소리
일 것이다.

엄마의 잔소리, 누나의 잔소리, 그리고 선생님의 잔소리 기타 등
등.

이곳에 와서 그런 소리를 안 듣게 되나 싶었지만 그 잔소리 대장
의 역할은 로운이라는 녀석이 고대로 담당하고 있는 중이다.

'젠장!! 분명히 들렸다구!!'

시안은 입술을 꽉 깨물고는 다시 귀를 기울였다.

사실 시안은 몰랐지만 현재 시안의 귀는 보통 사람들보다는 몇

배느 더 민감해져 있었다. 물론 실제로 그렇다기보다는 그가 가진 바람술의 탓이었다.

스쳐 지나가는 바람에 실려오는 소리를 민감하게 캐치하는 것이다.

단지 시안에게 문제가 있다면 본인이 그것을 자각하고 있지 못하기 때문에 그 능력이 매우 불안정하다는 것에 있었다.

하지만 그것을 알 리 없는 시안은 혹 자기가 환청을 들은 것이 아닌가 싶어서 불안해하는 것이다.

"조금 더 앞쪽이다. 저 언덕 아래."

"어? 케인?"

"…세나케인이다."

잠깐의 간격을 두고 화가 난 듯한 세나케인의 목소리가 들려왔다.

"정말이지?"

"난 거짓말은 하지 않아."

"고마워… 우악!!"

대답을 하다가 그만 앞에 있던 돌부리를 미처 보지 못한 시안이 넘어질 뻔했다.

몸이 앞으로 화악 쏠리면서 맨땅에 헤딩을 하기 직전 그의 몸이 공중에 턱— 하고 멈추었다.

"좀 조심해서 앞 좀 보고 다녀!"

"으악!!"

갑자기 등 뒤에서 들려오는 목소리에 시안이 놀라 비명을 질렀다.

"뭐, 뭐야!! 소리 좀 내고 오면 안 돼?"

“쉿— 조용히 해!!”

쿠윽— 하고 기껏 멈추었던 얼굴이 땅바닥에 코를 박기 직전까지 내리눌러졌다.

“왜, 왜 이러는데!!”

한껏 소리를 죽여 항의하지만 머리를 누르고 있는 로운의 팔은 꿈쩍도 하지 않는다.

“좀 놓고 말해!”

“시끄럽다고 했지!!”

로운은 바둥거리는 시안은 거들떠도 보지 않고 시안이 뛰어가던 방향을 향해서 눈을 크게 떴다.

몇 명의 사람들이 실랑이를 하고 있는 것이 보였다.

어느새 기엘과 이리야도 가까이 다가와서 로운의 옆에서 낮게 몸을 숙였다.

“이리 내놔!! 이 꼬맹이!!”

“싫어!! 이건 내 꺼야!!”

“웃기지 마! 산적이면 산적질을 해야지, 어디서 도둑질을 해가지고 와서는!”

“그래도 내 꺼야!! 이건 내 꺼라구!!”

“이게—!!”

소년 하나가 꽤 두툼한 보퉁이를 가슴에 안은 채 발악을 하고 있었다.

주위에 있는 덩치 좋은 몇 명의 남자들은 팔짱을 낀 채 그 소년을 바라보고 있었다.

그중 한 명이 두목인 듯 혼자서 소년을 윽박지르고 있었다.

“도와줘야 할까?”

“글쎄? 산적인 것 같은데… 어지간하면 개입하지 않는 쪽이 좋을 것 같아.”

바람에 실려온 그들의 대화를 들은 로운이 기엘에게 대답했다.

로운의 눈에 몇 사람의 남자들이 그들의 옆에 한가하게 앉아 있는 것이 보였다.

그들 이외에도 조금 떨어진 곳에 덩치가 꽤 좋은 남자들이 몇 명 빙글빙글 웃으면서 앉아 있었다.

“그래도 어린애 하나를….”

어린애라는 소리에 로운의 팔에 눌려서 오징어포처럼 납작하게 있던 시안이 로운의 팔을 순식간에 뿌리치고 벌떡 일어나 달려갔다.

“시, 시안님!!”

“…저게!!”

튀어 나가는 시안을 잡으려다가 실패한 로운이 땅바닥을 내리쳤다.

“젠장, 저 말썽꾸러기!!”

특별한 위험이 없는 한 움직이지 않으려 했던 로운이 혀를 찼다.

정말 저 꼬마는 어떻게 컨트롤이 되지 않는다.

“너!! 거기 서!!”

이번에는 로운이 정말 열이 받았는지 기엘의 만류에도 불구하고 버럭 고함을 지르면서 자리에서 벌떡 일어나더니 두말하지 않고 시안을 따라갔다.

“어휴, 둘 다 똑같은 주제에.”

기엘은 한숨을 쉬고 툭툭 무릎과 옷에 묻은 먼지를 털어내면서 일어섰다.

이티야 역시 그런 세 사람을 보고서 또 다른 의미의 한숨을 내쉬면서 몸을 일으켰다.

그는 기엘과 로운과는 달리 일단 허리춤에 묶어놓았던 자신의 레이피어를 꺼내 들었다.

"여하튼, 저 골칫덩이 삼총사는 가만히 못 있는다니까. 참나."

"당장 놔줘!!"

시안은 바람처럼 달려가서 소리를 쳤다.

휘익— 하고 그들의 시선이 순식간에 시안 쪽으로 향했다.

번쩍이는 수십 개의 눈들이 자신 쪽으로 일시에 향하자 시안이 움찔했다.

'아차!! 사, 사람들이 많잖아!!'

시안은 치켜 올렸던 팔을 슬그머니 내렸다.

왜 그랬을까? 어째서 갑자기 무슨 정의의 사도라도 되는 것처럼 저 어린애를 보자마자 뛰어나왔는지 시안 자신도 잘 이해가 가지 않았다.

'젠장, 똥 밟았다.'

"휘익—"

누군가 휘파람을 불었다.

"멋진데, 아가씨?"

뒤쪽에서 들려오는 감탄사 아닌 감탄사 소리. 그 소리에 순간 시안의 이성이 휘익— 공중으로 사라져 버렸다.

"누가 아가씨라는 거야!! 늬들은 눈이 모조리 삐었냐?"

“시안!!”

시안이 신경질을 부리면서 소리를 지르는 순간 뒤에서 로운이 시안의 몸을 잡아당겼다.

“시안님!!”

난데없이 백금발의 아름다운 아가씨(?)가 뛰어드는 바람에 조금쯤은 얼떨떨해 있던 산적 일행(?)은 그녀의 뒤를 이어 나타난 두 남자, 아니, 세 남자를 보는 순간 철컹철컹 소리들을 내면서 각자 무기를 집어 들었다.

로운과 기엘 역시 전광석화처럼 라이트를 뽑아 들었다.

순식간의 일이었다.

“……”

“……”

어느 쪽도 단 한 마디 꺼낼 수 없었다.

스윽하고 로운이 살며시 시안을 자신의 등 뒤쪽으로 끌어당겼다.

그러자 산적 일당의 두목인 듯한 남자가 앞으로 나섰다.

“뭐냐?”

“……”

토운은 급히 기엘에게 살짝 말을 건넸다.

“어떻게 하지?”

“어떻게 하기는….”

“거기!! 속닥속닥거리지 말고 있는 거 다 내려놓고 조용히 꺼지지 그래?”

들려오는 말은 미메이라의 언어와는 그리 다르지 않았지만 제국 특유의 악센트가 섞인 거센 제국어였다. 여행을 떠나기 전 나름대로는 제국어를 열심히 공부했던 로운과 기엘이 알아듣기에는 조금 문제가 있을 정도의 상당한 사투리.

"말이 안 들리나 본데…."

손가락으로 까닥까닥 두목이 신호를 하자 뒤의 남자들이 손에 든 각자의 무기를 고쳐 들었다.

"잠깐."

로운이 손을 들었다.

"우린 단지 지나가던 사람들일 뿐, 뭐 별로 당신들과 쓸데없이 싸움을 하고 싶지는 않소. 그냥 우릴 보내주었으면 하는데?"

로운은 눈으로 남자들의 수를 세었다.

두목을 포함해서 모두 14명.

"푸하하하하."

두목이 입을 열어 파안대소를 하자 뒤를 이어 뒤의 남자들도 박장대소를 하면서 웃어 제끼기 시작했다.

"웃기는 소리를 하는군. 우리 소문을 못 들어봤나 본데, 페이요트의 칼바람이라고 말이야."

두목이 어깨를 으스대면서 말을 하는 순간 로운의 등 뒤에 숨어 있던 시안이 푸학— 하고 웃음을 터뜨리고 말았다.

"크, 쿠하하하하핫. 칼바람이래~ 칼바람. 무슨 깡패 똘마니 집단도 아니고 웬 칼바람? 푸하하하핫."

호리호리하고 예쁘기가 그지없는 아름다운 아가씨가 갑자기 웃음을 터뜨리자 그때까지 박장대소를 하고 있던 남자들의 눈이 험악해졌다.

"지금 우리가 농담을 하고 있는 줄 아나?"

"잠깐, 잠깐!! 저기 시안님께서는 그냥 단순하게…."

분위기가 험악해지자 기엘이 나섰지만 소용이 없었다.

"뭐, 지나가던 사람들을 기습하는 게 우리 취미지만 뭐 어때? 얘들아!!"

우람한 체격의 남자가 팔을 들었다.

우와!! 하면서 남자들이 일제히 시안의 일행을 향해 뛰어오기 시작했다.

"기엘!! 시안을 보호해!!"

손에 잡히는 대로 시안의 목덜미를 잡아 기엘에게 던지면서 로운이 소리쳤다.

기엘은 가슴에 퍼억— 하고 던져지는 시안을 감싸 안고는 조금 뒤로 물러섰다. 하지만 시안은 그런 기엘을 밀치면서 옆으로 비켜섰다.

"나는 걱정하지 말고 싸워!! 젠장!! 누굴 여자라고 씨부렁거리는 거야!! 저 십탱이들!"

"시안님!!"

"괜찮아. 나도 내 몸 정도는 지킬 수 있어. 케인—!!"

말이 떨어지기가 무섭게 휘리릭 하고 세나케인의 모습이 나타났다.

"케인이 아니라고 했지!!"

"시끄러워!! 눈이 달렸으면 저 골 빈 산적 놈들 좀 어떻게 해!!"

"내가 왜!!"

"날 보호해야 할 것 아냐!!"

"하나도 위험하지 않은데 뭐 하러? 내가 그렇게 한가해 보이냐?"

"당근!! 넌 맨날 내 속에서 웅크리고 앉아 있잖아!! 너를 하나 옮기는 게 얼마나 힘든 줄 알아?!"

“무슨 말도 안 되는 소리를!!”

한 남자와, 사람인지 아닌지 구별이 안 가지만 여하튼 사람 모습을 하고 있는 케인이 정말로 말도 안 되는 이유로 말다툼을 하는 동안 로운과 기엘, 그리고 이리야는 물밀듯이 몰아닥치는 산적들을 향해 각자 무기를 휘두르기 시작했다.

“에잇—!!”

“가만히 물건만 놓고 가면 보내주려고 했는데, 말귀를 못 알아듣는 놈들이군. 여하튼 도시 놈들이란.”

로운이 오른쪽에서 무기를 높이 치켜들고 덤비는 남자를 피하면서 라이트를 가볍게 일직선으로 뻗었다.

“크헉!!”

비명 소리가 들렸다.

시안은 세나케인과 말다툼을 하다 말고 소리를 질렀다.

“로운! 죽이면 안 돼!!”

“시끄러워!!”

로운은 머리에 핏대가 올랐다.

도대체!! 도대체 왜 자신이 이렇게 쓸데없이 라이트를 휘둘러야 한단 말인가.

성스럽다고 일컬어지는 자랑스런(?) 기사의 검 라이트를 이런 곳에서 이렇게 휘둘러야 한다는 사실에 너무나 화가 났다. 아니, 정확하게는 쓸데없이 산적들끼리 노닥이고 있는 데 불쑥 뛰어든 시안에게 화가 났다.

그러면서도 어쩔 수 없이 시안의 말에 그대로 따르고 있는 자신에게도 열불이 터졌다.

‘젠장!!’

“뭘 그러고 있어. 바람술로 화악!! 쓸어버려!!”

로운은 뒤에서 응원 아닌 응원을 하고 있는 시안을 산적 놈들을 쓸어버린 즉시 머리끝부터 발끝까지 꽁꽁 동여매서 한 30바퀴쯤 굴려 버리겠다고 굳게 다짐했다.

로운이 이렇게 딴 생각을 하며 라이트를 휘두르는 동안에도 기엘은 다수의 남자들을 자신의 라이트가 닿는 정확한 반경 속으로 끌어들여 상대하고 있었다.

슈악―

“욱―!”

라이트가 휘둘러지는 선을 따라서 붉은색의 피가 흩어졌다.

“젠장!! 죽이면 가만 안 둘 거야!! 케인, 뭐 해!!”

시안은 조금 당황하고 있었다.

생각없이 순간적으로 뛰어들었던 것이 결국 문제의 발단이 되어버렸기 때문이다.

아무 일 없이 지나갈 수 있었을지도 모른다. 그런데 자신이 뛰어드는 바람에 결국 이런 상황이 되어버린 것이다.

하지만 이미 벌어진 일은 벌어진 일, 쏟아버린 물은 도로 담을 수도 없다.

‘으윽! 난 죽었어. 로운한테 주―욱었어!!’

시안은 남자들이 엎치락뒤치락하고 있는 장소를 조금 빙 돌아서 아까의 그 어린애를 찾았다.

어차피 사건의 발단이 된 것은 그애였다.

시안은 어렵지 않게 그애를 찾아낼 수 있었다. 그 소년은 조금 겁먹은 얼굴을 하고 있었지만 여전히 그 보퉁이를 소중하게 꼭 끌어안고서 일행으로부터 한참 떨어진 뒤쪽에서 슬금슬금 뒷걸음질을 치고 있었다.

"세나케인, 도와주기가 그러면 저애라도 좀 이쪽으로 끌어다 줄 수 있어?"

"그 정도는 네가 해."

"어떻게 하는지 모른단 말이야."

다급한 시안의 말에 세나케인이 코웃음 쳤다.

"참나, 이런 게 바람의 계승자라니. 한심해서 말이 안 나오는군. 따라해."

"빨리!!"

세나케인이 한 손을 내밀자 시안도 따라서 손을 내밀었다.

"나 말고 저 꼬마를 향해야지. 넌 눈도 없냐?"

"그쾌!! 없어!!"

불쑥 세나케인을 향해 손을 내밀었던 시안의 얼굴이 빨개졌다.

"로. 조하. 아슈레이. 유우라(움직이는 바람)."

"로. 조하. 아슈레이. 유우라."

"그냥 단순하게 따라하지 말고 공기를 움직인다고 생각해."

세나케인이 신경질적으로 말했다.

시안은 뜨끔해서 다시 한 번 정신을 집중하고 주문을 외웠다.

"로. 조하. 아슈레이. 유우라."

꿈틀하고 시안의 손가락이 움직였다. 그 손가락 끝에 있던 공기가 힘을 가지고 움직이기 시작했다.

바람으로 화한 그 힘은 천천히 소년 쪽으로 흘러가기 시작했다.

그 순간이었다.

"시안님!!"

한참 정신을 팔고 있는 시안의 뒤로 쓰러졌던 남자가 어느새 일어나 달려들었다.

기엘은 자신을 향해 거대한 메이스를 휘두르는 사내의 손목을 라이트의 등으로 쳐내고 그를 발로 차버리고는 황급하게 시안 쪽으로 가려 했다.

하지만 시안에게 달려드는 남자는 뭔지 모를 힘에 휘익— 뒤로 밀려서 엉덩방아를 찧으며 넘어졌다.

"별것도 아닌 게."

세나케인이 내뱉듯이 말했다.

그의 눈짓 한번으로 남자의 몸이 무형의 힘에 밀려 넘어진 것이었다.

기엘은 그 무형의 힘이 세나케인에게서 비롯되었다는 것을 금방 알아챌 수 있었다.

그는 안심을 하고는 다시 이리야와 로운이 힘겹게 움직이고 있는 난장판으로 뛰어들었다.

'이제 남은 것은 세 명… 인가?'

로운은 재빨리 주위를 둘러보았다.

상대는 난잡한 검술을 쓰고 있었지만 대부분이 실전을 통해 배운 것이기 때문인지 동작 하나하나가 살아 있어 쉽게 상대할 수 없는 자들이었다. 거기다가 그냥 이전처럼 손쉽게 상대할 수가 없는 처지였기 때문에 더 더욱 힘이 들었다.

죽이지 않고, 최소한도로 힘을 억제해서 싸운다는 것은 아무리 기사인 로운이라고 해도 쉬운 일은 아니었다.

게다가 그것은 이리야나 기엘도 마찬가지여서 별것 아니라고 생각했던 싸움은 로운의 생각보다 훨씬 시간을 잡아먹고 있었다.

"빌어먹을 시안 녀석, 쓸데없는 소리를 해서."

남아 있는 사람은 처음에 로운을 상대했던 두목 이외에 두 명, 아니, 한 명이다.

이리야는 넘어진 한 남자의 허벅지에서 날카로운 레이피어를 뽑아내면서 히죽 웃었다.

"그러니까 레이피어라고 얕보지 말라고 했잖아, 응?"

이리야를 얕보고 덤벼들었던 남자는 살벌한 표정의 그를 보고 마지막까지 손에 들고 있던 해머를 놓치고 말았다.

두목은 주위에 쓰러져 있는 자신의 부하이며 동료들을 보고 얼굴색이 싹 변했다.

모두 검을 들고 있던 상태였기 때문에 방심하고 있지는 않았기에 단 세 명의 상대에게 이런 식으로 당할 것이라고는 꿈에도 생각하지 못했기 때문이었다.

로운의 라이트 끝에 스친 볼에서 흐르는 피를 닦으며 자신의 바스타드를 고쳐 드는데 순간 날카로운 번쩍임이 그의 턱 끝에 닿았다.

"흐헉—!!"

"거기서 조금이라도 움직이면 그대로 끝이야."

싸늘한 기엘의 음성.

두목은 목의 급소에 정확하게 닿아 있는 기엘의 검신을 피하려고 했지만 꼼짝도 할 수 없었다.

두목은 몰랐지만 그의 몸은 이미 기엘의 포박술에 걸려 있었던 것이다.

"항복하겠다면 목숨만은 살려주지."

빈정대는 목소리로 이리야가 옆에서 알짱거리고 있는데 로운은 이미 자신의 라이트를 닦아서 검집에 밀어 넣고 있었다.

"적당히 해둬. 안 그러면 저 녀석 또 날뛸 거 아니야."

로운이 손가락으로 시안을 가리켰다.

그동안 시안은 주문으로 바들바들 떨고 있던 소년을 자신 쪽으로 끌어당겨 놓고 있었다.

끌껙하고 두목이 침을 삼키는 소리가 들렸다.

침이 넘어가는 순간 날카로운 라이트의 끝이 목을 찔렀다. 주르륵하고 찔린 살갗에서 붉은색의 피가 흘러나오는 것이 느껴졌다.

기엘은 미동조차 하지 않고 두목의 얼굴을 노려보고 있었다.

"하, 항복하지…."

"좋아."

후우— 하고 숨을 내쉬면서 기엘이 팽팽하게 당겨 있던 신경을 풀었다.

그 순간 두목의 몸을 속박하고 있던 바람도 실낱처럼 흩어졌다.

"머리가 좋군. 기엘을 화나게 하면 곤란하거든."

로운은 기엘의 어깨를 툭 하고 치면서 말했다.

엉뚱하게 시작된 활극 하나가 막을 내리고 있었다.

*　　　　*　　　　*

"물!!"

"넵!!"

날쌔게 생긴 남자 하나가 재빨리 어디론가 뛰어갔다.

이름하여 페이요트의 칼바람이라는 거창하지만 어딘가 우스꽝스러운 이름의 산적단 두목 한스는 뛰어가는 토우의 뒷모습을 바라보면서 한숨을 내쉬었다.

지금까지 페이요트 산맥의 요소요소에서 산적질을 해왔지만 이런 상대는 정말 처음이었다.

다른 곳에 있는 동료들과는 아직 연락이 되지 않으니 상황을 뒤엎을 수도 없다.

몰래 사람이라도 살짝 내보내려고 하면 어떻게 알았는지 기엘이나 로운이 바람처럼 나타나서 난리를 피웠던 것이다.

그는 정말 똥물을 뒤집어썼다고 한탄을 하면서 속으로 투덜거리고 있었다.

난장판이 되고 자신과 토우를 제외하면 단 한 사람도 살아남지 못했다고 생각했던 것과는 달리 다들 부상은 입었지만 죽은 사람은 한 명도 없었다는 것이 그나마 불행 중 다행이랄까? 하지만 현재 한스는 마음속으로 빌고, 또 빌고 있었다.

'제발~ 제발 마을에서 어서 떠나가라구!!'

현재 시안 일행이 잠시 머물고 있는 곳은 어제의 그 난장판의 현장에서 그리 멀지 않은 작은 마을이었다.

그 마을은 페이요트 산맥을 주름잡고 있는(나름대로는) 칼바람 산적단의 일종의 아지트 같은 곳이었다.

마을의 남자들은 농한기가 되면 이렇게 몇 명씩 조를 짜서 산적 아닌 산적이 되어 일종의 아르바이트를 하고 있었던 것이었다.

혹여 영주군이 산적단을 토벌하겠다고 출정이라도 하면 모두들 얌전히 농사 짓는 얌전한 영민으로 돌아왔기 때문에 지금까지 단 한 번도 이 마을이 산적단의 소굴이라는 것을 눈치 채인 적은 없었다.

하지만 지금 온 마을 사람들은 마을에서 제일 큰 한스의 집에 머물고 있는 네 명이 언제쯤 마을을 떠나줄까 가슴을 졸이면서 하룻밤을 꼬박 지새운 후 벌게진 눈을 하고 그들의 시중을 들고 있는 중이다.

"물 가져오라고 했는데 어째서 아직 소식이 없는 거야!!"
"지금 갑니다!!"
멀리서 토우의 목소리가 들려왔다.
기엘은 잔뜩 심술을 부리고 있는 로운의 옆에서 쓴웃음을 지으면서 앉아 있었다.
"적당히 해둬. 그렇지 않아도 벌벌 기고 있는데 왜 그리 신경질이야."
"시끄러워. 성질이 나서 미치기 일보 직전이니까 좀 냅두라구."
기엘은 꼭 어린아이처럼 대꾸를 하는 로운을 보고 어쩔 수 없다는 얼굴을 했다.
사실 기엘은 로운이 이렇게나 화를 꾹꾹 눌러 참고 있는 것을 몇 번 본 적이 있기 때문이었다.
로운은 저 페이요트에서 신관의 증표인 목걸이를 자신의 손으로 끊어낸 뒤로 예전에 기엘이 알고 있던 그로 돌아가 있었다.
신관으로 지낼 때는 나름대로는 상당히 성질을 죽이면서 지냈는데 파계(?) 선언을 한 뒤로는 왠지 스스로를 자제하는 것이 조금 힘들어졌던 것이다.
신관으로서 사람과 상황을 보는 눈과 기사로서 사람과 상황을 보는 눈은 다를 수밖에 없는 노릇이다.
하물며… 상대는 아무리 생각해도 열이 받치고 또 받치는 시안이었다.

"어디 간 거야, 이 말썽꾸러기 꼬마는!"

"글쎄?"

기엘은 어제부터 절대로 로운의 곁 20렌(1렌은 1미터 50센티 정도) 근방으로는 발도 디디지 않던 시안의 얼굴을 기억해 내고는 웃음을 지었다.

나름대로는 책임을 통감하고 있는 듯 시안은 찍소리도 하지 않고 있는 모양이었다.

"시안님께서도 잘못했다고 생각하시는 것 같은데 이제 그만 화 풀어. 게다가 언제까지 여기 있을 수도 없잖아. 그 하세카 사람들이 따라올지도 모르고."

"근본적인 해결이 되지 않아, 반성하는 정도로는!!"

로운이 텅— 하고 탁자를 치면서 소리쳤다.

그 바람에 커다란 물병에 물을 가득 담아서 들어오던 토우가 화들짝 놀라서 비틀거리는 바람에 들고 있던 물병이 바닥에 떨어져 버렸다.

파삭— 소리와 함께 바닥은 물바다가 되어버렸다.

"죄, 죄송합니다…."

"다시 떠 와!!"

"네…."

비틀비틀 걸어가는 토우의 뒷모습이 안쓰럽게 비쳐졌다.

구석에서 조용하게 아침 식사를 하고 있던 이리야는 아무 소리 않고 옆에 놓여 있던 싸구려 포도주를 벌컥벌컥 들이마시고 있을 뿐이었다.

'여하튼 하나같이 똑같은 주제에 정말이지.'

"저, 저기 돌아가지 않으셔도 되나요, 시안님?"

"님은 뭐가 님이야? 그냥 맘대로 부르라고 했잖아. 아니면 형이라고 부르던지."

"그래도…."

소년은 힐끔힐끔 시안의 뒤쪽에서 눈을 감은 채 서 있는 이상한 남자를 한번 더 바라보았다.

그는 지금 심장이 마구 두근거리고 있었다.

이 사람들 덕에 누나에게 생일 선물을 주기 위해 어른들도 이틀 이상 걸리는 성까지 가서 훔쳐 온 옷은 멀쩡할 수 있었다. 사실 마을의 규칙상 외부에서 들어온 것은 모두 공동 분배를 하게 되어 있지만 누나에게 줄 선물만은 혼자 구하고 싶었던 것이다.

비록 그 방법이 도둑질이라고 해도 말이다.

그러나 자신이 그런 짓을 한 여파는 지금 어마어마하게 커져서 마을을 덮치고 있었다.

12명이나 되는 이웃 아저씨들이 저 예쁘장한 시안이라는 사람이 데리고 온 그 무시무시한 아저씨들 때문에 많이 다치고 말았다.

결국 원인은 자신이라는 소리가 된다.

어쩌다 보니 시안과 세나케인은 자신의 집에 머물고 있지만 여하튼 두려운 대상임에는 틀림이 없었기 때문에 소년의 가슴은 두근 반 세근 반 하고 있었다.

"야, 너 이름이 뭐라고 했었지?"

"네?"

"이름 말이야, 이름."

"베이인데요."

"그래, 베이. 너 가서 말이야. 저~기 나랑 같이 온 사람들이 뭘 하고 있는지 좀 알아다 봐줄래? 특히 시커먼 머리에 눈이 부리부리 하게 생겨서 성질 팍팍 부리고 있는 아저씨 얼굴이 어떻게 하고 있 는지 말이야."

베이는 곧 한스 아저씨네 머물고 있는(사실은 거의 강짜를 놓으면서 그 집을 점령해 버린) 사람들을 떠올렸다.

베이는 고개를 끄덕였다.

"네, 시안님."

"형이라고 하라고 했잖아!"

"네. …형."

움찔움찔하면서 베이가 문가로 가려던 참이었다.

"잠깐. 꼬마, 거기 서!"

"예?"

그때까지 눈을 감고 자고 있던 것인지, 아니면 졸고 있던 것인지 구분도 되지 않았던 백색의 남자가 베이를 불렀다.

"알아오는 것은 둘째고 올 때 먹을 것 있으면 좀 챙겨 가지고 와. 이 녀석은 배고프면 신경질적이 되니까."

"예, 알겠습니다."

베이는 너무나 아름다워서 인간답지 않아 보이는 이상한 남자, 즉 세나케인을 향해 머리를 조아리고는 재빨리 사라졌다.

시안은 꼬마가 나가는 모습을 바라보고 있다가 문이 닫히자 대뜸 세나케인에게 화를 냈다.

"뭐야!! 케인마저도 나를 밥팅이로 보는 거야?"

"밥팅이라? 재미있는 단어군."

"시끄러워!! 무슨 뜻인 줄 다 아는 주제에!"

별로 인정하고 싶지 않지만 이 세나케인이라는 존재가 역시 자신과 어딘지 모르게 이어져 있다는 것을 알고 있는 시안으로서는 저렇게 딴청을 피우고 있는 세나케인이 몹시 밉살스러웠다.

물론, 세나케인의 말이 거의 100% 사실이기 때문에 더 더욱 화가 났음은 말할 필요도 없을 것이다.

"쳇. 정말이지, 꼭 내 잘못이라고 보기도 그렇잖아. 그런데 왜 저렇게 화를 내는 거야?"

한차례의 칼부림이 끝나자마자 자신을 호출하는 로운을 피해 온 시안은 시안 나름대로 화가 나 있었다.

물론 자신이 시도 때도 가리지 않고 마구 뛰어든 것은 인정한다.

하지만 여행을 하다 보면 이럴 수도 있고 저럴 수도 있는 것이 아닌가. 그럼에도 불구하고 자신에게만 화를 내고 있는 로운을 시안은 좀 이해를 할 수가 없었다.

하지만 시안이 이해를 하고 안 하고는 두 번째 문제다. 결국 시안이 혼이 나느냐 마느냐는 로운에게 달려 있기 때문이다.

"젠장, 기엘이 좀 어떻게 해줬으면 좋겠는데…. 그건 그렇고, 왜 케인은 안 사라지고 졸졸 따라다니는 거야? 나와 있는 거 힘든 거 아니었어?"

"……."

혼자 투덜거리고 있던 시안을 그냥 멀뚱하게 바라보고 있던 케인이 조금 기가 막힌 표정을 했다.

이전에 분명 자신이 실체화되어 있는 것은 큰 문제가 없다고 말을 해둔 것을 이 시안이라는 녀석은 까마득하게 잊어버리고 있는 것이다.

"…그 로운이라는 기사가 화를 내는 이유가 이해가 안 가는 게 아니군. 도통 생각이 있어야…."

"그게 또 무슨 소리야!!"

시안이 화를 내려는 찰나 밖에서 기엘의 목소리가 들려왔다.

"시안님!!"

"어? 기엘이다!!"

"시안님, 출발하셔야죠!!"

기엘은 힘차게 소리를 친 후에, 옆에서 겁먹은 눈을 하고 있는 베이를 보면서 친절한 목소리로 말했다.

"시안님 시중을 들어줘서 정말 고맙다. 사실 줄 게 없어서…. 이거라도 받아줄래?"

기엘은 유사시에 쓰기 위해 작은 주머니에 가득 넣어놓았던 하이시 한 알을 꺼내서 베이에게 내밀었다.

베이는 기엘의 손바닥 위에 놓인 반짝이는 보석을 보고 눈이 휘둥그레졌다.

"아, 아니에요…. 괘, 괜찮은데요, 기사님."

하지만 기엘은 베이의 손을 끌어당겨서 그 위에 우격다짐으로 하이시를 얹어 주었다.

"받아주면 좋겠다. 시안님도 괜찮다고 하실 거야."

"그, 그래도…."

베이는 안절부절못했다.

그렇지 않아도 이 사람들이 떠나고 나면 자신이 어떤 몰골이 될지 뻔했기 때문에 가슴을 졸이고 있는 차이다.

그런 마당에 이 사람들에게 이런 것을 받으면 뺏길 것이 거의 자명하지 않은가.

물론 그것을 팔아서 나오는 이득금을 조금쯤은 받을 수도 있겠지만, 그래도 부담스러운 것은 어쩔 수 없었다.

"어? 기엘, 로운 화 풀렸어?"

낡은 오두막의 문이 빼꼼하게 열리고 그 사이에서 시안의 하얀 얼굴이 나타났다.

기엘은 그런 시안의 얼굴을 보면서 조금은 난감한 목소리로 말했다.

"아니요, 아직…."

"그럼 안 가!!"

쾅— 하고 다시 문이 닫혔다.

"시안님, 그렇게 말씀하시면…."

"무슨 소리야. 안 가겠다니."

불쑥 뒤에서 덩치 좋은 남자가 한 명 나타났다.

베이는 재빨리 보석을 받은 손을 주머니 속으로 쑥— 넣었다.

기엘이라는 남자와는 달리 저 로운이라는 남자는 너무너무 무서 웠기 때문이다.

"빨리 안 나와? 이 골칫덩이 밥팅이!!"

"싫어!!"

문 안쪽에서 발악하는 목소리가 들려왔다.

로운의 이마에 빠직— 하면서 힘줄이 올라왔다.

로운은 저벅저벅 발소리도 요란하게 베이의 집 문 앞으로 걸어갔다.

그리고 크게 심호흡을 한 다음 소리도 우렁차게 고함을 질렀다.

"당장 안 나오면 앞으로 3일 동안 한 끼도 안 먹이고 둘둘 묶어서 어깨에 없고 다닐 테다!!"

"……."

"……"

침묵이 작은 오두막을 감쌌다.

베이는 너무나도 황당한 로운의 협박(?)에 할 말을 잃고 멍청하게 로운의 뒷모습을 바라보았다.

"셋을 셀 동안 안 나오면 일주일로 늘린다. 하나— 두울—"

끼이이이익—

셋을 세기 직전 굳게 닫혀 있던 문이 소리를 내면서 열렸다.

"……"

"…안 때릴 거지?"

"……"

"…화 안 낼 거지?"

겁에 질린 듯한 목소리가 빠끔하게 열린 문틈 사이에서 새어 나왔다.

그 소리를 듣자마자 기엘의 뒤에 서 있던 이리야가 자지러지듯이 웃음을 터뜨렸다.

"크, 크하하하하하핫."

"왜 웃으십니까."

기엘이 눈치없이 웃는다고 이리야의 허리를 쿡 찔렀지만 이리야는 여기저기 자신들을 쳐다보는 마을 사람들의 눈은 상관도 없는지 미친 듯이 웃어댔다.

"푸하하하핫, 화를 내는 로운이나, 화 낸다고 얼굴도 못 내놓는 시안이나 똑같아. 푸하하하하."

"이리야 씨!"

"빨리 안 나와?!"

팽팽하게 대치하고 있는 시안과 로운.

결국 로운이 참지 못하고 다시 소리를 질렀다.

"화 내지 말란 말이야!! 이 아저씨 얼굴!!"

벌컥— 하고 문이 열렸다.

쾅—!!

"크흑—"

로운의 눈앞이 새까매졌다.

덤으로, 대낮인데도 주위에 반짝반짝하는 별이 몇 개나 맴돌았다.

"우, 우앗!!"

벌컥— 하고 문을 열고 튀어나오다 만 시안이 비명을 질렀다.

어떻게 된 것인고 하니, 시안이 문을 열고 나오는데 문에 너무 가까이 서 있던 로운이 열리는 문에 정통으로 얼굴을 얻어맞아 버린 것이다.

"미, 미안. 그렇게 가까이 서 있는 줄 몰랐어."

"너어—"

"우악!! 기엘, 살려줘!! 로운이 사람 죽여!!"

시안은 눈치를 보다가 기엘에게 도움을 청하면서 재빨리 줄행랑을 치기 시작했다.

"너, 거기 안 서?!"

"싫어!! 서란다고 누가 서냐!!"

일행이 떠난다는 소식을 전해 들은 마을 사람들이 삼삼오오 집 앞으로 나와 있다가 시안이 달려가자 옆으로 갈라져서 길을 내주었다.

"시안님!!"

뭐라고 할 것도 없이 기엘이 그 뒤를 따랐다.

이리야는 배꼽을 잡고 웃다가 아직도 이마를 잡은 채 웅크리고 있는 로운에게 다가가서 어깨를 툭툭 치면서 위로를 했다.

"그러니까 화내지 말라고 기사 양반이 몇 번이나 말했잖아."

"그걸 말이라고 해?"

로운은 간신히 띵한 머리를 들어 올렸다.

손으로 몇 번이나 문질렀지만 이마 한가운데에 불룩— 혹이 솟아 나온 것이 만져졌다.

"저 녀석을 잡기만 하면…."

"큭큭큭, 시안 오늘 식사는 다했군."

"젠장!!"

로운이 소리를 지르자 옆에 있던 사람들 몇이 움칠하고 시선을 돌렸다.

그들을 헤치고 마을의 책임자라고 할 수 있는 한스가 앞으로 걸어나왔다.

"여하튼 마을을 떠나주어서 고맙소."

정말 눈물나게 고마운 마음인 한스는 나름대로는 그럭저럭 진심을 담아서 말했다.

"……."

로운은 아무 말 하지 않고 한스의 얼굴을 잠시 쳐다본 다음 발걸음을 돌렸다.

자신이 생각보다 상당히 버릇없이(?) 굴었다는 것은 알고 있다. 하지만 사과를 할 마음도, 그럴 생각도 없다.

로운이 짐을 들고 걷기 시작하자 이리야가 붙임성 좋게 한스를 향해 말했다.

"아아, 이 기사 양반은 성질이 좀 그래서 말입니다. 여하튼 좋은 경험했수. 그러니까 앞으로는 사람을 좀 골라서 하라구요. 자, 신세 잘 졌습니다."

넉살 좋게 말하는 이리야.

하지만 그것을 듣는 한스의 마음은 그렇게 편하지만은 않았다. 아니, 이가 부드득하고 갈릴 지경이다.

진 것은 어쩔 수 없지만 그들이 하룻밤 동안 이 마을에 억지로 머물면서 얼마나 많은 사람들의 가슴을 졸이게 했는지 모른다.

지금 그의 앞에 있는 이리야는 잘 모르겠지만 나머지 두 남자는 아무리 봐도 기사 같은 느낌이었기 때문이다.

그가 알고 있는 한 영주군이 산적 토벌을 하기 위해서 사람들을 내보냈다는 소식은 아직 접한 적이 없다.

그런데 혹시 이 일행이 진짜 기사라면 문제가 커지는 것이다.

하지만 그렇다고 해서 대놓고 '당신들 기사야?' 라고 물을 수도 없는 일.

그러니 속이 탈 수밖에 없었다.

한스는 이제 저 멀리 걸어가고 있는 로운의 뒷모습을 보면서 머리를 흔들었다.

그 순간이었다.

"잠깐."

로운이 뚜벅뚜벅 걸어가다 말고 발을 멈추더니 뒤돌아서 한스를 불렀다.

"당신이 이 마을 책임자인가?"

"그렇소…."

또 무슨 말을 하려는 것인가 싶어서 한스는 가슴을 졸였다.

"누가 와서 물어도 절대로 우리 일행을 봤다는 소리는 하지 말아주었으면 좋겠소."

"······?"

"약속해 준다면···."

로운은 말을 하다 말고 짐 보퉁이 한구석에 손을 쑥 집어넣고 무엇인가를 뒤져서 꺼냈다.

그것은 얼마 전 자신이 끊어버린 신관의 증표인 목걸이에 달려 있던 하이시 중 몇 개였다.

"약속해 준다면 이걸 주겠소. 대신, 절대로 우리 일행에 대해서는 이 마을 사람 전체한테 함구하도록 해주었으면 좋겠는데."

"······."

한스는 로운이 내민 보석을 재빨리 훑어보았다.

눈에 익은 보석은 아니었지만 척 봐도 상당히 고가의 물건임에는 틀림이 없었다.

나름대로는 이 아르바이트성 산적질로 뼈가 굵은 몸이다.

"약속하겠소."

한스는 무뚝뚝하게 대답하면서 그 보석을 받아 들었다.

"대답이 간단해서 좋군."

그 말을 끝으로 로운은 뒤도 돌아보지 않고 한스의 마을(?)을 떠났다.

그리고 마을 사람들 역시 아무 일 없었다는 듯이 모두들 자신의 집으로 돌아갔다.

"어이, 어이. 그런 걸 막 줘도 되는 거야? 보석만 꿀꺽하고 다 불어버리면?"

"그건 그 사람 양심에 달렸지. 그리고 혹 누군가에게 우리를 봤다

는 소리를 하더라도 그걸 가지고 있는 이상은 대충 내가 알 수 있
으니까."

　로운이 대답하자 이리야가 이상하다는 얼굴을 했다.

　로운 역시 그런 가능성을 무시한 것은 아니었다.

　한스에게 건네준 것은 나름대로는 상당히 고가의 물품. 게다가
그것은 자신이 몇 년 동안이나 목에 걸고 다녔던 물건이다.

　신관의 증표로 신관 하나하나에게 주어지는 목걸이는 대신관의
힘이 조금씩 깃들어 있는 물건이다. 말하자면 그것으로 대신관이
원하면 언제든 신관들의 상태를 체크해 볼 수 있는 힘도 가지고 있
는 것이다.

　지금은 끊어져서 대신관에게까지는 영향이 없을지 모르지만 적
어도 그 소유주였던 로운이라면 그 보석을 들고 있는 사람에게 심
리적으로 커다란 동요가 있다면 그 흐름을 되짚어서 알아낼 수 있
을 정도의 힘은 남아 있는 것이다.

　설명은 조금 길었지만 로운의 설명을 들은 이리야가 흐응~ 하고
고개를 끄덕이면서 말했다.

　"그러니까 그 친구가 혹시 그걸 누구한테 넘기지 않는 이상 그걸
들고 거짓말이라도 하면 적당하게 알아낼 수 있다, 이런 소린가?"

　"대충. 거리가 너무 멀어지지만 않으면 가능해."

　"나름대로는 참 편리하구만, 그거."

　"여하튼 영향권을 벗어나기 전까지만이라도 우리에 대해서 함구
해 주면 다행이니까."

　로운의 머리에 그 검은 암살단 하셰카들의 모습이 떠올랐다.

　페이요트 산맥의 그 험한 골짜기까지 따라왔던 끈질긴 존재다.

　언제 어디서 그들의 행적을 추적해 올지 모르는 상황.

그것을 잠깐이나마 늦출 수 있다면 아무것도 아깝지 않다는 것이 로운의 생각이었다.

"그나저나 이 친구들은 어디까지 간 거지?"

"멀지 않은 곳에 있어."

"그건 나도 알지만… 그렇지, 전에 했던 말. 시안 녀석의 힘을 좀 이리저리 잘 묶어놓아야 할 텐데."

"그것도 해야지."

할 일이 태산 같았다. 아직 갈 길도 멀다.

로운은 또다시 아파져 오는 이마를 붙들고 인상을 썼다. 아무래도 두통이 지병이 되지 않을까 하는 생각마저 들기 시작했다.

"아무튼 당분간은 아무 일 없었으면 좋겠는데."

로운이 기원이라도 하듯 중얼거렸다. 그 말을 들은 이리야 역시 제발 다무 일 없기를 마음속으로 바라 마지않았다.

하지만 그들의 기원이 무용지물이었다는 것을 깨닫는 데는 그리 오랜 시간이 걸리지 않았다.

*　　　　*　　　　*

"정의감은 좋아. 하지만 앞으로 신상에 위험이 있을지도 모르는 상황에서는 나나 기엘이 먼저 판단하기 전에는 절대 움직이지 말 것."

"알았어."

"무슨 일이든지 먼저 나나 기엘에게 보고한 후 행동할 것."

"알았다니까."

"무슨 일이 있어도 개별 행동은 절대 피할 것."

"알았다고 말했잖아."

시안은 입을 부루퉁 정도가 아니라 한 발쯤 내밀고서는 로운이 말하는 것에 하나하나 대답을 하고 있었다.

그 옆에서는 이리야가 재미있다는 듯이 시안이 대답을 할 때마다 운을 띄워주면서 시안의 성질을 긁고 있었다.

"그런 얼굴…."

아무리 말을 해도 시큰둥한 얼굴의 시안을 보다 말고 로운이 위협하는 듯한 목소리로 지적했다.

"알았어. 이래도 로운이 옳고 저래도 로운이 옳아. 그러니까 이제 밥 좀 먹게 해주면 안 돼?"

자고로 사람에게 뭔가를 요구할 때 가장 좋은 방법 중 하나는 앞에다가 반대 급부를 제공하는 것이다.

지금 시안은 김이 모락모락 나는 맛있어 보이는 통구이 하나와 작은 그릇에서 끓고 있는 스튜를 보면서 입맛을 다시고 있는 중.

"이제 밥 먹어도 돼?"

"……."

힐끔하고 이리야가 로운을 바라보았다.

하지만 로운의 얼굴에는 어떤 반응도 나타나지 않았다.

"…이렇게 냅두면 바비큐는 타고 스튜는 식을 텐데…."

해는 중천.

시안의 일행은 이제 본격적으로 가이칸 제국령으로 접어들고 있었다.

지루하도록 펼쳐진 평원을 정말 지루한 기분으로 터덜터덜 걸어오던 시안의 주장에 따라 로운이 힘을 써서 식사를 만들기는 했지만 그것을 한 입도 먹지 못하고 있는 시안의 기분은 그렇게 좋지만은 않았다.

무엇보다 시안의 신경을 긁고 있는 상대는 바로 로운이었다.

마을을 떠난 지 이제 이틀째이건만 로운은 내내 이마를 쓰다듬으면서 으르렁대고 있었기 때문이었다.

사실 시안도 로운의 이마를 볼 때마다 미안한 생각이 들지 않는 것은 아니다. 하지만 계속 그것을 가지고 식사 전마다 씹히다 보니 이제 신물이 나기 시작했던 것이다.

"먹어."

로운의 말이 떨어지기가 무섭게 시안이 와악— 하고 음식에 달려들었다. 하지만 로운은 스윽— 푸른색의 멍이 걸출하게 들어 있는 이마를 한번 더 쓰다듬고는 기엘을 바라보았다.

"뭔가 좀 이상해."

"…혹시 그 한스라는 남자가 누군가에게 불어버리기라도 한 거야?"

이리야가 로운에게 물었다.

어젯밤부터 로운의 기분이 상당히 나빠 보였기 때문이었다.

실제 로운은 깨작깨작 신경을 갉아 들어오는 듯한 느낌 때문에 어젯밤을 거의 꼬박 샜다.

피곤함이 몸을 속박해 오는 것을 깨닫고 나름대로는 몸을 추스르려고 했지만 그것이 생각처럼 쉽지만은 않았다.

"안 먹어, 다들?"

휘익— 하고 3명의 남자가 동시에 돌아보았다.

"밥팅이는 입 다물고 밥이나 먹어."

로운의 대답에 시안은 토라져 버렸다.

도대체 밥 먹겠다고 하는 게 뭐가 나쁘단 소린지.

　여하튼 시안이 비어버린 배를 우걱우걱하고 채우는 동안에도 나머지 남자들은 입에 뭐 하나 댈 생각도 하지 않은 채 로운의 옆에 모여들었다.

　"정말 난감하군."

　"왜 그래? 좀 정확하게 말해 봐."

　"아무래도 좀 걸려서. 어제부터 계속 그 촌장 같은 녀석을 짚어보고 있는데 아무래도 누군가에게 말을 한 것 같아. 상태가 별로 안 좋아."

　"하세카가 다시 따라붙은 건가?"

　"아니, 그건 아닐걸?"

　이리야가 단호하게 말을 하자 로운과 기엘이 이리야를 바라보았다.

　"하세카는 그렇게 대놓고 활동하지는 않아. 물론 우리를 습격하던 꼴을 봐서는 하세카치고는 좀 방법이 웃기긴 했지. 하지만 그렇다고 해서 대놓고 누구누구를 보았느냐고 묻고 다닐 놈들은 아니거든."

　"흐응."

　기엘은 딱 잘라 말하는 이리야를 보고 조금 의구심이 생겼다.

　이전에 이리야가 자신에 대해 설명을 하면서 분명 평범한 농사꾼이라고 했던 말을 들은 적이 있었다. 물론 그 뒤로 억지로 물의 술을 배우면서 이런저런 것들을 배웠다고는 해도 너무 자세하게 알고 있다는 생각이 든 것이다.

　결국 기엘은 의구심을 참지 못하고 조심스럽게 말을 꺼냈다.

　"꽤 자세하게 알고 계시는군요."

"아, 그게, 사실은…."

기엘이 조금은 의심스러운 눈으로 자신을 바라보는 것을 깨닫고 이리야는 머리를 긁으면서 대답했다.

어차피 같이 여행을 하는 처지니 그 정도는 말해 줘도 큰 지장이 없을 것이라는 생각 때문이었다.

"사실은 이도 저도 안 되면 하셰카라도 들어가 볼까 해서 나름대로 열심히 알아봤거든."

"너?"

"저 국에서는 계속 나를 쫓아오고, 기분 나쁜 녀석 밑에서 일을 하느니 차라리 완전히 나 자신을 숨기고 사는 게 낫지 않을까라고 생각했던 적이 있어서 말이야. 결국 그만둬 버리긴 했지만 적어도 거긴 입단하는 데 큰 조건은 없거든. 과거 불명이라도 상관없구 말야."

"그렇다고 해도 그건 좀 심한데요. 암살단에 들어가실 생각을 했었다니."

"그러니까 생각이었다고 하잖아. 참나, 가서 그런 끔찍한 꼴을 당하는 것은 정말 사양이야. 여하튼 그런 것뿐이니까 제발 그런 눈으로 보지 말아줬으면 좋겠어, 기사 양반."

"제 이름은 기엘입니다, 이리야 씨."

"물론 알고 있다구. 참나, 하나하나 토 달지 말아줘."

"말버릇처럼 하시다가 입에 붙어버리면 곤란합니다. 나중에 혹 도시나 성에서 실수라도 하시게 되면."

"잠깐. 조용히 해봐, 기엘."

그대까지 묵묵하게 가만히 앉아 있던 로운이 고개를 높이 들면서 말했다.

“응?”

“누군가 따라붙은 것 같아.”

나직한 로운의 말에 정신없이 고기를 뜯고 있던 시안도 눈을 크게 뜨고는 로운을 바라보았다.

“따라붙어?”

“가만히 앉아서 좀 느껴봐. 이전에는 우리보다 훨씬 먼저 느꼈잖아.”

“흐응~”

시안은 고개를 갸우뚱했다.

물론 이전에 누구보다 먼저 자신들을 노리는 하세카를 감지해 내기는 했었다.

하지만 그때는 그때고 지금은 지금이다.

아무리 정신을 집중해도 시안의 감각에 걸리는 것은 아무것도 없었다.

로운과 기엘. 그리고 이리야는 그런 시안을 무시한 채 자신들의 모든 능력을 동원해서 주위에 다가오는 것들을 찾아내기 시작했다.

그런 모습을 바라보던 시안은 갑자기 부아가 났다.

역시 능력이 모자란다는 것만큼 화가 나는 일은 없다.

“케인.”

세나케인을 부르는 것 역시 자신의 능력 부족을 그대로 드러내는 행위였지만 지금 자신이 어떻게 해서든 세 사람만큼 행동하기 위해서는 어쩔 수 없는 일.

시안은 낮은 목소리로 세나케인을 불렀다.

“케인, 어디서 누가 오고 있는지 알겠어?”

모습은 보이지 않았지만 시안은 자신의 몸에서 살며시 바람이 빠져나가는 듯한 느낌을 받았다.

세나케인이 움직이기 시작한 것이다.

"후우—"

문득 시안의 머리 속에 짐 더미 어디엔가 챙겨져 있을 바람술서와 암기장이 떠올랐다.

"맞아, 그게 있었지."

앞으로는 지루하게 걷는 내내 주문이라도 외워야겠다고 생각했다.

'뭐, 며칠 만에 그 지루한 것도 다 외웠는데 주문 정도야 가뿐하지.'

시안은 남은 국물을 후루루룩 마시다 말고 손가락 하나가 좀 뻐근하다는 생각이 들어서 자신의 손을 들어 보았다.

희미하지만 그 손가락으로부터 무엇인가 빠져나가고 있는 것이 보였다.

'이전에는 몰랐는데… 케인 쪽으로 흘러가는 건가?'

미세하지만 지속적으로 힘이 빠져나가고 있었다. 그것을 자각하는 순간 갑자기 시안의 시야가 확 하고 트였다.

'어어?'

드넓은 평원이 시안의 눈앞으로 확 하고 가까이 다가왔다.

마치 그 위를 나는 듯한 기분이었다.

'케인이 보고 있는 건가?'

평원에 넓게 펼쳐져 자라고 있는 작은 잎새 위를 물 흐르듯이 흘러간다.

시안은 그 환상적인 그 광경에 넋을 잃었다.

이곳에 온 후 그가 보고 느끼는 것은 모두 새로운 것들뿐이다. 하물며 그중에서도 이런 체험은 정말 신기하다고밖에 할 수 없는 노릇.

시안은 정신없이 세나케인의 시선을 따라갔다.

시원스럽게 날아가던 세나케인의 시선이 순간 멈칫하고 멈추었다. 시안 역시 몸을 움칠하면서 멈추었다.

멀리 사람들이 웅성웅성하고 있는 것이 보였다.

'누구?'

스윽 하고 시선이 위로 올라갔다.

멀리 말을 타고 있는 기사들이 있었다.

"기사들…."

자신도 모르게 시안의 입에서 말이 흘러나왔다.

"기사들이야. 어딘지는 모르겠지만."

제각기 어디에선가 전해지는 감각을 잡아내기 위해서 주문을 시전하고 있던 일행들이 시안의 목소리를 듣자마자 눈을 번쩍 떴다.

"시안님?"

기엘이 제일 먼저 시안 쪽으로 다가왔다.

시안의 시선은 먼 곳을 바라보는 듯했다. 기엘은 그런 시안의 옆에 무릎을 꿇고 앉아서 조용하게 물었다.

"기사들이라구요?"

"말을 타고. 그리고…."

"얼마나 떨어져 있습니까?"

"몰라."

"입고 있는 옷이나 가슴에 문장이라던가, 그런 것이 보이십니까?"

"다른 것은 말고 가슴이나 칼 같은 것이 보이면 말해 봐."

로운도 재빨리 시안에게 물었다.

시안은 잠시 인상을 찌푸리더니 더듬거리면서 말을 하기 시작했
다.

그의 눈에 보이는 것은 꽤 선명하기는 했지만 가슴의 문장 같은
것이 보일 만큼 가까운 거리는 아니다.
'조금 더 아래로…'
시안의 명령에 따라서 쓰윽 하고 세나케인이 좀 더 가까이 다가
가는 느낌이 났다.
가까이 다가가자 그들의 목소리가 들려왔다.
「기윤님, 이쪽인 듯싶은데요.」
「그런가? 그럼 요하엘로 들어가려 하는 것 같군.」
기윤이라고 불린 남자는 다른 사람들보다 계급이 높은 듯 반짝반
짝하는 갑옷을 입고 있었다.
시안은 그 남자가 들고 있는 방패를 보았다.
양각으로 문장 같은 것이 새겨져 있었다.

"갈색의 사자랑 비슷하게 생긴…"
"사자?"
"갈기가 나 있는 짐승이야. 그리고 검이 세 개."
"레돈일 거야. 갈기가 나 있고 문장으로 쓰일 정도의 짐승이라
면…. 그 정도면 됐어. 시안보고 그만 하라고 해. 그렇게 위험한 상
대는 아니니까."
조용하게 시안이 하는 말을 듣고 있던 이리야가 한숨 놓았다는
목소리로 말했다.
"위험한 상대가 아니라구요?"

"레돈에 검이 세 개면 슈히튼 공작의 문장이지. 그런데 그게 검에 있어? 아니면 가슴에?"

"방패인 것 같은데?"

"됐어, 그럼."

"방패를 가진 남자와 7명 정도."

"자, 자, 그만 하라구."

터억— 하고 이리야가 시안의 등을 쳤다.

"우악!!"

몸이 흔들리는 순간 눈앞이 흐려졌다. 시안은 몇 번 눈을 깜박깜박했다.

"노, 놀랐다."

"이리야 씨, 위험하지 않습니까!!"

기엘이 이리야의 거친 행동에 항의하자 시안은 괜찮다면서 기엘을 말렸다.

"괜찮아, 이 정도는. 뭐, 좀 놀라긴 했지만."

"그래도 술을 쓰는 중에 그런 식으로 방해를 받게 되면 좋지 않습니다. 어디 이상한 곳은 없으신지요."

"괜찮다니까, 기엘. 그리고 이리야, 정말 문제 없는 거야?"

"물론. 슈히튼 공작의 기사라면 우릴 따라올 이유가 전혀 없다구. 문제가 되는 것은 그놈의 하셰카 놈들이지. 무슨 이유가 있어서 기사들이 우릴 따라오느냐구."

"하지만 그래도, 좀 문제가 될지도 모르겠는데."

이리야는 이미 완전히 마음을 놓아버린 듯 슬슬 본격적으로 음식물에 뛰어들기 시작했다.

"뭐, 혹시나 만나게 되더라도 큰 문제는 없을 거야. 슈히튼 공작은 호전적인 인물이긴 하지만 꽤나 강직한 사람이라고 들었거든. 자신이 자청해서 변방의 영지를 하사받아서 온 사람이야. 뭐, 궁극적인 목적이 뭐든 간에 세파에 찌든 인물은 아니라는 소리지. 슈히튼 공작의 기사라면 저 기엘처럼 앞뒤가 좀 막히긴 했어도 누구한테 폐를 끼칠 인물들은 아닐 테니까. 그러니까 이제 밥이나 먹자구."

"흐응."

로운은 그래도 안심이 안 되는지 기억을 더듬어서 슈히튼이라는 남자에 대한 기억을 떠올리기 위해 노력했다.

이전에 보고 받은 자료에 의하면 상당히 호전적인 인물임에는 틀림이 없다.

'하지만 그렇다고 해도 무조건적으로 마음을 놓기에는 좀….'

"생각보다 이리야 씨의 지식이 많은 도움이 되는군요."

기엘이 다행이라는 듯이 말하자 이리야가 멋쩍어하면서 대답했다.

"쿨럭, 뭐 그런 걸 가지고. 이런 식으로라도 도움이 되니 내 쪽에서도 어느 정도는 당신들한테 붙어 있어도 된다라는 느낌이니까."

"하하하."

"암튼, 저 시안만 말썽을 안 피우면 된다. 이거지."

"어어? 그게 무슨 소리야. 내가 뭘 어쨌다구!!"

"그냥 하는 소리니까 신경 쓰지 마."

"어떻게 신경을 안 쓰냐? 그럼 내가 그 꼬마를 못 본 척했어야 했어?"

"어차피 한마을 사람이었잖아. 게다가 그 꼬마는 정확하게 말하면 마을의 규칙을 어긴 거라구."

"정말이지!!"

시안은 발끈해 버렸다.

물론 자신 때문에 일이 커진 것은 인정하지만 그렇게 자신의 몸을 보호하기 위해서 다른 사람을 못 본 척할 수는 없다.

이전에 학교를 다니면서 괴롭힘을 당하던 애들을 볼 때마다 기분이 이상했던 적이 있었다.

힘이 없기 때문에 아무것도 하지 못하는 그 심정을 이 사람들은 잘 모르고 있는 것이 아닐까 하는 생각마저 들었다.

이전처럼 평범한 그런 고등학생도 아니고 다른 사람들보다는 훨씬 좋은, 또는 높은 '능력'이라는 것을 가지고 있는 지금, 아무렇지도 않게 그런 사람들을 지나칠 수는 없다.

'젠장. 기회주의자라고 해도 좋고, 내 멋대로라고 해도 좋아. 여기 있는 한은 절대로 어려운 사람들을 지나치지 않겠어.'

힘이 있을 때는 당당해지고 그렇지 않을 때는 얌전히 있는다라는 생각이 그렇게 옳은 것이라고는 생각되지 않았지만, 그래도 시안은 적어도 힘이 있는 동안은 자신의 생각대로 하겠다고 마음먹었다.

그것이 아주 작은, 자신에 대한 일말의 보상 심리에서 나온 것이라 해도 좋았다.

'말썽을 좀 피우면 어떻고, 문제가 생기면 좀 어때? 해결하면 되잖아. 해결하면!!'

"시안님, 이거 좀 더 드시지 않겠습니까?"

기엘이 좀 화가 난 듯한 시안에게 스튜 한 그릇을 더 내밀었다.

시안은 그 그릇을 낚아채듯이 받아 들었다.

"쳇. 이거나 먹고 입 다물라는 소리야?"

"아, 아니, 그런 것이 아니구요, 시안님."

"아니야, 됐어. 입 다물게. 다 내가 잘못했고 다 내 탓이지, 뭐든간
에."

'젠장. 정말이지 빨리 좀 돌아갔으면 좋겠어.'

바람이 거세게 불어오기 시작했다.

평원의 바람은 무섭다.

집 안 같은 데 있으면 아무렇지도 않은 세기지만 이런 허허벌판
에서 받는 바람은 사뭇 그 느낌이 다른 것이다.

"자, 다들 먹었으면 이제 일어서지. 수통에 남은 물도 얼마 없으
니 이대로 꼬박 걸어서 다음 마을에 도착할 때까지는 식사고 뭐고
없어."

"에엑!"

시안이 바지에 묻어 있던 먼지를 털다 말고 고개를 번쩍 들었다.

"제대로 된 말 몇 필을 구하려면 요하엘 성까지는 가야겠지만
뭐."

"차라리 그 기사들을 기다렸다가 태워달라고 하면 안 될까? 요하
엘까지는 꽤 멀다면서."

"……"

"……"

순간 조용해지는 기엘과 로운을 보면서 시안은 움찔움찔하면서
말을 했다.

"왜? 내, 내가 뭐 이상한 말이라도 했어?"

"말은 싫다며? 말을 타면 어쩌겠다고 했던 것이 얼마 안 된 것
같은데?"

"으윽—"

"남자는 한 입으로 두말하면 안 된다고 했던 게 또 누구더라?"

"마, 말꼬리 잡고 늘어지지 마!! 빠, 빨리 가면 좋다고 말했을 뿐이야!! 말 이야기를 먼저 꺼낸 건 로운이잖아!!"

"흐응."

"새, 생각이 변할 수도 있는 거지 뭘 그런 걸 가지고 쫀쫀하게."

시안은 얼굴이 새빨개진 채 열심히 항변을 했다.

그런 모습을 보면서 로운과 기엘은 빙긋 웃을 뿐 더 이상 아무 말도 하지 않았다.

그러나 그들은 시안이 조금 전에 했던 말이 현실로 일어날 것이라고는 절대 상상하지 못했다.

제3장
요하엘 성에 가다

The Wind of Ashurei

"후우— 온도가 내려가는군."

기윤은 툭툭 자신의 애마인 에셀의 목을 쳐주었다.

"서두르면 내일쯤에는 요하엘로 돌아갈 수 있겠지. 자, 서두르자
고!!"

기윤이 먼저 말을 재촉하면서 달리기 시작했다. 그의 말에 뒤의
남자들이 모두 환호성을 지르면서 그를 따랐다.

근 한 달 간 기윤은 페이요트 산맥의 산적들을 소탕하기 위해서
여행을 했던 차였다.

페이요트 산맥이 워낙 남북으로 길게 늘어져 있는 산맥이기에 그
산맥 전체를 돌아볼 수는 없었지만 적어도 슈히튼 공작령에 해당하
는 지역은 나름대로 철저하게 훑어왔다.

　그 성과가 그리 대단하지는 않았지만 적어도 슈히튼 공작령 내에 사는 영민들에게 슈히튼 공작이 영민의 사소한 생활까지도 신경을 쓰고 있다는 인상을 주기에는 충분했다.

　그 이유는 기윤이라는 기사가 슈히튼 공작의 기사들 중에서도 아주 촉망을 받는 인재라는 것도 있지만, 무엇보다 그가 슈히튼 공작의 아주 가까운 친인척이라는 이유가 더 더욱 컸다.

　슈히튼 공작이 이런 제국 변방의 영지를 자청해서 하사받은 것이 벌써 5년 전의 일이다. 그리고 그 5년 동안 그는 나름대로 영지 여기저기에서 들끓고 있던 많은 산적들을 소탕했고 영민들의 복지를 위해서도 상당히 노력을 해왔으며 그 성과는 변방 지역임에도 불구하고 농한기가 거의 다 지나가는 지금까지 난민다운 난민이 거의 발생하지 않았다라는 사실로 증명되고 있었다.

　"기윤님, 앞쪽에 마을이 하나 있습니다."
　"마을?"
　"네."
　정찰을 나갔던 수하 하나가 돌아와서 보고했다.
　"그럼 잠시 들렀다 갈까? 피곤하기도 하고. 이 녀석들에게 물이라도 실컷 마시게 해줄 수 있겠군."
　기사들이라고 하지만 지금 현재 그들의 몰골은 그리 깔끔하지만은 않았다.
　그 이유야 당연히 한 달 내내 산이며 들이며 닥치는 대로 노숙을 하고 때로는 칼부림도 하는 등 거친 생활을 해왔기 때문이다.
　"어떻게 할까요? 하루 쉬어도 되지 않을까 합니다만. 물론 이대로 달리면 내일 모레면 요하엘에 도착하겠습니다만 저희도 많이

지쳤고…."

기윤은 너털웃음을 지으면서 옆으로 다가온 견습 기사의 어깨를 두드려 주었다.

"많이 힘들지? 아무튼 이제 다 끝나가니까 힘내라구. 일단 저 마을에서 쉬는 것은 마을에 들어가 보고 결정하도록 하지. 너무 작은 마을이면 우리가 머무는 것이 좀 부담스러울 테니까."

기윤이 말하자 견습 기사의 얼굴에 조금 생기가 돌았다.

사실 기윤이 이번에 데리고 나온 7명의 기사는 전부 견습생들이었다.

실력으로는 로열 가드에 뒤지지 않는 기사들이지만 아직 실전이라고는 하나도 해보지 못한 햇병아리들이었던 것이다.

이런 식으로 베테랑 기사 한 명과 견습 기사들을 함께 변방 산적 토벌 같은 명목을 붙여서 내보내는 것이 슈히튼 공작의 기사 수련법이었다.

한 번도 실전을 경험해 보지 못한 기사들은 노련한 한 명의 일반 병사를 따라오지 못한다는 것이 그의 신조였기 때문이다.

물론 다 합해서 8기밖에 안 되는 일행이라 전면전은 힘들지만 적어도 탐색전까지는 가능한 인원인 것이다. 때문에 비록 정식 전투라고 하기는 그렇지만 적어도 산적 토벌이라는 명목 하에 긴 시간 동안 그럭저럭 실전을 경험하다 보면 혈기에 가득 찼던 견습 기사들이 상당히 성숙해져서 돌아오게 된다.

"저 앞입니다."

견습 기사들 중에서도 가장 성질이 급해서 한 달 간 기윤의 속을 무지하게 끓였던 기사 하나가 앞장서서 마을의 입구로 들어섰다.

"그리 크지 않은 마을이군."

기윤은 멀리 고개를 들어서 마을의 상황을 살펴보았다.

삼삼오오 모여 있는 작은 집들을 보아서는 그저 그런 작은 마을인 듯싶었다.

"모두 말에서 내리도록."

꽤 오랫동안 견습생들을 데리고 이런 여행을 해왔던 그로서는 이런 작은 마을에 그들의 일행이 오래 머물기에는 좀 무리가 있다는 것을 잘 알고 있었다.

사람들 전부가 영주의 기사라고 하면 움츠러들어서 도통 제대로 된 정보를 얻을 수 없을 뿐만 아니라 그들이 주는 위압감 때문에 모두 무서움에 떨어서 원래의 생활을 하는 데 상당한 장애를 받기 때문이다.

그들이 말에서 내려 걸어 들어간 지 얼마 되지 않아서 마을의 대표자인 듯한 남자가 그들을 맞았다.

기윤은 먼저 그 남자에게로 다가가서 인사를 했다.

"안녕하십니까. 요하엘의 기사 기윤이라고 합니다. 잠시 동안 마을에 머물고 싶습니다만."

기윤이 들고 있던 방패를 살짝 들어서 문장이 보이도록 했다.

"아… 예."

로운 일행이 떠난 지 얼마 되지 않았는데 또 한차례 기사 무리가 온다는 보고를 받은 한스는 가슴을 졸이고 있던 차였다.

"오래 머물지는 않을 것입니다. 말들에게 줄 물과 잠시 간 휴식을 취할 수 있는 장소만 있으면 좋겠습니다만."

"물론이죠, 요하엘의 기사님들이신데요. 얼마든지 도와드려야지요. 그런데 여행 중이십니까?"

"아, 뭐, 비슷하다고 할 수 있겠지요."

평화로워 보이는 마을이라는 생각에 기윤은 굳이 이들에게 자신들이 산적 토벌단이라는 이야기를 할 필요는 없겠다고 생각했다.

"자, 이쪽입니다."

웅성웅성하는 사람들이 지켜보는 가운데 일행은 마을 안으로 들어섰다.

"그럼, 신세 많이 졌습니다."

"네. 저기… 기사님, 드릴 말씀이 있습니다만."

"예?"

마을의 대표자라고 한 한스라는 남자는 그들이 머무는 시간 동안 아주 친절하게 그들을 대접했다.

때문에 기윤은 아주 기분이 좋아져 있는 상태.

기윤은 그가 무슨 말을 하나 싶어서 자세를 바로하고 정색을 했다.

"그게 어제 이 마을을 스쳐 지나간 사람들이 있어서 그러는데 어딘가 좀 수상해서 기사님들께서 좀…."

"예?"

평화로워 보이는 마을이었기에 아무 말 없이 넘어가려 했던 기윤은 한스가 주저하며 하는 말에 조금 당황했다.

"그러니까 꽤 완력이 좋아 보이는 남자 세 사람이 예쁜 아가씨 한 분을 데리고 지나갔는데 그게 여자 분이 상당히 겁에 질려 있는 듯했습니다. 사실 저희가 어떻게 해보고 싶었지만 그럴 만한 실력도 없고…."

한스는 적당하게 어제의 사실을 부풀려서 자기 멋대로 지어낸 이야기를 줄줄 기윤에게 하기 시작했다.

물론 입막음의 대가를 받기는 했지만 열이 받는 것은 받는 것.

이 순진해 보이는 기사에게 슬쩍 흘리기만 해도 그 일행이 상당히 곤욕을 치루지 않을까 하는 게 그의 생각이었다.

그들이 정말 아무 거리낌 없는 사람들이라면 자신이 이렇게 말하는 정도로 다치거나 죽지는 않을 것이다.

"은발의 정말 예쁜 아가씨였는데 안타깝더라구요."

순진해 보이는 한스의 말에 기윤의 표정이 점점 심각해져 갔다.

기억을 되짚어보건데 이 지역은 요하엘에서 상당히 가까운 지역임에도 불구하고 간간이 산적들의 출몰이 있다는 보고가 있는 지역이었다.

그것도 상당히 조직적이라서 농한기가 되어서 영민들의 생활이 어려워질 때쯤이면 간간이 출몰을 하고 어떤 정보 라인이라도 가지고 있는 건지 번번이 수색망을 빠져나가기 일쑤였다.

다행인 것은 이 지역의 산적들은 인명 피해를 그리 내지 않는다는 것이지만 이 한스라는 남자가 말하는 것처럼 '겁에 질린 묘령의 아름다운 아가씨'를 데리고 있다면 문제가 달라진다.

"그들의 인상착의를 좀 알려주시겠습니까?"

"물론입니다. 기사님."

한스는 기다렸다는 듯이 줄줄줄 그가 기억하고 있는 그대로를 기윤에게 말하기 시작했다.

되도록 자세히, 정말 자세히 설명하기 시작했다.

＊　　　　＊　　　　＊

"기윤님, 이쪽인 듯싶은데요."

“그런가? 그럼 요하엘로 들어가려 하는 것 같군.”

“요하엘로 들어가기 전에 잡아야 하지 않을까요?”

기윤은 턱을 괴면서 생각에 잠겼다.

흔적으로 보아서는 이들은 거의 일직선으로 요하엘로 향하고 있었다.

“혹 노예로 팔려는 것이라면 요하엘로 가서는 소용이 없을 텐데.”

기윤이 아는 한 요하엘에는 노예 시장이 존재하지 않는다.

다른 것은 몰라도 노예 시장만큼은 절대로 허용하지 않겠다는 슈히튼 공작의 엄명이 있었기 때문이다.

그러자 한 남자가 불쑥 말했다.

“하지만 마리에 거리(사창가)는 있으니까 그쪽에 넘기려는 것이 아닐까요?”

그 달에 기윤을 비롯한 다른 견습 기사들의 얼굴이 일제히 굳어졌다.

사실 사창가는 어느 곳에나 있다.

아무리 슈히튼 공작이 힘을 써도 요하엘에도 역시 사창가는 있다. 요하엘의 사창가는 예전의 전설적인(?) 한 유녀의 이름을 따서 마리에의 거리라고 불릴 뿐 사실 다른 곳보다 더했으면 더했지 덜한 곳이 아니다. 특히 노예 시장이 형성되어 있지 않은 요하엘 성에서는 암암리에 노예 시장까지 겸하고 있다는 소문마저 도는 곳이다.

“서들러야겠군. 요하엘에 들어가기 전에 연행을 해야겠어.”

다들 비슷한 생각을 했는지 아무 말 없이 기윤의 뒤를 따라 박차를 가했다.

모름지기 기사의 로망은 아름다운 아가씨를 구출하는 것, 그래서 그녀와 사랑에 빠지고 어쩌고 하는 것이 아닌가!

게다가 그 한스라는 마을 대표의 말에 의하면 그런 미녀는 두 번 다시 없을 정도로 아름다운 환상적인 미소녀.

꼭 그렇다고 하기는 뭐하지만 다들 나름대로는 지루한 일정에 싫증을 내고 있던 차였다. 그런 와중에 '미소녀 구출 작전'은 그들에게 오아시스 아닌 오아시스로 다가왔다.

"그리 멀리 가지는 못했을 것이다. 모두들 조금만 더 힘을 내도록!!"

"예!!"

너른 평원에 말굽 소리가 울려 퍼져 나갔다.

＊　　　　＊　　　　＊

"거기! 모두 무기를 버리고 손을 들어라!!"

"에?"

"……."

두두두ㅡ

몇 기의 말이 달려와서 일행을 빙 둘러 감쌌다.

갑작스러운 말 발굽 소리에 놀란 시안이 멍청해진 표정으로 들고 있던 주문 암기장(?)을 툭 하고 떨어뜨렸다.

"여기 떨어뜨리셨군요, 아름다운 레이디."

"에엑ㅡ?"

시안이 떨어뜨린 암기장을 한 남자가 황급하게 말에서 뛰어내리더니 공손하게 집어서 다시 시안에게 내밀었다.

하지만 시안은 그가 지껄인 '아름다운 레이디'라는 말에 속이 뒤집히는 중이라 대답조차 제대로 하지 못했다.

푸르르르— 하고 고개를 흔드는 말 때문에 흠칫하고 뒤로 피한 시안의 모습을 보자마자 다들 기수를 옆으로 약간씩 돌렸지만 일행에게 겨누어진 창 끝과 검 끝은 치워지지 않았다.

"저어, 저희는 단지 여행을 하고 있는 사람들입니다만."

로운이 기분이 나쁘다는 투로 조용하게 말했다.

기윤이 담담한 목소리로 대답했다.

"그것은 조사를 해보면 알게 되겠지. 당신들이 무력으로 저 아가씨의 자유를 속박해 어디론가 끌고 가고 있다는 제보를 받았다."

"……."

스윽 하고 기엘과 로운, 이리야의 시선이 방금 들은 단어에 몸을 뒤틀면서 괴로워하고 있는 시안 쪽으로 향했다.

그들의 눈에는 아무리 봐도 시안이 남자로밖에 보여지지 않았다. 물론 시안의 키가 그렇게 크지 않다는 것은 인정하지만 저 판판한 가슴의 어디가 여자로 보인다는 말인가.

"역시, 그 자식이 불었군."

로운은 한숨을 푹 내쉬었다. 어제부터 뭔가 기분이 찜찜해서 조심한다고 했는데 결국 이렇게 된 것이다.

"말이 씨가 된다더니. 괜히 말 타고 가고 싶다고 했나 봐, 기엘."

시안도 조금 기분이 그런지 벅벅 머리를 긁으면서 기엘에게 말했다. 기엘은 뭐라고 말하기도 그래서 그냥 시안의 얼굴을 바라보았다.

"저기, 기사님들 맞죠? 저 이 사람들한테 끌려가는 거 아니거든요? 아니, 끌려간다는 소리가 맞긴 맞는 건가? 그럴지도 모르겠군."

시안은 대답을 하다 말고 '맞아, 끌려온 거긴 해'라는 소리를 중얼 중얼하기 시작했다.

그 바람에 이리야는 어이쿠— 하면서 눈을 가려 버렸고 로운은 뭐라고 소리를 지르려다가 말고 포기를 해버리고 말았다.

그와는 반대로 그들을 둘러싼 기윤이나 그 외 견습 기사들이 눈이 번쩍! 해서 로운과 기엘과 이리야를 협박하기 시작했다.

"강제로 끌고 온 것이 아니라면 레이디께서 저렇게 말씀하실 리가 없지 않은가!! 당장 무기를 내려놓지 못할까!!"

"하아…."

기엘은 이번만큼은 시안이 원망스러워지기 시작했다.

물론 그의 입장에서는 끌려온 것이 맞을지도 모르지만 아무리 사실이 그렇다고 해도 지금 그렇게 말할 타임은 아니지 않는가 말이다.

"로운, 어떻게 하지?"

기엘은 미메이라어로 로운에게 속삭였다.

"글쎄. 이런 데서 요하엘의 기사들과 부딪쳐서 좋을 것은 없을 것 같은데."

"아무래도."

"어차피 요하엘로 가던 길이었으니까 천천히 설명해도 좋지 않을까?"

"여하튼 정말 말썽이 많군."

"뭐라고 자꾸 떠드는 거지?"

견습 기사 중 하나가 짜증이 난다는 듯이 로운을 향해 겨눈 창을 위협적으로 움직였다.

"아아, 말하는 대로 할 테니 이건 좀 치워주겠소?"

일단 결정을 하고 나자 기엘과 로운은 재빨리 들고 있던 무기를
풀어서 바닥에 내려놓았다.

이런 상태에서 뭐라고 말다툼을 해보았자 이로울 것은 하나도 없
다는 판단 때문이었다.

기엘과 로운이 무기를 내려놓자 이리야도 어쩔 수 없다는 듯이
무기를 내려놓았다.

하지만 한마디하는 것은 잊지 않았다.

"젠장. 이러다가 나만 다른 곳으로 끌려가는 거 아냐?"

"그럴 리가 있겠습니까."

"자, 아름다운 레이디께선 이리로."

기윤은 그들이 무기를 순순히 내려놓자 안심을 하고 시안에게 손
을 내밀었다.

시안은 그 말에 결국 불끈해서 그 손을 탁— 하고 쳐버렸다.

"뭐야!! 누굴 자꾸 아름다운 레이디라고 하는 거야, 기분 나쁘게.
으윽, 닭살이야."

그러자 로운이 재빨리 미메이라어로 시안에게 속삭였다.

"그냥 여자인 척해. 그쪽이 좀 더 안전할지도 몰라."

"뭐?"

"거기 뭐라고 하는 건가!!"

응? 하면서 시안이 이상한 얼굴을 했다. 왜 아까부터 저 기사인지
나부랭이인지는 로운이 말만 하면 뭐라고 하느냐고 소리를 지르는
지 이해가 가지 않았다.

"저기, 지금 말하는 거 저 사람한테도 들린 거 아니야?"

"뭐?"

"그런데 저 인간은 왜 못 알아듣는 척을 하는 거지?"

이번에는 로운이 어리둥절한 얼굴을 했다.

"못 알아듣는 게 당연하잖아. 난 미메이라어로 말했으니까."

"나한테는 다 똑같이 들리는데?"

순간 로운은 아! 하고 알았다는 얼굴을 했다.

잊고 있었지만 시안이 자신들의 언어를 알아듣고 말하는 것이 배워서 그런 것이 아니라는 생각이 떠올랐던 것이다.

"그건 네가 특이하기 때문이야. 그러니까 입 다물고 아름다운 레이디인 척이나 하라구."

"……."

"그리고 혹 만약의 상황이 되면 세나케인님을 불러서 어떻게든 도망쳐."

"지금도 미메이라어?"

계속 둘이서 속삭이자 더 이상 기다리지 못하겠다는 듯이 한 사람이 끼어들었다.

"자, 그만. 자꾸 이상한 소리를 지껄이면 강제적으로 연행하겠다."

"아아, 알았습니다. 그만 하지요."

로운이 손을 들면서 뒤로 물러섰다. 하지만 그는 살짝 시안의 손에 작은 주머니를 건네주는 것을 잊지 않았다.

그것은 일행의 경비가 모조리 든 작은 주머니로 하이시가 잔뜩 들어 있는 주머니였다.

"조심해."

잠시 숨을 고른 후 로운이 기윤을 바라보며 말했다.

"부탁이니까 시안님께는 해가 가지 않도록 해주었으면 합니다만?"

기윤은 그렇게 말하는 로운을 잠시 쳐다보았다. 정확한 제국어였다.

일단 수상하다는 제보를 들었기 때문에 그들을 연행하고는 있지만 저 로운이라는 사람의 당당한 태도로 봐서는 산적의 끄나풀 같은 생각은 들지 않았기 때문이다. 그런 태도는 옆의 기엘이라는 남자도 마찬가지이다. 비록 자신이 로열 가드는 아니지만 슈히튼 공작과 함께 몇 번이나 수도인 카드미엘에 갔었던 그로서는 나름대로 사람을 재는 잣대가 있기에 더 더욱 그런 생각이 들었던 것이다.

적어도 이 두 남자만큼은 충분하게 교육을 받은 기사 출신이 아닌가 하는 것이 그의 생각이었다. 그 증거로 지금 저 로운이라는 남자가 쓰는 말은 정확한 제국어, 그것도 카드미엘에서만 쓰이는 제국 표준어였다.

그렇게 생각을 하자 기윤의 태도도 조금 달라졌다.

만일 이들에게 아무런 혐의가 없다면 지금 자신들이 그들을 대하는 태도는 상당히 실례가 되는 일이기 때문이다.

"일단 제보를 들은 이상 당신들을 무단으로 풀어줄 수는 없습니다."

"이해하겠습니다."

기엘은 고개를 끄덕이면서 대답을 했다.

기윤의 명령에 따라서 그들의 무기와 몇 개 안 되는 짐은 견습 기사들의 말에 실렸다.

요하엘이 멀지 않았기 때문에 그들은 잠시 상의를 거쳐 시안을 포함한 4명 모두를 되도록 빨리 요하엘로 데리고 가기로 결정했다.

다행히 그들의 말이 먼젓번 그 마을에서 휴식을 취해서 상태가 좋았다는 점도 한몫했다.

시안은 ‘레이디’로 대접받아서 기윤의 말에 함께 타기로 결정되었다.

물론 그 레이디로 불리는 시안은 잔뜩 화가 나서 폭발하기 일보 직전이었지만 기윤을 비롯하여 어느 누구도 알아차리지 못했다.

로운과 기엘과 이리야를 제외하고 말이다.

＊　　　　＊　　　　＊

“끄응~”

어디선가 똥마려운 강아지 한 마리가 끙끙대는 소리가 들려왔다.

“끄으으응~”

그 소리는 끊어질 줄 모르는지 벌써 한 시간여나 계속 진행되고 있었다.

그 끙끙 소리의 주인공인 은발 미소녀(?) 양은 앞에 놓인 하늘하늘한 드레스를 보면서 울상을 짓고 있었다.

“도대체 이건 어디서부터 뒤집어써야 하는 거냐구, 정말.”

툭— 하고 옷을 쳐보지만 역시 어디서부터 입어야 하는 것인지 도통 알 수가 없었다.

“에휴. 그러니까 그냥 남자라고 하면 될 것을 왜 여자라고 해서 이 고생이냐구 정말. 쳇.”

“그건 대우가 다르기 때문이지.”

“우, 우악—!!”

“왜 그렇게 놀라는데?”

멀뚱멀뚱 세나케인이 시안을 쳐다보았다.

"가, 갑자기 나타나지 말란 말야!! 놀라잖아!!"

헉, 헉, 헉 하고 시안이 숨을 내쉬었다.

그렇지 않아도 남자라는 것이 들통날까 봐 목욕도 혼자 하겠다고 했었다.

그런데 갑자기 남자 목소리가 들려오니 놀라지 않을 수가 있겠는가!

"진짜 여자도 아니면서 뭘… 아니면 여자 쪽이 더 좋은 거야?"

히죽하고 세나케인이 웃자 시안은 더 이상 견디지 못하고 손에 잡히는 대로 물건을 집어 던졌다.

"시끄러워!! 이 변태야!!"

이곳은 슈히튼 공작령, 그곳에서도 중심지라고 할 수 있는 요하엘 성이다.

그중에서도 우리의 주인공 시안이 투덜거리며 앉아 있는 곳은 요하엘의 기사 기윤 제나이드 슈히튼의 사가.

기엘과 로운, 그리고 이리야는 어디론가 연행되었지만 시안만은 기윤의 배려로 그의 집으로 안내되었던 것이다.

몸을 씻으라고 깨끗한 물이 든 욕조가 들어온 것도 좋았고, 배고프겠다며 맛있는 음식을 준 것도 좋았지만 역시 옷만큼은 용서가 되지 않았다.

그나마 미메이라에서의 옷들은 아무리 화려하다고 해도 기본적으로는 깔끔한 디자인이어서 시안의 상식으로는 마치 옛날 그리스의 복장 같은 느낌이라 그렇게 거부감이 일지는 않았다. 무엇보다 그때는 진짜로 여자 모습을 하고 있었으니까 말이다.

하지만 지금은 그렇지가 못했다.

제국의 일반적인 귀족 여성이 입는 일상복임에 틀림이 없다라고 옷을 건네준 하녀가 말을 해줬지만 시안은 도통 믿을 수가 없었다.

여기도 너풀, 저기도 너풀.

온통 너풀거리는 레이스며 장식이 한껏 달려 있는 옷은 중세의 무슨무슨 스타일이라고 하는 옷보다 훨씬 너절했기 때문이다.

"젠장, 어디부터 입는 줄 알아야 적당히 걸치기라도 하지. 빌어먹을."

"입이 험하군, 귀족집 아가씨가."

큭큭큭 하고 웃어대는 세나케인을 보면서 시안은 더 더욱 화가 치밀어 오를 수밖에 없었다.

"도대체 기엘하고 로운 녀석은 뭘 하고 있는 거야!! 사람을 이런 데다 처박아놓고."

"흐응."

"흐응은 뭐가 흐응이야."

"뭐, 시간이 해결하지 않을까? 그건 그렇고 조금 수를 써두어야겠군."

"응?"

갑자기 세나케인이 뜻 모를 소리를 하자 시안은 어리둥절한 얼굴로 세나케인을 바라보았다.

"가만히 있어봐."

"……."

스윽—

세나케인의 손이 시안의 머리 위로 올라갔다.

뭔가 주문이라도 외우는 것처럼 세나케인의 눈이 감겼지만 딱히 세나케인의 입술이 움직이지는 않았다.

'하기사 세나케인이 무슨 주문을 외우는 것을 특별하게 본 적은 없으니까.'

기엘과 로운과는 달리 세나케인은 정말 그가 말하는 것처럼 바람 그 자체인지 바람술을 쓸 때 특별한 주문을 외우는 것을 보지 못했다.

단지 그는 그냥 힘을 쓰고 있을 뿐이다.

세나케인의 손이 한차례 시안의 머리 위를 살짝 휘졌다가 다시 내려왔다.

눈을 뜬 세나케인은 시안에게 물었다.

"어때?"

"뭐가?"

"……."

대답없는 세나케인에게 시안이 다시 물었다.

"뭐가 어떠냐니? 말을 해야 알 거 아냐."

"…정말 둔하군. 젠장."

화가 났다는 표정을 마지막으로 세나케인이 그대로 사라져 버렸다.

"어~? 케인, 그냥 사라지면 어떻게 해!!"

다시 혼자 덩그러니 남게 되었다.

"젠장할!! 바보 같은 케인!! 그래!! 너 잘났다!!"

＊　　　　＊　　　　＊

"그럼 단순한 여행객이라는 이야긴가?"

"그렇습니… 어?"

대답을 하다 말고 로운이 자리에서 벌떡 일어섰다.

그것은 기엘도 마찬가지로 앉아 있던 의자가 밀려서 덜컹 소리를 내며 넘어질 정도였다.

쿠당탕탕―

"사라졌어."

"어떻게 된 거야. 방금 전까지 그렇게 생생하게…"

기엘의 얼굴이 사색이 되었다.

로운의 표정도 심각해졌다.

"잠깐, 당신들, 지금 여기가 어디라고 생각하는 거지? 다시 자리에 앉아!"

"여행객이라고 하지 않았습니까!! 도대체 뭐가 더 필요하다는 겁니까! 우리 짐도 이미 다 검사했을 텐데. 뭐든 말해 줄 테니까 우리와 함께 있던 시안님을 만나게 해주시오. 지금 당장!"

"이봐!!"

쾅― 하고 험상궂게 생긴 남자가 탁자를 쳤다.

"지금 당신들 조사받고 있다는 사실을 잊어버린 것 같은데 말야! 그래, 짐 검사를 했는데 수상한 게 한둘이 아니야. 특히 저 검 두 자루."

3명을 앉혀놓고 조사를 하고 있는 남자는 요하엘의 경비대장이었다.

기윤으로부터 세 사람을 인도 받아서 철저하게 조사하라는 명을 받은 그는 그들의 짐을 검사하다가 몇 가지 수상한 물건을 발견했다.

그것은 다른 것이 아니라 희안한 문장이 박혀 있는 검 두 자루와 역시 이상한 문양이 잔뜩 그려져 있는 커다란 책이었다. 그들의 검은 한눈에 봐도 상당한 고가품이었고, 책은 아무런 장치도 되어 있지 않은데도 아무리 애를 써도 책장이 넘어가지 않았다.

그런 요상한 물건을 가지고 있는 이 사람들이 의심스러울 수밖에 없는 것은 어찌할 수 없는 일.

물론 기윤에게 이들을 인수인계 받으면서 혹시나 모르니 되도록 정중하게 대하라는 소리를 듣기는 했지만 그래도 의심이 가는 것은 어쩔 수 없었다. 산적일지도 모른다는 소리까지 들었으니 더 더욱 그럴 수밖에 없다.

경비대장이 그렇게 생각하는 동안에도 기엘은 점점 몰려오는 알 수 없는 두려움에 초조해져 가기 시작했다.

어쩔 수 없는 상황이라 그래도 좀 더 안전하겠지 싶어서 기윤에게 시안을 맡겼던 것인데 조금 전, 바로 조금 전 시안으로부터 전해져 오던 엘의 파장이 순식간에 끊어져 버렸다.

아니, 끊어진 정도가 아니라 아예 사라져 버렸다는 것이 정확한 표현일 것이다. 떨어져 있기는 했지만 생생하게 전해져 오는 시안의 파장을 느끼면서 나름대로는 안심을 하고 있었던 것이다.

'무슨 일이 일어난 거야, 이건.'

기엘은 이를 꾹 악물며 힘줄이 돋아나도록 주먹을 쥐었다.

시안님께 무슨 일이라도 생긴다면 자신을 절대로 용서할 수 없을 것이라고 그는 생각했다.

딱딱한 경비대장의 표정을 본 기엘은 이를 으드득 갈면서 천천히 말했다.

"원하는 것이라면 뭐든 대답해 주겠소. 그러니까 당장 시안님이 잘 계신지 알아다 봐줄 수 있겠소? 시안님께서 안전하게 계시다는 것만 증명해 준다면 뭐든 말해 줄 테니까. 그때까지는 아무런 말도 하지 않겠소."

"……시안님?"

"기윤님께서 모시고 가신 아가씨를 말하는 것 같습니다."

"그 아가씨와는 무슨 사이요?"

"저는 그분을 모시는 사람일 뿐입니다."

경비대장은 지금 이 앞에 있는 사람들처럼 취조하기 힘든 사람들을 만난 적이 없었다.

요하엘이라는 커다란 성의 경비대장을 맡고 있는 그는 경험해 보지 못한 유형의 사람은 없다고 나름대로는 자신하고 있었지만 이 세 사람은 또 다른 의미에서 정말 이상한 사람들이었던 것이다.

한 사람은 아무리 말을 시켜도 대답하지 않았고, 한 사람은 무슨 말이든 물어보면 무엇이든 대답했지만 어딘가 미심쩍었고, 나머지 한 사람인 이 기엘이라는 사람은 무슨 말이든 물어보면 다 대답하겠다고 하면서 시안이라는 여자만 찾고 있는 것이다.

그는 골치가 아팠다.

이상하다면 한없이 이상하고 이상하지 않다면 별로 특별할 것도 없는 사람들이다.

하지만 그렇다고 해서 요하엘의 영주인 슈히튼 공작의 조카이자 기사인 기윤이 직접 취조를 부탁하고 간 사람들을 무작정 놓아줄 수도 없는 노릇이다.

"후우―"

경비대장은 더 이상은 안 되겠다는 생각이 들었다.

붙들고 있어봤자 더 이상 이들이 입을 열 것 같지도 않으니 그냥 다시 기윤을 부르는 수밖에 없다고 판단했다.

그는 사람을 불러서 일단 이들을 구금해 놓도록 하고 기윤에게 연락을 넣도록 하라는 명령을 내린 뒤에 자리를 떠나 버렸다.

그리고 세 사람은 모두 경비대의 한쪽, 반지하에 만들어진 감옥 아닌 감옥에 잠시 갇혀 지내는 신세가 되었다.

"젠장. 이렇게 깨끗하게 사라질 리가 없는데."

잠시 눈을 감고 멀리까지 시안의 흔적을 따라가던 로운 역시 굳은 얼굴을 한 채 기엘을 바라보았다.

기엘은 한쪽에 앉지도 못하고 이리저리 계속 걸음을 옮기면서 초조해하고 있었다.

"세나케인님이 같이 있으니까 큰 문제는 없을 것이라고 생각했는데."

괜찮을 것이라고 말하고 싶기는 했지만 로운도 뭐라고 정확하게 말을 할 수가 없었다.

아예 처음부터 느껴지지 않았다면 말을 할 필요도 없을 것이다. 하지만 그들에게 있어서는 마치 바로 옆에 있는 것처럼 생생하게 느껴지던 사람이 갑자기 사라진 것과 다름이 없는 것이다.

"이젠 그 기윤이라는 기사가 어떻게 손을 써주길 기다려 보는 수밖에. 일단 그를 다시 부르는 것 같았으니까 그가 와서도 해결이 되지 않는다면 어둡기를 기다려서…."

"도망쳐야지."

"아이고오~ 이런 무대포인 인간들이 있나."

그때까지 아무 말 없이 입을 꾹 다물고 있던 이리야가 난처하다는 듯이 고개를 흔들었다.

"여기는 레카 같은 곳이 아니야. 왜 그걸 이해 못하는 거지?"

"레카 같은 곳이나 그렇지 않은 곳이나 우리에게는 큰 상관 없어. 단지 하세카보다는 나을 것이라고 생각해서 말을 따랐을 뿐. 계속 우리를 이런 식으로 가두어놓는다면 이쪽에서도 강경하게 나갈 수밖에."

"그러니까 무대포라고 하는 거 아니야. 그냥 차라리 대놓고 말해 버리면 되잖아. 미메이라 사람들이라고."

이리야의 말에 로운이 대답을 했다.

"여행의 목적은 우리가 여기 있다라고 동네방네 소문을 내는 것이 아니야."

"하지만 필요하다면 밝힐 수도 있어야지. 당신들이 무슨 죄라도 지었어?"

"그렇지만 미메이라의 차기 수장이 달랑 수행원 3명과 함께 가이칸 제국을 유람하고 있다는 사실이 알려져 보았자 좋을 것 하나 없어."

"누가 수장이라고 하래? 나한테 처음에 말한 것처럼 그냥 귀족집 아가씨의 외유를 수행하고 있다고 하면 되잖아."

"그것은 최후의 수단이지 최선의 수단은 아니야. 하나를 말하면 또 하나를 말해야 하니까. 당신의 경우처럼."

"참나, 말 한번 안 통하네."

세 사람이 이렇게 고민하고 있는 동안 시안은 시안 나름대로 또 한 곤경을 겪고 있었다.

"아가씨, 나이트 기윤님께서 식사를 청하십니다."

"그 아가씨라는 말은 좀 뺄 수 없어요? 그냥 시안이라고 부르라니까."

"주인님의 손님인데 그럴 수는 없습니다."

어딘가 모르게 딱딱한 느낌의 하녀는 저 키리엔의 라헬이 생각나게 하는 하녀였다.

시안은 한숨을 푸욱 내쉬면서 어디나 하녀들은 비슷한가 보다 하고 중얼거렸다.

"젠장, 호랑이 굴에 들어가도 일단 먹고 봐야 하는 걸까?"

그의 머리 속에 로운 일행이 어떻게 하고 있을까 하는 걱정이 들었다.

자신과는 달리 칼을 든 기사들에게 줄줄 끌려갔던 그들이었다.

"후우~ 좋아, 일단 그 기윤이라는 기사를 만나보면 뭔가 알게 되겠지. 알았어요, 식사라고 했죠? 가죠."

"이쪽으로 오십시오."

"아름다우시군요, 레이디."

느끼느끼한 버터를 잔뜩 처바른 듯한 대사.

시안은 속으로 으웩— 이라고 몇 번이나 되뇌였다. 얼굴 근육에는 이게 경련이 일 정도다.

'게엑— 밥도 안 넘어가겠다.'

기엘과 로운이 들으면 웬일이냐고 할 만한 대사를 아무렇지도 않게 궁시렁거린 시안은 기윤이 이끄는 대로 멋들어지게 차려진 식탁 한쪽 자리에 안내되었다.

"변변치 않지만 부디… 레이디."

"아아, 시안이라고 불러주시겠어요? 그런 칭호는 익숙하지가 않아서."

"그러십니까? 하지만 그래도."

"서로 피차 편한 게 좋잖아요. 나도 기윤님이라고 부를 테니까 부디 시안이라고 불러주세요."

방긋하고 애원하는 표정을 지어 보인다.

과연 그 표정은 그럭저럭 효과가 있었는지 기윤은 어쩔 수 없다는 듯이 잠시 미소를 지었다가 대답했다.

"그럼 시안님."

"좋아요."

씽긋하고 나름대로는 최대한의 노력으로 시안이 웃으면서 대답했다.

'두고 봐라. 나중에는 네 녀석의 뒤통수를 있는 대로 힘껏 쌔려주겠어!!'

"그나저나 제 일행들이 어떻게 되었는지 궁금한데요. 오해가 풀렸으면 하는데."

"아, 그게."

"저희들은 단순하게 여행을 하고 있었을 뿐인데 도대체 무슨 제보를 들으신 것인지 궁금합니다."

코 앞에서 무럭무럭 맛있는 냄새가 피어 오르고 있기는 했지만 시안은 꾸욱 참으면서 기윤에게 물었다.

일단은 우아한 아가씨 역할을 해두는 게 좋을 것 같아서였다.

우아한 아가씨가 맛있는 냄새를 풍기는 음식이 있다고 해서 우걱우걱거리고 먹기만 해서야 의심을 살 것 같아서였다.

다행히 오자마자 약간의 요기를 한 터라 시안은 그럭저럭 참을 만했다.

"레이디께서 몇 명의 남자들에게 협박을 당하시면서 끌려가고 있다는…."

"그게 무슨 소리예요? 협박이라니. 물론 가끔 얌전하게 행동하라고 혼은 나고 있지만 협박이라니 말도 안 됩니다."

'우욱— 입이 썩는 것 같아.'

기윤은 조금 정색을 하고 있는 시안을 보면서 아무래도 실수를 했다는 생각을 하기 시작했다.

"그들은 저를 보호해 주고 있는 사람들이에요. 물론 아까는 너무 트러블이 생길까 싶어서 얌전이 따라왔지만, 이런 식으로 나오시면 정말 곤란합니다. 그 사람들 아마도 절 무척 걱정하고 있을 겁니다. 그들을 만나고 싶어요."

"곧 만나게 해드리겠습니다. 몇 가지 궁금한 것이 있어서 일단은 경비대 쪽으로 보냈습니다만."

"궁금한 게 뭔데요? 제가 말씀을 드릴 테니 풀어주세요."

나름대로는 최대한 노력을 해서 귀족 집안 아가씨처럼(?) 대답을 하는 시안.

시안은 스스로도 상당히 대단하다고 생각하면서 점점 귀족 아가씨 노릇에 빠져 들어갔다.

"그들이 없으면 전 불안해져서… 부디 이해해 주시기 바랍니다."

그러면서 정말 불안한 듯한 표정까지 지어 보인 시안은 기윤이 정말 안타깝다는 얼굴을 해 보이자 '성공이다!!'라고 속으로 소리쳤다.

'나이스! 넘어오는군. 역시 구라가 짱이야. 연기 대상이 다 뭐냐. 이 정도면 오스카 상 받아도 될걸? 돌아가면 연기자나 해볼까봐.'

마지막 확인 도장으로 너풀너풀한 옷깃으로 눈물을 찍어내는 시늉까지 하자 기윤이 오히려 안절부절한 상태가 되어버렸다.

기윤은 눈앞에 있는 애절해 보이는 소녀(?)에게 사실은 거의 홀딱 반해 있다고 해도 과언이 아니었다.

"식사 후에 제가 직접 가서 그분들을 모셔오도록 하지요. 그럼 되겠습니까?"

"네. 정말 감사합니다."

생긋 웃는 아름다운 얼굴.

그 얼굴에 취할 것같이 되어버린 기윤은 감격했다.

역시 기사의 로망은 아름다운 아가씨를 돕는 것이다.

＊　　　　＊　　　　＊

"흐음. 수상하긴 하군."

경비대장의 보고를 받은 기윤은 그가 작성한 보고서를 한번 쓰윽 훑어본 후 그의 감상을 이렇게 표현했다.

기윤은 저녁 시간이 넘어 까실까실하게 수염이 돋아난 턱을 몇 번이나 쓰다듬었다.

난처할 때면 의례 그런 손짓을 한다는 것은 그의 주위 사람들이라면 누구나 다 알고 있는 사실.

그가 이렇게 고민하고 있는 이유는 다름이 아니었다.

바로 시안이라는 아름다운 아가씨의 소원을 당장 들어주기에는 약간의 미심쩍은 구석이 있다는 것 때문이다.

시안에게는 당장이라도 나머지 세 사람을 데리고 올 것처럼 말하긴 했지만 사실 그렇게 하기에는 문제가 있었다.

"이 문양은 어디서 본 기억이 있는데."

그는 기억을 더듬었다.

물론 모든 가문의 문장을 외우고 있는 것은 아니지만 이런 특이한 느낌의 문장이라면 어디선가 한번쯤은 본 기억이 있을지도 모른다는 생각에서였다.

모양은 사실 그렇게 특이한 것은 아니다. 일반적인 바스타드 소드의 길이를 하고 있는 두 자루의 검은 생긴 것보다는 훨씬 무게가 가벼우면서도 단단했다.

오랫동안 검을 만져 온 기윤으로서는 한눈에 봐도 정말 좋은 명검이라는 것을 느낄 수 있는 물건이었다. 무슨무슨 전설이 깃든 그런 명검은 아니더라도 제국의 로열 가드나 만져 볼 수 있을 듯한 검인 것이다.

날렵하게 생긴 손잡이 부분은 단단했고 마모된 것은 아니지만 오랫동안 사용한 듯한 흔적이 역력하게 남아 있었다.

적어도 장식품으로 들고 다닌 검은 아니라는 소리가 된다.

그중에서도 그의 눈길을 끄는 것은 문장 비슷한 것이 블레이드(칼날)의 윗부분에 음각으로 얕게 새겨져 있다는 것이었다.

둥근 원형의 구와 원형의 구에서 시작되는 작은 회오리 선이 그 구를 감싸듯이 몇 개 새겨져 있는 독특한 문양.

"흐응. 도감이라도 뒤져 보아야 하나?"

분명 시안의 말대로라면 그들은 그 아가씨를 모시고 있는 시종 내지는 기사쯤 될 것이다.

아무래도 자신이 기억 못하는 지방 귀족이 아닐까 하고 그는 생각했다.

"아니지. 일단 만나보면…."

시안과 약속을 한 이상 오늘 내로 그들을 시안에게 데려다 줘야 한다고 생각한 기윤은 그렇게 결정을 내렸다.

수상한 점이 있다면 이후 조사해도 크게 무리가 없을 것이라는 생각도 들었다.

"후우—"

어둑어둑해지던 옥사에 횃불 하나가 들어왔다.

타오르는 횃불은 일렁일렁이면서 시시각각 벽에 비추어지는 그림자의 모양을 달리하고 있다.

해가 떨어지자마자 차가운 돌 바닥에서는 찬 기가 올라오기 시작했다.

이리야는 그 차가운 돌 바닥을 피해 낮게 깔려 있는 침상(이라고 추정되는)에 올라가 심각한 표정을 하고 있는 두 남자를 바라보았다.

무엇이 그리도 심각한지 두 사람은 말 한마디 하는 일 없이 뚫어져라 문만 노려보고 있었다.

"이봐, 왜 그렇게 심각해? 아무리 파장이 끊어졌다고 해도 일단 그 세나케인인지 뭔지가 항상 들러붙어 있는 거잖아."

"……."

이리야의 말이 빈 벽에 부딪혀 돌아온다.

그는 기껏 분위기를 바꾸어보기 위해서 말을 걸었지만 대답이 없는 두 사람에게 슬슬 화가 나기 시작했다.

"도대체 왜 그렇게 둘 다 퉁퉁 불어 있는 거야? 어차피 둘이서 알아서 결정해서 이 지경에 온 건데, 응?"

"심각할 만한 사정이 있어서 그럽니다."

입을 꾹 다물고 있던 기엘이 조용히 말했다.

단 몇 시간 만에 3박 4일쯤은 밤을 샌 사람 같은 얼굴이 되어버린 기엘은 피곤한 신경을 애써 추스르면서 다시 한 번 시안을 찾기 위해 정신을 집중했다.

그는 이곳에 들어온 그때부터 지금까지 계속 힘을 소모하고 있었다.

몇 번이나 이 요하엘 성을 훑어보았는지 모른다.

하지만 아무리 뒤져도 그가 찾는 상대는 잡히지 않았다.

식은땀이 등골을 타고 내려 이제는 옷이 다 축축해질 지경이다.

"그 심각한 사정이 뭔지나 좀 들어보자구. 응?"

대답없는 기엘 대신에 이번에는 로운이 한숨을 길게 내쉬고는 대답했다.

"시끄럽군."

"시끄럽기는 뭐가 시끄러워! 젠장. 어떻게 돌아가는 건지 왜 저 양반이 계속 저러는지 이유나 알아야 협력을 해주든 말든 할 거 아니야! 여하튼 일행이라고 한 이상, 나도 이렇게 계속 방관한 채로는 있을 수 없다구. 무슨 말인지 알아들어?"

로운이 힐끗 이리야를 바라보았다.

"물의 술을 배우면서 엘에 대한 것은 배웠겠지?"

"그 정도는 배웠지."

"엘러에게 있어서 가장 위험한 것이 뭔지도 알겠고."

"뭐, 그런 의미라면 역시 엘을 못 쓰게 되었을 때 아닌가? 신의 축복은 신에게 돌아간다라고 하는 말도 들은 것 같고 말이야."

이리야는 이전에 배웠던 몇 구절을 읊어보았다.

"보통 사람들과는 달리 엘러는 엘러로서의 힘이 다하면 그대로 자신이 타고난 엘로 돌아간다고들 하잖아. 뭐, 나는 실제로 본 적이 없어서 잘은 모르겠지만 언젠가는 나도 머리카락 한 올 남지 않고 물의 상태로 돌아가겠지 뭐. 무덤조차 안 남는다는 게 좀 기분 나쁘긴 하지만 어쩔 수 없잖아?"

"잘 알고 있군. 그렇다면 현재 시안의 엘이 완전히 사라졌다는 것에 대해서 어떻게 생각해?"

"…아!"

짧은 감탄성과 함께 이제야 깨달았다는 듯한 이리야의 표정이 로운의 눈에 들어왔다.

"시안은 이전에도 비슷한 일을 한번 겪은 적이 있어. 완전히 엘의 흐름이 막혀서 어떤 파장도 느껴지지 않았었지. 혹시나 녀석이 혼자 바람술을 시험하다가 다시 그런 상태에 접어든 것이라면…"

"그런 소리는 입 밖에 내지도 마!!"

그때까지 정신을 집중한 채 시안의 기척을 느끼기 위해 안간힘을 쓰고 있던 기엘이 갑자기 버럭 화를 내면서 소리쳤다.

"두 번 다시 그따위 소리 지껄이지 마!! 절대 무사하실 거야!! 절대!!"

기엘은 피가 마르는 것 같았다.

그때의 이야기를 떠올리는 것만으로도 머리 속이 하얗게 되어버린다.

그런 감각은 두 번 다시 느끼고 싶지도, 그리고 보고 싶지도 않다.

하지만 지금….

"만반의 준비를 해두자는 소리야, 기엘."

"알아!!"

급박한 상황이 오자 기엘과 로운은 서로 정반대의 반응을 하고 있었다.

한 사람은 침착하기 그지없을 정도로 냉정했고, 한 사람은 단 한 순간도 가만히 있지 못하고 안절부절하고 있다.

"젠장… 어떻게 되신 건지 알 수만이라도 있다면…. 거기!! 거기 누구 없어!! 그 기윤이라는 기사를 당장 불러줘!!"

철창에 매달려 기엘이 소리를 질렀다.

하지만 그의 목소리는 텅 빈 공간에 맴돌 뿐 누구 하나 대답하는 사람이 없었다.

"빌어먹을! 누구라도 좀 나타나란 말이야!!"

콰앙— 하고 철창이 울렸다.

기엘이 성질을 이기지 못하고 발로 걸어찼기 때문이었다.

"기엘, 진정해."

"로운, 나가자."

"……"

"아무리 생각해도 이상해. 그렇게나 찾아봤는데. 이 정도 철창쯤 못 끊어내는 것도 아니고."

"어, 어이, 이봐, 기사 양반. 진정하라구."

이리야가 벌떡 일어나서 기엘의 팔을 잡았다.

"지금 여기서 뛰어나가면 우리도 움직이기가 힘들어지잖아. 조금만 더 기다려 보는 것이 어때? 응? 그 경비대장인지 뭔지가 그 기사한테 연락을 하겠다고 했잖아."

하지만 기엘은 이리야의 팔을 뿌리쳐 버렸다.

"안 가겠다면 나 혼자라도 가겠어."

"기엘!!"

로운이 단호한 목소리로 기엘을 불렀다.

기엘은 그의 목소리에 움칠해서 잠시 동작을 멈추었다.

"어둠이 내려올 때까지도 아무 소식이 없으면 그때 움직이자. 그때까지만, 그때까지만 기다려."

"……."

기엘만큼이나 지친 기색의 로운은 그렇게 말하고 손으로 얼굴을 훑어 내렸다.

"어두워질 때까지도 소식이 없으면, 요하엘의 성벽이라도 부숴줄 테니까 지금은 조금만 더 기다려 보자구."

"젠장!!"

다시 한 번 철창이 쿠우웅— 소리를 내면서 울렸다.

이리야는 벌어지는 광경에 뭐라고 할 말이 없어 그냥 입을 다물고 말았다.

생각지도 못했던 일이었다.

엘의 파장이 끊어져 아무것도 느껴지지 않는다는 것이 무엇을 의미하는지는 알고 있었지만 그것을 실제로 경험해 본 일이 없기 때문에 상상조차 하지 못했던 것이다.

그는 이 두 사람이 얼마나 피가 마른 상황에 처해 있는지 비로소 깨달았던 것이다.

"후우— 진짜 미치겠군, 이거."

"시안 리에 디 하로이옌 미메이라. 호로스의 불길이여, 눈앞에 모습을 드러내라. 라이트."

낭랑한 목소리로 읊어지는 주문.

하지만 시안의 손끝에는 아무것도 생겨나지 않는다.

세 사람이 자신에 대한 걱정으로 피가 마를 지경이었지만 정작 당사자인 시안은 아무런 거리낌 없이 배부르게 먹고, 쉬고, 그리고 이제는 한가하게 바람술 연습을 하고 있었다.

"이상하잖아, 이거. 너무 간만에 해서 그런가?"

손바닥을 탈탈탈 몇 번 털었다가 시안은 다시 주문을 외우기 시작했다.

"시안 리에 디 하로이엔 미메이라. 호로스의 불길이여, 눈앞에 모습을 드러내라. 라이트."

나름대로는 꽤나 진지하게 정신을 집중해서 주문을 외웠다고 생각했는데 역시 그의 손끝에는 아무것도 보이지 않았다. 환한 구체는커녕 불꽃 하나 반짝이지 않는 것이다.

"흐으응… 이거 곤란한데. 어이, 케인, 이거 어떻게 된 건지 알아?"

시안은 팔장을 끼고 세나케인을 불렀다.

"어이, 이봐? 자?"

시안은 손을 들어서 머리를 탁, 탁, 하고 치려다가 말고 멈칫했다.

아무리 자기 몸속에 들어 있다고는 해도 방금 전에 자신이 하려던 행동은 멍청하기 그지없는 짓이라는 생각이 들었기 때문이다.

"멍청한 것을 알아채기라도 하니 다행이군."

"어? 안 잤네?"

"내가 잠 같은 것을 잘 리가 없다는 것도 모르는 건가?"

"그럼 좀 나와봐. 이상하단 말야."

"이상하기는 뭐가 이상해."

슈르르르— 하고 어디선가 바람이 불어오더니 시안의 앞에 희미한 형체가 생겼다.

그것이 조금 후면 더 짙어지겠지 하고 바라보고 있던 시안은 아무리 기다려도 세나케인의 몸이 실체화되지 않자 눈을 깜박이면서 항의했다.

"뭐야. 웬 유령이냐구."

"지금은 이 정도로 족해."

"아까는 괜찮았잖아."

"둔치."

"뭐가!!"

"그래도 모르겠으면 그 엘-루하라고 하나? 그걸 해봐. 그럼 알 수 있을 테니까."

"응? 엘-루하? 그건 왜? 나 그거 잘 못해."

"……."

"그거 말고 그게 뭐더라? 정화의 바람!! 그건 쉬우니까 그걸 할게."

시안은 자신이 지금 무슨 말을 했는지 잘 모를 것이다.

엘-루하보다 몇 배는 어려운 것이 정화의 술인데도 그것이 쉽다고 하니 말이다.

하지만 세나케인은 아무 말도 하지 않고 할 수 있으면 해보라는 듯이 고개를 끄덕였다.

"메. 하니다."

손을 가슴 앞에 모으고 조용하게 주문을 외웠다.

원래대로라면 그 즉시 공기가 움직이면서 손바닥 사이에 바람의 소용돌이 같은 것이 생겨나야 정상이건만 바람은커녕 아무런 느낌도 들지 않았다.

“어? 안 되네?”

“아직도 모르겠냐?”

얼굴 가득 물음표를 띠고 있는 시안을 세나케인은 한심하다는 듯이 쳐다보았다. 도대체 어느 세월이 되어야 저 바람의 계승자는 바람의 술을 깨달을 수 있는 걸까?

“네 엘의 파장은 지금 모조리 봉인되어 있는 상태다. 그걸 못 느끼다니 정말이지 믿을 수가 없군.”

“봉인?”

“그래, 봉인.”

“왜?”

멍청하기 이를 데 없는 질문이 다시 시안의 입에서 나오자 세나케인은 마치 인간처럼 머리를 쥐어 뜯었다.

“이 멍청아!! 그 기사들도 없는데 혹시나 네가 바람의 계승자라는 사실을 다른 사람이 알게 되면 어떻게 할래?! 응?”

“아!! 그렇구나!!”

손바닥을 펴서 타악— 하고 시안이 이제야 깨달았다는 얼굴을 했다.

“그렇군!! 맞아. 로운이 그런 말을 하기는 했었어. 엘을 억제하는 방법을 가르쳐야 하겠다고.”

“으이그…”

그리고 몇 번이나 주문을 다시 외우면서 진짜 아무런 바람도 일어나지 않는다는 것을 직접 확인한 시안은 다시 원래의 그 만족스러운 표정으로 돌아가 버렸다.

바람술을 쓸 수 없는 게 자신의 탓은 아니라는 것을 깨닫자 마음이 편해져 버린 것이다.

“도대체 어떻게 그렇게 태평한 거지?”

“그럼? 태평하지 않으면? 안달복달이라도 할까? 어차피 이 요하엘 성인지 뭔지에서 떠나면 다시 쓸 수 있을 거 아니야. 뭐, 다시 돌아갈 수 없는 것도 아닌데 그럴 거면 마음 편하게 있는 쪽이 좋아. 그게 정신 건강에도 좋은 거라구.”

사실이 그렇지 않은가?

위험할까 봐 봉인을 해둔 것이라면 위험이 없어지면 다시 풀면 그만이다. 게다가 그건 자신의 분신처럼 자신에게 들러붙어 있는 세나케인이 한 일이다.

세나케인을 달달 볶아서 원래대로 돌려달라고 하면 그만인데 굳이 자신이 마음을 쓸 필요가 없다고 하는 것이 시안의 생각이었다.

“난 지금부터 잘 테니까 무슨 일 있으면 깨워줘.”

“내가 네 시종이라도 되냐?”

“시종이고 아니고 뭐 어때? 어차피 잠 같은 거 안 잔다며. 그럼 부탁해.”

그 말을 끝으로 시안은 푹신한 침대 한구석으로 파고 들어가 잠을 청했다.

숫자 같은 것을 셀 필요도 없이 시안은 그대로 고르르릉 소리를 내면서 잠에 곯아떨어져 버렸다.

자신이 이렇게 마음 편하게 있는 동안 진짜 ‘무슨 일’이 벌어지고 있는지 까맣게 모른 채 말이다.

＊   ＊   ＊

“이게 무슨 문장인지 설명해 줄 수 있겠습니까?”

"그보다 먼저 시안님이 무사하신지 알고 싶소."

"물론. 안전하게 제 사가에서 편히 쉬시고 계십니다."

"직접 제 눈으로 확인하게 해주셨으면 합니다만."

"일단, 당신들에 대한 의문이 다 풀리지 않은 상태라 그것은 불가합니다. 제가 묻는 것에 그대로 답을 해주신다면 당장이라도 시안님이 계신 곳으로 안내해 드릴 수 있습니다."

불끈하고 기엘이 주먹을 쥐고 일어서려는 것을 로운이 간신히 막고서 대답했다.

"좋습니다. 최대한 빨리 그 의문점이라는 것을 풀어보지요."

기윤은 로운이 순순히 대답을 하자 안심했다는 듯이 자신도 건너편의 비어 있는 의자에 가서 앉았다.

"물론 실례가 될 수 있을지도 모르겠습니다만, 제 입장에서는 그냥 간과할 수 없는 부분이 있기 때문에 부디 양해해 주시기 바랍니다."

"알겠습니다."

기윤이 손짓을 하자 몇 명의 병사들이 일행의 나머지 물건들을 가져와서 그들의 앞에 내려놓았다.

조사를 한 듯 대부분의 짐이 풀어헤쳐져 있었지만 로운은 별반 신경을 쓰지 않았다.

"그래서 궁금한 게 뭡니까?"

"아까 말한 것처럼 당신들이 어디 소속의 기사들인지 궁금하군요."

기윤은 일부러 말을 골랐다.

산적이라는 제보를 듣기는 했지만 이미 시안의 말도 들었고 이들이 산적이라는 생각은 거의 지워 버리고 있었기 때문이다.

기윤의 질문을 받은 로운은 잠시 기엘의 얼굴을 쳐다보았다가 건조한 목소리로 대답했다.

"기사라고 하기는 뭐하고 그냥 검을 좀 쓸 뿐입니다."

"기사가 아니시라구요? 그럼 용병?"

"용병은 아닙니다. 단지 그저 시안님을 모시고 여행을 하기 위해 고용되었을 뿐입니다. 시안님께서는 지금 처음 세상 구경을 하시는 터라…"

기윤은 고개를 비스듬히 기울이고서 로운의 말을 듣고 있었다.

기사가 아니라고 말하고 있지만 이들은 아무리 봐도 기사 이외에는 어울리는 이름이 없는 느낌의 사람들이다.

"그럼 출신은?"

"……"

로운이 입을 다물자 옆에서 기엘이 대답했다.

"미메이라입니다. 더 자세하게는 말씀드릴 수 없어서 죄송합니다. 되도록 조용하게 여행을 하라고 하신 당부가 계셔서."

"…미메이라?"

그때까지 조금은 미심쩍다는 생각만을 하고 있던 기윤은 조금 전 기엘이 한 말을 믿을 수가 없었다.

'미메이라라고? 그 바람의 신국? 설마.'

기윤은 재빨리 그들의 외모를 다시 한 번 살폈다.

하지만 그가 알고 있는 상식과는 많이 다른 그들의 머리 색이 그의 의심을 더욱 부채질했다.

"하지만 제가 알기로는 미메이라인들은 모두 은백색의 머리카락을 가지고 있다고 하던데."

"시안님께서는 은백색의 머리 색을 가지고 계시죠. 미메이라인이라고 해서 모두 은백색의 머리카락을 가지고 있지는 않습니다."

"그러다면 시안님이 그… 엘러라는 소리입니까?"

잠시 침묵이 그들을 감쌌다.

엘러라는 존재는 사실 그렇게 흔한 존재는 아니다. 그렇다고 한 명도 찾아볼 수 없는 것은 아니지만 마법사의 존재만큼이나 그들이 특이한 존재임에는 틀림이 없는 것이다. 그나마 엘러가 적은 제국 에는 마법사가 다른 나라에 비해 꽤 많기는 하다. 하지만 역시 순수 한 엘러를 찾아본다는 것은 쉬운 일이 아니다.

하물며 제국 출신도 아니고 신국 출신의 엘러라는 것은 평생을 가도 한 번 볼 수 있을까 말까 한 존재.

기윤의 경우 슈히튼 공작과 함께 황성을 방문했을 때 먼 발치에 서 그 엘러라고 하는 사람들을 볼 수 있었을 뿐, 실제 그들과 마주 친 적은 단 한 번도 없었다.

"신국인들은 기본적으로 힘을 타고납니다. 그게 그 은백색의 머 리카락으로 증명이 되지요. 하지만 시안님께서는 여자인 탓인지 그 렇게 능력이 크지는 않습니다. 그저 산들바람을 좀 일으킬 수 있을 정도뿐이지요."

아무렇지도 않게 멀쩡한 얼굴로 거짓말을 하고 있는 기엘과 로운 을 보면서 이리야는 '이런 인간들을 봤나' 하면서 속으로 혼자 궁 시렁거리고 있었다. 그리고 한편으로는 저런 거짓말에 순순히 넘어 가고 있는 기윤을 비웃고 있었다.

아무리 신국인에 대한 것이 많이 알려져 있지 않다고 해도 저렇 게 그대로 넘어가는 것이 너무 웃겼다.

물론 로운의 설명도 틀린 것은 아니다.

미메이라인의 대부분이 엘러의 자질을 가지고 태어나기는 하지만 그렇지 않은 사람도 많다. 그리고 로운의 말처럼 그들이 모두 은백색의 머리카락을 가지고 태어나지도 않는다. 다만 지금의 로운이나 기엘처럼 검은 머리카락을 가진 미메이라인은 미메이라의 전국을 다 뒤져도 단 한 사람도 나오지 않는다는 것이 문제라면 문제.

그러니까 다시 말해서 로운은 지금 있는 말 없는 말을 마구 만들어내고 있는 것이다.

물론 그들의 설명으로 자신도 은근슬쩍 '능력이 없는 미메이라인'으로 신분이 적당히 감추어졌지만 그래도 거짓말은 거짓말이다.

그런 거짓말임에도 불구하고 그대로 그 말이 먹혀들어 간다는 것은 그만큼 제국인들이 미메이라라는 신국에 대해서 알고 있는 사실이 없다는 소리가 된다.

"그렇군요…."

기윤은 고개를 끄덕였다.

이들 말을 전적으로 믿기 위해서는 이제 단 한 가지 과정만 거치면 된다는 생각이 들었던 것이다.

이들 말이 사실이라면 자신의 집 손님 침실에 있는 그 아름다운 아가씨는 신비로운 미메이라의 엘러라는 소리가 된다.

진짜 엘러라면 그것을 증명해 보라고 하면 그것으로 끝.

만일 진짜 엘러가 아니라면 그때 다시 추궁하면 된다.

"좋습니다. 당신들의 말을 믿기로 하지요. 물론 소속을 정확하게 밝혀주신다면 더 더욱 좋겠지만…."

"죄송합니다만 그것은 불가능합니다. 앞에서 말씀드린 것처럼…."

로운이 다시 정색을 하고 말하려 하자 이번에는 기윤 쪽에서 손을 들면서 그의 말을 막았다.

"아닙니다. 사정은 충분히 이해할 수 있으니 이 정도로 끝내지요."

그가 생각해도 만일 자신에게 금지옥엽 같은 딸이 하나 있어서 몇 명의 수하를 붙여 여행을 내보낸다면 되도록 신분을 숨기고 다니라고 할 것이다.

물론 위험한 순간이 오면 신분을 드러낼 수도 있겠지만 무슨 일이 벌어질지 모르는 것이 여행길인만큼 일단은 유괴나 기타 등등의 위험을 피하게 하기 위해서 신분을 숨기라고 하는 것쯤은 얼마든지 가능한 것이다.

그것을 이해하는 만큼 기윤은 더 이상은 추궁하지 않겠다는 쪽으로 마음을 굳혔다.

"일단, 본의 아니게 실례를 하게 된 것을 사과드립니다."

기윤이 한쪽 손을 내밀었다.

제국식의 화해법인 모양이었다.

그 손을 로운이 맞잡자 기윤이 싱긋 웃으면서 말했다.

"함께 가시죠. 그렇지 않아도 시안님이 여러분들을 기다리고 있으니까요."

＊　　　　＊　　　　＊

'도착했군.'

세나케인은 오랫동안 감고 있던 눈을 살며시 떴다.

사실 그에게 있어서 눈을 감고 뜨는 행위 자체는 그리 의미가 없다.

눈을 감고 있으나 뜨고 있으나 그것은 그저 실체화해 놓은 그의 육체(?)가 그렇게 보여지는 것일 뿐.

실제 그가 느끼는 모든 감각은 그저 감각일 뿐이다.

인간처럼 오감을 가지고 느끼는 것이 아닌 것이다.

시안은 아까부터 곤한 잠에 빠져 있었다.

생각해 보면 시안이 이렇게 편한 침대에서 잠든 것은 아주 오랜만의 일이었다.

페이요트 산맥을 넘으면서 침대처럼 생기긴 했으나 침대라고 봐주기는 조금 문제가 있었던 그 라칸드라 사냥꾼의 집에서 하룻밤 묵었던 이후로는 단 한 번도 이렇게 편한 마음으로 잠들어 본 적이 없었다.

시안이 잠들어 있는 동안 세나케인은 내내 시안을 보호하고 있었다.

물론 아무도 눈치 챌 수 없도록 말이다.

'하기야 자각을 하고 있지 않다는 자체가 그대로 자연체라는 증거일지도 모르겠군. 여하튼 특이한 녀석이야. 아, 온다.'

스윽—

세나케인이 고개를 돌렸다.

똑똑 하고 문을 두드리는 소리가 들렸다.

"시안님?"

'자, 그럼 나는 이만.'

"시안님, 저희들입니다."

기엘의 목소리였다.

"시안님?"

　조심스럽게 문을 두드리던 기엘의 심장이 순간 덜컥 내려앉았다.

　"시안님, 기엘입니다!"

　재차 문을 두드렸지만 안에서는 아무런 소리도 들리지 않는다.

　기엘의 얼굴에서 싸아악— 핏기가 사라졌다.

　"기엘, 잠깐."

　그때까지 뒤에서 서 있던 로운이 기엘을 젖히고 문 손잡이에 손을 대었다.

　짙은 색의 문이 소리도 없이 열렸다.

　"시안님!"

　기윤을 포함한 4명의 남자가 우르르 방 안으로 쏟아져 들어갔다.

　그리고 그들은 모두 동시에 말을 잃었다.

　하지만 말을 잃은 이유가 서로 달랐다.

　"이런… 주무시는군."

　"시안님!!"

　기윤이 실례를 범했다는 생각에 겸연쩍어하면서 나가려는데 기엘이 와락 침대로 뛰어갔다.

　"시안님, 정신 차리십시오! 로운!!"

　로운 역시 기엘에 못지 않은 속도로 시안에게 뛰어갔다.

　기엘은 숨소리 하나 내지 않고 있는 시안의 어깨를 들어 올려서 뺨을 찰싹— 하고 때렸다.

　"비켜봐, 기엘."

　사색이 되어버린 두 남자를 보면서 기윤은 이게 도대체 무슨 일인가 싶어서 눈을 휘둥그렇게 떴다.

불과 몇 시간 전에도 자신과 함께 멀쩡한 얼굴로 식사를 했던 시 안인 것이다.

그는 지금 눈앞에 벌어진 상황에 놀라서 아무 말도 하지 못하고 그들이 하는 양만 바라보고 있었다.

"으응~"

"시안님!!"

재차 기엘이 시안의 어깨를 흔들었다.

"시안님, 정신이 드십니까?"

"어……."

"시안님!!"

시안은 멍한 표정으로 살며시 눈을 떴다.

어슴프레한 불빛에 비추어 기엘과 로운의 얼굴이 보였다.

"어어. 왔어?"

"어디 아프신 건 아니십니까?"

로운이 살짝 기윤의 눈치를 보았다.

기윤이 없었다면 바로 정화술이라도 썼을 것이다. 하지만 일단 그에게는 자신들이 능력이 없는 미메이라인이라고 말해 둔 터라 어 떻게 손을 쓰지도 못하고 있었던 것이다.

로운은 일단 기윤이 눈치 채지 못하게 시안의 상태를 살펴보았 다.

"어떻게 된 겁니까?"

"뭐가?"

시안은 아직 잠에서 다 깬 건 아니지만 기엘과 로운이 이상한 얼 굴을 하고 있는 것을 보고 머리를 뒤흔들면서 아직도 남아 있는 수 마를 쫓아냈다.

"걱정했습니다. 혹 주문이라도 연습하시다가 어떻게 되신 건 아닌가 해서…."

"아아, 괜찮은데. 아무 일도 없었어. 밥도 잘 먹었고."

사실 시안이 정신을 차리자 제일 마음을 놓은 것은 기윤이었다.

자신의 보호 아래 있다가 만일 진짜 무슨 사고라도 있었으면 그것은 자신의 책임이 되기 때문이다.

일단 그는 시안이 정신을 차린 것을 보고 자신은 잠시 자리를 비워야겠다고 생각했다.

"다행입니다, 큰일이 아니라서. 일단 쉬십시오. 필요하시면 하녀를 부르시구요. 방은 먼저 준비해 두겠습니다."

"아아…."

시안에게 정신이 팔린 두 남자를 대신해서 이리야가 기윤에게 고맙다는 인사를 했다.

"감사합니다. 여러모로 배려해 주셔서."

"아닙니다. 제가 결례를 범한 것도 있지 않습니까. 요하엘에 머무시는 등안은 부디 저희 집에 머물러 주시면 감사드리겠습니다."

"아니, 뭐, 그 정도까지는…."

"그럼 저는 이만."

"아, 예."

가볍게 목례를 한 기윤은 살며시 문을 닫고 나갔다.

문이 닫히는 소리가 나기 무섭게 로운이 정색을 하고 시안에게 물었다.

"도대체 어떻게 된 거야?"

"뭐가? 화내지 마!! 사람은 걱정하면서 기다렸는데."

"걱정은 무슨 걱정!!"

"무, 물론 피, 피곤해서 좀 자기는 했지만 그렇다고 해서 그렇게 화낼 거는 없잖아."

"시안님, 진정하세요."

기엘이 막 말다툼을 시작하려는 두 사람을 가로막았다.

"시안님, 지금 현재 시안님 상태가 이상한 것은 아시지요? 어떻게 된 겁니까?"

"에? 뭐가 이상해?"

시안은 어리둥절한 얼굴을 하고 기엘을 바라보았다.

"한참 전에 갑자기 시안님의 파장이 뚝 하고 끊어졌습니다. 아니, 아예 시안님의 기척을 느낄 수조차 없었습니다. 그래서 저는……."

시안은 그제야 아하! 하는 얼굴을 했다. 그는 히죽하고 웃으면서 괜찮다는 듯이 기엘의 어깨를 치면서 말했다.

"아아, 그거? 괜찮아, 괜찮아. 케인이 알아서 봉인을 해줬거든. 혹시 싫었나 보지 뭐."

"예? 봉인… 이라구요?"

"응. 그렇게 말하던데? 어이, 케인. 좀 나와봐."

기엘은 어안이 벙벙했다.

봉인이라는 소리에 기엘은 충격을 받았다. 그것은 로운도 마찬가지였다.

지금까지 살아오면서 엘을 아예 봉인해 버리는 경우는 거의 겪어본 적이 없다. 거기다가 엘을 봉인당하고 이렇게 멀쩡하게 있을 수 있다는 소리조차 들어본 적이 없는 것이다.

봉인이라고 하는 것은 미메이라에서는 범법자에게 행해지는 극형 중의 극형에 속한다. 엘을 봉인당한다는 것은 바람술사에게 있어서 사형과 다름없는 일이기 때문이다.

흐르고 또 흘러야 할 엘을 봉인당한 술사는 곧 죽음에 이르게 되는 것이 기본이다.

흐르는 엘 속에서 살아야 할 술사가 모든 생명의 흐름을 완전히 차단당하는 것이기 때문이다.

그런데 시안은 아주 아무렇지도 않은 듯 봉인되었다는 소리를 하고 있는 것이다.

"어이, 케인! 왜 들은 체 만 체해. 좀 나와보라니까."

짜증난다는 듯이 시안이 세나케인을 불러대자 세나케인 역시 짜증난다는 듯이 그 모습을 드러냈다.

역시 아까와 같이 반쯤은 빛을 투과해 버리는 흐릿한 모습으로 말이다.

"좀 설명해 봐. 내가 설명을 하려고 해도 뭘 알아야 설명을 하든 말든 하지. 그리고 그 흐릿하게 보이는 거 어떻게 좀 안 돼?"

"봉인을 해놓아서 그렇다고 몇 번을 말해야 하는 거냐, 지금."

쳇, 하고 세나케인이 혀를 찼다.

"내가 봉인을 해두었는데 무슨 문제가 있나?"

"세… 나케인님."

기엘은 세나케인이 나타나자 옆으로 살짝 물러났다.

"너희들도 없는데 이 녀석 혼자서 풀풀 엘을 흘리고 다니다가 혹시나 위험에 빠질 수도 있어서 봉인했을 뿐인데."

"그래도 봉인까지 해야 할 필요가 있습니까?"

"뭐, 여차하면 내가 나오면 그만인걸. 게다가 말이 봉인이지 그냥 다른 사람들이 느끼지 못하게 만들어놓았을 뿐이니까 별 신경 쓸 필요 없어. 이 녀석이 능력을 못 쓰는 것뿐이니까."

세나케인은 아무렇지도 않은 듯이 설명했다.

하지만 그것을 듣고 있는 세 사람은 그의 설명을 들으면 들을수록 정말 이해가 가지 않는다는 표정을 지을 수밖에 없었다.

능력을 쓸 수 없을 정도로 강력한 봉인을 했다는 소리다. 그런데도 그것이 아무렇지도 않다는 것은 정말 이해할 수가 없는 것이다.

"하지만 이 상태로는 시안님의 몸에 문제가 있을 수도 있다고 생각합니다."

기엘은 자신이 생각하는 그대로 세나케인을 향해 말했다.

"뭐, 오래 놔두어서 좋을 것은 없지. 좋아, 일단 보호자들이 돌아왔으니 원래대로 돌려놓아야겠군."

말이 끝남과 동시에 세나케인은 시안의 머리 위쪽으로 손을 뻗었다.

그의 손짓은 아주 간단했다.

단순하게 시안의 머리를 살짝 건드렸을 뿐.

하지만 그 순간 세 사람은 막힌 둑이 삽시간에 터져 버리는 듯한 느낌을 받았다.

"…우웃!!"

"…큭!"

"우악!!"

그 자연스러운 흐름을 차단당했던 시안의 엘이 순식간에 강력한 바람과 함께 뿜어져 나왔다.

시안 역시 자신의 힘을 견디지 못해서 눈을 질끈 감았다.

온몸이 갈기갈기 찢겨져 사방으로 터져 나가는 기분이었다.

'우엑—!!'

시안이 속으로 비명을 지르고 있는 동안 한곳에 고여 있던 시안의 엘이 주위를 가득 메웠다.

이리야는 처음으로 느끼는 이상한 감각에 당황했다.

'뭐, 뭐지, 이건?'

이리야는 눈을 크게 떴다.

그의 눈에 절대 보일 수 없는 바람의 엘의 힘을 담은 투명한 자락이 한가득 비추어지고 있었다.

그것은 마치 살아 있는 것처럼 꿈틀거리면서 이리야의 온몸에 감겨들고 있었다.

이리야는 그 경이로운 감각 속에서 시안의 주는 순수한 엘의 힘을 온몸으로 받아들였다.

"우, 우웃. 놀랐잖아!! 케인, 너 죽을래?"

방 안을 가득 채웠던 바람의 엘이 다시 원래의 상태로 돌아가기 시작한 순간 시안이 다짜고짜 세나케인에게 달려들었다.

"젠장!! 말을 해야 할 것 아니야!! 말을!!"

"흥—"

시안의 힘이 해방됨과 동시에 원래대로 생생한 모습으로 돌아온 세나케인이 가볍게 시안의 주먹을 피했다.

"때린다고 내가 아픈 것도 아니니까 쓸데없는 데 힘을 쓰진 말라구."

"시끄러워!! 꺼져!! 젠장!! 하등 도움되는 게 없어!!"

시안이 세나케인에게 화를 내고 있는 동안 세 사람은 놀란 가슴을 진정시키기 위해서 깊은 호흡을 몇 번이나 반복했다.

이리야와는 달리 기엘과 로운은 다른 의미에서 놀라고 있었다.

봉인되었던 엘이 다시 해방되는 것을 처음으로 겪어본 것이다.

그리고 그것은 지금까지 느껴보았던 어떤 힘보다 강력했고, 또한 놀라웠다.

'짐작할 수 없을 정도의 힘이라고 생각은 했지만…'

세나케인이 나타났을 때부터 시안의 힘이 평균 수준을 넘어섰을 것이라고 생각하고 있던 로운도 그것을 직접 경험해 보자 눈앞이 새카매져 올 정도였다.

'대단하군, 정말…'

세나케인이 결국 시안과 싸우다가 말고 사라져 버릴 때까지 로운은 단 한 마디도 하지 못한 채 시안만을 바라보고 있었다.

"젠장!! 사람 놀래키는 데는 정말 뭐 있다니까. 에이—"

세 사람을 놀라게 만든 장본인인 시안은 온몸을 이리저리 흔들어보고 비틀어보더니 털썩하고 다시 침대에 주저앉았다.

"젠장, 온몸이 우라지게 아프잖아. 두 번 다시 그 봉인인지 뭔지 하기만 해봐!! 가만히 안 둘 거야, 케인!!"

돌아오는 대답은 없었지만 시안은 나름대로 세나케인이 알아들었을 것이라고 제멋대로 생각해 버렸다.

"괜찮으십니까, 시안님?"

"절대 괜찮지 않아!! 아프단 말이야!"

"……"

기엘은 그런 시안 앞에서 입을 꾹 다물 수밖에 없었다.

사실 봉인을 당해본 적이 없기 때문에 시안이 지금 어떤 상태인지는 알 수 없었지만 봉인이라는 단어 자체가 주는 두려움 때문에 왠지 시안의 심정이 이해가 갔기 때문이다.

"치유술을 써드릴까요?"

"됐어. 어차피 그것도 바람술이잖아. 으윽, 피곤해. 나 잘래."

왠지 나날이 어린애 같아져 간다는 생각이 문득 시안의 머리 속에 떠올랐지만 어쩔 수 없다는 생각이 들었다.

"후우— 자아, 이제 문제도 해결되었고 우리도 좀 쉬는 게 어때?"

"그러는 게 좋겠습니다."

제일 걱정하고 있던 문제가 사라지자 갑자기 온몸에 피곤이 몰려왔다.

기엘은 안도의 한숨을 내쉰 다음 자리에서 일어났다.

"시안님께서도 좀 쉬십시오. 다행히 그 기윤이라는 기사가 꽤 친절한 듯하니 몸이 정상으로 회복될 때까지는 이곳에 머물러도 좋을 것 같으니까요."

"머물긴 뭘 머물러! 내일 당장 출발해!"

"예?"

시안이 볼멘소리로 대답했다.

"계속 자꾸 머물면 언제 중간 지댄지 뭔지 하는 데를 가느냐구. 최종 목표는 거기잖아. 젠장, 이렇게 가다가는 한 달이 뭐야. 두 달, 세 달이 지나도 못 가. 그러니까 내일 출발이야."

"하지만 시안님 몸 상태가…."

"이따위 근육통은 하루면 나아. 괜찮아."

그 말을 끝으로 시안은 한쪽으로 밀쳐져 있던 이불을 뒤집어쓰고 누워버렸다.

말은 근육통이라고 했지만 사실은 정말 온몸이 쑤시고 아팠기 때문이다.

"로운, 어떻게 할까?"

"글쎄. 일단은 상황을 보고 결정해야겠지. 저 녀석 말대로 우리도 좀 쉬자구."

"그래."

로운은 다시 한 번 시안이 눈치 채지 못하게 살짝 시안의 상태를 살폈다.

시원스럽게 뻗어 나오는 파장이 그의 몸에 생생하게 느껴졌다.

'이전보다 훨씬 더 강력하군, 이건.'

느끼려고 마음만 먹으면 손가락 끝이 짜릿해져 올 정도로 강력한 파장이 시안에게서 흘러나오고 있었다.

'일단은 뭔가 수를 강구해야겠어.'

"그럼 시안님, 주무십시오."

기엘은 뭔가 더 말을 할까 하다가 그만둬 버렸다.

뭔가 더 말을 하기에는 그 역시 신경이 너덜너덜해져 있었기 때문이다.

"자아. 그럼."

세 남자는 시안과 원인은 다르지만 나름대로 욱씬거리는 몸을 추스르면서 방을 빠져나왔다.

*   *   *

"으아— 개운하군."

이른 아침.

제일 먼저 눈을 뜬 것은 이리야였다.

그는 자리에서 벌떡 일어나서 이리저리 몸을 돌려보고는 상쾌한 기분으로 기지개를 한번 더 켰다.

그는 다른 날과 다르게 이상하리만치 개운한 몸에 기분이 좋아졌
다.

"역시 어제의 그 영향인가?"

"…후우. 머리가 멍하군."

그 다음 자리에서 일어난 것은 로운, 그리고 기엘이 차례로 잠에
서 깨어났다.

"어이, 잘 잤어, 다들?"

"아, 예."

기엘은 조금은 노곤하기는 하지만 몸 상태가 상당히 좋다는 것을
깨닫고는 생각보다 자신이 푹 잔 건가 하고 생각했다.

"어제는 피곤해서 꿈도 꾸지 않고 잔 것 같아. 로운, 넌 어때?"

"아, 나도 뭐…."

로운은 고개를 갸우뚱하면서 생각에 잠겨 있었다.

어제의 피로함과는 달리 그 역시 이상하게 몸이 개운했기 때문이
다.

"흐음… 역시 어제 그것 때문인가?"

로운이 손을 쥐었다가 폈다가를 반복하다가 불쑥 말하자 이리야
가 그에 반응했다.

"어? 로운도 그런가? 나는 나만 그런 줄 알았는데."

"예?"

이리야는 기엘이 무슨 말이냐는 듯한 얼굴을 하자 씨익— 하고
웃으면서 대답했다.

"아, 왜 어제 시안의 봉인이 해체되는 순간 방 안 가득하게 그 녀
석의 엘이 흘러나왔잖아. 그게 이상하게 뭐랄까, 나한테까지 영향을
주는 기분이었거든. 감각은 되게 묘했지만, 으음~ 뭐랄까, 그 구불

구불하게 다가오는 엘이 살갗을 뚫고 들어오는 기분이었거든."

이리야는 방 안 한구석에 있던 물병의 물을 가벼운 손짓 하나로 끌어내서 자신의 몸 주위로 빙글빙글 돌리면서 말했다.

"그게 굉장히 신기했거든. 기본적으로 성향이 아주 다른 힘인데도 그 힘이 그대로 내 몸속에 차는 기분이었어. 그래서 난 내가 물의 술사라서 그런가 보다 하고 생각했는데 그게 아니었나 봐."

"그렇… 습니까?"

기엘은 이리야의 말을 듣고 어제의 기억을 떠올렸다.

어제는 워낙 정신이 없었던 터라 사실 세세한 것에는 신경을 쓰지 못했었다.

이리야의 말을 듣고 보니 기엘도 현재 자신의 몸 상태가 굉장히 좋다는 것을 깨달을 수 있었다.

사실 어제 오후 시간 내내 기엘은 시안을 찾아내느라 있는 힘 없는 힘을 모조리 쥐어짜냈었다. 물론 그 정도로 나가떨어질 정도는 아니지만 그래도 하루 만에 피곤이 풀릴 정도는 아니었다.

그런데 지금 그는 며칠 푹 요양이라도 한 사람 같은 상태인 것이다.

"나도 마찬가지야."

로운도 간단하게 이리야의 말에 동감을 표했다.

말은 안 했지만 그 역시 어제 이리야와 같은 경험을 했던 것이다.

"사실 난 굉장히 놀라워. 같은 바람술사인 자네들이야 그럴 수 있다고 생각하지만 나는 아무래도 물의 술사니까. 뭐, 여하튼 기분 좋군, 이런 느낌."

가뿐한 몸으로 마치 살아 있는 생물처럼 움직이고 있는 물을 가지고 놀던 이리야는 기분 좋게 말했다.

"그럼 이제 아침 식사나 하고, 틀림없이 늦잠을 자고 있을 시안을 깨워서 어서 출발이나 하자구."

"식사가 입에 맞지 않습니까, 시안님?"

조용한 아침 식탁 앞.

기윤은 아주 걱정스러운 얼굴로 시안의 얼굴을 살폈다.

시안은 마치 무슨 똥이라도 씹은 얼굴을 한 채 접시 위에 담긴 요리를 꾹꾹꾹 찌르다 말고 벌떡 고개를 들었다.

우두두둑—

"끄억—!!"

시안이 고개를 드는 순간 정말이지 인간의 몸에서 나는 소리라고는 믿어지지 않을 정도로 굉장한 소리가 시안의 목에서 나왔다.

시안은 그 소리가 남과 동시에 목덜미를 부여잡고 부들부들 떨었다.

"시안님!!"

다들 그 소리에 놀라서 잠시 얼이 빠져 있는데 기엘이 급하게 자리에서 일어났다.

"으윽! 아파. 건드리지 마…."

기엘의 손가락 끝이 시안의 몸에 닿는 순간 다시 시안이 비명을 질렀다.

"으악!! 아, 아프다니까!"

기엘은 이러지도 저러지도 못하고 안절부절했다.

"어제의 후유증인가 보군."

로운이 먹던 수저를 내려놓고 한심하다는 표정을 했다.

아무리 세나케인이 아무 일도 없다는 듯 이야기를 했지만 역시 힘을 봉인당한 것은 시안의 몸에 엄청난 무리를 주었음에 틀림이 없었다.

"아무래도 식사는 무리셨던 모양이군요. 일단은 다시 방으로……."

"아, 아니에요. 괜찮아요, 기윤님."

기윤이 나서려는데 시안이 끄으윽— 하는 전혀 아가씨답지 않은 신음 소리를 내면서 대답을 했다.

"좀 급해서요. 바로 떠나려고 하거든요. 아, 아야야야야!"

시안은 온통 욱신거리면서 쑤셔오는 몸을 주체하지 못하면서도 고집을 부렸다.

마치 어디서 한 삼 박 사 일은 굴러 떨어진 기분이다.

하지만 시안은 몸이 아픈 것쯤이야 불굴의 의지로 극복하겠다는 생각을 하고 있었던 것이다.

"기엘, 로운, 이리야 씨. 괜찮으면 바로 출발하죠?"

온몸이 쪼개질 정도로 아팠지만 나름대로 정신은 있어서 시안은 얌전하고 여자 같은 목소리를 내는 것을 잊지 않았다.

"그래도 그렇게 몸이 좋지 않으시다면…."

설명은 듣지 못했지만 저 시안이라는 아가씨의 몸 상태가 그렇게 좋은 상태가 아니라는 것을 깨달은 기윤은 기엘과 로운, 그리고 이리야의 얼굴을 번갈아 보면서 어떻게든 해보라는 표정을 했다.

하지만 그에게 돌아온 대답은 그의 상상과는 전혀 다른 대답이었다.

"어쩔 수 없군요."

로운이 천천히 자리에서 일어났다.

"호의는 감사합니다만, 아무래도 저희 아가씨께서 원하시는 대로 해드려야 할 것 같습니다. 아프시긴 하지만 긴장이 좀 풀어지셔서 그런 것 같으니 아마도 곧 회복되실 겁니다. 아무래도 어제 많이 놀라신 모양입니다."

시안은 몸을 구부리고 끙끙 앓다 말고 로운의 그 점잔 빼는 말을 듣고 속으로 푸학! 하고 웃음을 터뜨렸다.

저것이 웬 새빨간 거짓말이란 말인가.

'우우~ 역시 저런 소리를 계속 듣느니 한시라도 빨리 여길 떠나는 게 좋겠어.'

"일단 출발하시면 다시 몸이 긴장되실 테고 또 원래 여행하는 것을 좋아하시는 분이니 곧 회복되실 겁니다."

"그렇지만 그래도…."

"워낙 오랫동안 모셔온 분이라 시안님의 상태는 저희들이 잘 알고 있습니다. 너무 걱정하지 않으셔도 좋습니다."

완곡한 거절이었지만, 사실은 거의 기윤을 무시하다시피 하는 말이었다.

기윤은 좀 더 말을 하려다 말고 왠지 자신을 쏘아보는 듯한 기엘의 얼굴 표정을 보고 입을 다물고 말았다.

'엘러라고 해서 공작님께 말씀드려 저녁 만찬이라도 해볼까 했는데….'

말은 안 했지만 사실 엘러가 그리 흔한 존재만은 아니기에 기윤은 나름대로 생각하고 있던 바가 있었던 것이다.

하지만 곧 그는 생각을 고쳐 먹었다.

어차피 그리 능력이 큰 엘러도 아니다. 하물며 남자도 아니다.

‘뭐, 괜찮겠지.’

숙부인 슈히튼 공작에게서 이전에 황태자인 로렌 황자께서 엘러에 지극한 관심을 가지고 있다는 소리를 들은 적이 있었다.

하지만 이들이 제국인이 아닌 다음에야 사실 어찌할 수도 없는 노릇이다.

“알겠습니다. 곧 출발하실 수 있도록 손을 써드리겠습니다. 혹 필요하신 것이라도 있으신지요. 일이 이렇게 된 데는 제 책임이 막중하니까 말씀하시면 구해드리겠습니다.”

“아, 그렇다면….”

로운은 잠시 생각하다가 대답했다.

“그럼 말을 세 필 정도 급하게 구해주실 수 있으시겠습니까? 물론 대금은 드리겠습니다.”

말 세 필이면 상당한 가격을 주어야 한다.

아무리 기윤이 배려를 해준다고 해도 말 세 필을 그냥 내어줄 수는 없는 것이다.

기윤 역시 그 말을 듣고는 고개를 끄덕였다.

그가 물론 기사이긴 하지만 갑작스럽게 잘 알지도 못하는 사람들에게 무상으로 말을 제공해 줄 정도의 재력을 가지고 있는 것은 아니기 때문입니다.

“알겠습니다. 최대한 빨리 구해보도록 하지요. 여행하기에 적당한 말들로.”

“감사합니다.”

“아니요, 별말씀을.”

기윤은 잠시 실례를 고하고 바로 일어나 식당을 빠져나갔다.

“기엘, 시안님을….”

"우, 우우욱. 사, 살살 해…."

기엘이 다가와서 시안을 조심스럽게 부축하는데 시안은 아니나 다를까 있는 엄살 없는 엄살을 잔뜩 부리면서 일어섰다.

"정말 오늘 떠나셔야겠습니까?"

기엘은 아무래도 무리라는 생각이 들어서 다시 한 번 시안에게 물었다.

하지만 돌아오는 대답은 절대적으로 강경했다.

"간다면 가는 거야! 남자는 한 입으로 두말 안 해!!"

물론 마지막 말은 하녀를 불러 무엇인가를 지시하고 있던 기윤의 귀에는 들어가지 않았다.

*　　　　*　　　　*

"꾸엑!! 죽겠다."

"정말 자꾸 그런 이상한 소리 낼래?"

"시끄러워!! 아파 죽겠다면 죽겠다는 줄 알아!! 우어어어어! 팔이야, 다리야, 어깨야, 허리야."

말이 한 걸음 내디딜 때마다 시안은 꾸악! 끄엑!! 꿰엑! 하는 요상한 신음 소리를 내면서 고전하고 있었다.

기엘은 말고삐를 잡은 손까지 동원해서 시안의 몸을 어떻게 해서든 편하게 해주려고 노력하고 있었지만 중과부족이었다.

기윤의 사가를 떠나오기 직전 혹 시안의 몸을 회복시킬 수 있을까 싶어 3명이 번갈아 주문을 읊어댔지만 아무래도 봉인 해제의 영향인지 시안의 몸은 조금도 회복되지 않았던 것이다.

"우아아악! 좀 조심하란 말이야."

"죄송합니다."

기엘은 시안이 안쓰러워 어쩔 줄 몰라 하면서 고삐를 고쳐 쥐었다.

"아야야야야— 정말 미치겠네, 이거. 젠장. 케인, 이거 어떻게 안 돼?"

"글쎄?"

"좀 어떻게든 해봐. 미치겠단 말이야."

"나도 별로 생각해 본 문제가 아니라서 말이야. 봉인이 신체에 그런 영향을 미칠 거라고는 상상도 안 해봐서 일단 고민해 보도록 하지."

"그걸 말이라고 해?"

기엘은 갑자기 시안이 혼자서 중얼거리기 시작하자 움찔했지만 예의 그 세나케인과 대화를 하는 것이라는 걸 깨닫고 아무 말 없이 사람이 없는 쪽을 골라서 말을 몰았다.

"바람의 세나케인이라며. 엘에 대한 것은 누구보다 잘 알 텐데 그런 거를 생각해 본 적 없다니 그게 말이 된다고 생각해?"

"어쩔 수 없지. 내겐 너 같은 육체가 없으니까. 그것까지 내가 알고 있을 것이라고 생각하면 곤란한데?"

"젠장!! 으햐아악—!!"

화가 나서 주먹을 꽉 쥐는 순간 주먹에서부터 찌르는 듯한 통증이 척추를 타고 올라왔다.

시안의 등에서 몽골몽골 식은땀이 솟아 나왔다.

"으윽! 뭐든 좋으니까 어떻게 해서든 방법을 좀 생각해 봐. 진짜 진짜 죽을 맛이란 말야."

"그렇게 안 좋으시면 역시 쉬다 가시는 쪽이 좋지 않을까요?"

"시끄러워, 기엘!! 자꾸 똑같은 소리하지 마. 피곤하단 말야."

"예… 알겠습니다."

기엘은 멋쩍은 듯 결국 입을 다물고 말았다.

이유가 뭐든, 그리고 어찌 되었든 간에 이미 출발을 해버린 것이다.

'뭐, 어떻게든 되겠지.'

"이런. 얼굴이 새카맣게 되었군, 기윤."

"인사드립니다, 슈히튼 공작님."

기윤이 막 몸을 굽히려던 순간이었다.

"아니, 인사는 되었네. 간만에 돌아와서 제일 먼저 나를 찾을 줄 알았더니 말이야. 어찌 된 건가."

인사를 하려는 기윤을 만류하고 슈히튼 공작은 기윤에게 자리에 앉으라는 손짓을 했다.

기윤은 그래도 인사는 해야 한다며 정식으로 슈히튼 공작에게 예를 올리고 나서야 비로소 자리에 앉았다.

기윤은 쑥쓰러운 듯 머리를 긁으며 대답했다.

"죄송합니다. 뜻하지 않은 일이 좀 있어서 처리를 좀 하느라고…"

"아아, 보고는 들었다. 웬 사람들을 데리고 왔다고 들었는데. 아주 아름다운 레이디와 함께 말이다."

"아하하하, 아닙니다. 여행객인데 제가 좀 오해를 해서요, 공작님."

"공작은 무슨. 사적인 자리에서는 숙부님이라는 호칭이 더 마음에 든다고 해두었을 텐데?"

"죄송합니다, 숙부님. 아무래도 간만이다 보니…"

"그래, 수고가 많았네. 고생이 심했을 것이라고 생각하네. 이번 기수의 견습생들은 상당히 교관들의 애를 먹였다는 이야기도 전해 들었고 말이야."

"매번 비슷한 느낌입니다, 저는."

슈히튼 공작의 치하에 기윤은 별것 아니라는 듯이 대답했다.

실제가 그랬다. 언제나 혈기에 가득 찬 견습생들을 데리고 나서면 일단은 고생이지만 돌아올 때쯤이면 그럭저럭 자제력들이 생겨서 수월해지는 것이다. 아직 이 일을 시작한 지 햇수로는 3년밖에 되지 않았지만 1년에 한 번 있는 이 여행이 그에게는 그렇게 부담스러운 일은 아니었다.

"뭐, 이번에는 약간 결례를 하게 된 분들이 있어서 조금은 고민을 했습니다만 다행히 일은 잘 처리되어서 안심을 하는 중입니다, 숙부님."

기윤은 나이 차이가 많이 나지 않는 자신의 숙부에게 나름대로 자신에게 이런 일을 맡겨준 것에 대해서 상당히 고마워하고 있었다.

올해 40세에 접어든 슈히튼 공작은 어떻게 보면 그 지위가 나이에는 어울리지 않아 보이기도 했다. 하지만 그가 세운 뛰어난 공적은 아무리 그가 그의 아버지로부터 물려받은 공작의 칭호라고 해도 절대 부끄럽지 않을 만한 것이었다.

그리고 올해 27세에 접어든 요하엘의 기사 기윤은 어떤 의미에서는 그런 슈히튼 공작의 오른팔과도 같은 존재였다. 사실 그와 같은 실력의 기사라면 로열 가드에서도 상위를 차지할 수 있겠지만 기윤의 경우 그 신분에 약간의 핸디캡이 있었다.

슈히튼 공작의 나이 차가 많이 나는 큰 형님의 첫째 아들인 기윤은 사실 서자였다.

변방의 전쟁터에서 일찍 타계한 전대 슈히튼 공작의 유일한 핏줄이긴 했지만 서자라는 신분은 로열 가드가 되기에는 치명적인 결함으로 작용했던 것이다.

하지만 기윤은 나름대로는 현재의 자신에게 만족하고 있었다. 비록 로열 가드는 아니지만 로열 가드에 비할 데 없는 실력자라는 칭호를 얻고 있었기 때문이다. 그것은 모두 자신을 기꺼이 거두어준 슈히튼 공작의 은덕이라고 그는 생각하고 있었다.

"아, 그러고 보니 이야기를 듣다 만 것 같군 그래. 그 집 안에 고이 모셨다던 그 아름다운 레이디는 어찌 된 건가?"

"아. 예. 실은 알고 보니 바람의 신국 미메이라의 귀족 집안 영양이었던 것 같습니다."

"뭐라고?"

혹여 자신의 하나밖에 없는 조카에게 늦은 봄바람이라도 불어온 게 아닌가 생각하며 느긋하게 기윤의 말을 듣고 있던 슈히튼 공작의 귀가 번쩍 트였다.

"페이요트에서 내려오던 중 그 끝자락에 자리 잡은 마을에서 제보를 받았었습니다. 그들의 말에 의하면 좀 이상한 사람들이 그 마을을 막 지나갔다고 하더군요. 일단 제보를 받은 이상 그들이 혹 산적이 아닌가 해서 연행을 했습니다만, 알고 보니 미메이라에서 나온 여행객이었습니다."

"그걸 증명하는 것은?"

"예. 일단은 그 아가씨의 그 은빛 머리카락이었습니다."

"엘러인가?"

슈히튼 공작의 눈빛이 자신도 모르게 날카로워졌다.

그것을 눈치 챈 것인지 아닌지 기윤은 나름대로는 성실하게 슈히튼 공작이 묻는 대로 소상하게 답변을 하고 있었다.

"엘러라고 하기는 하는데 여자이기에 능력은 별로 없다고 하더군요. 그리고 그 아가씨를 따르는 기사처럼 보이는 인물이 세 명이 있었습니다만 그들은 은빛 머리카락이 아닌 검은색과 갈색의 머리카락을 가지고 있었습니다."

"그런가…."

슈히튼 공작은 기윤의 설명을 들으면서 나름대로 가늠을 해보았다.

"그래서, 아직 그 일행은 자네 사가에 머물고 있겠지?"

"아닙니다. 일정을 서둘러야 한다면서 오늘 아침에 제가 이곳에 오기 바로 전에 제 집을 떠났습니다."

"뭐?"

"무슨… 문제라도…."

슈히튼 공작의 언성이 높아지자 순간 기윤이 움찔했다.

겉으로 보기에는 상당히 온화해 보이는 숙부지만 그는 숙부가 화가 났을 때 얼마나 무서워지고 또한 날카로워지는지 잘 알고 있었다.

"엘러라고 했는데도 붙잡아두지 않다니."

"무, 물론 저도 그 점을 염두에 두기는 했습니다만…."

기윤은 혹시 자신이 실수를 한 것이 아닌가 해서 이전의 기억을 더듬었다.

분명 얼마 전에 혹 요하엘에서 엘러가 발견되면 바로 그들을 카드미엘로 보내라는 기밀서를 받기는 했었다. 하지만 그것은 엘러면서 동시에 제국인인 경우에 해당하는 것이 아닌가.

"그들이 제국인이었으면 물론 무슨 수를 써서라도 제 사가에 머물게 했겠습니다만 일단은 신국인이기에 떠나는 것을 허가해 주었습니다."

"통행증도 발급했나?"

"예. 일단 요하엘 성문을 빠져나갈 수 있는 통행증은 발급했습니다."

"그런가? 일단 아직 성문은 빠져나가지 않았을 수도 있겠군. 그들을 발견하면 다시 데리고 오라고 해. 일단은 알아봐야 할 일이 있어."

"예? 하지만…."

"이런, 내 영지 내에서 엘러들이 돌아다니고 있는데 그걸 몰랐다니."

"……."

기윤은 자신도 모르는 사이에 자신이 큰 실수를 저질렀다는 것을 깨달았다.

물론 그들을 보낸 것에 대해서 그렇게 크게 후회를 하는 것은 아니다. 단지 그가 실수했다고 생각하는 부분은 무슨 억지를 써서라도 일단은 그들을 붙잡아두었어야 했다는 것뿐이다.

하지만 일단 자신의 숙부가 이렇게나 신경을 쓰는 일인 줄 진작 알았다면 좀 더 신중했을 것이다.

"자네가 계속 성에 있었다면 며칠 전에 내려온 명령에 대해서도 알려줄 수 있었을 텐데, 어떻게 보면 내 불찰일 수도 있으니 너무 마음 쓰지 말게나."

"죄송합니다, 숙부님."

"아니야. 아직 수습할 시간은 있고 일단은 신국인이라고 하니 조금 더 두고 보지. 그전에 일단 그것을 보여주는 쪽이 좋겠군."

슈히튼 공작이 몸을 일으켰다.

그러자 기윤도 같이 일어섰지만 슈히튼 공작은 그에게 그대로 앉아 있으라고 손짓을 한 뒤에 손수 서랍을 열어 붉은 양초로 봉인되어 있었던 명령서를 꺼냈다.

그것은 기윤이 보기에도 상당히 두꺼운 명령서였다.

"일단은 기밀에 속하는 것이긴 하지만…."

슈히튼 공작이 기윤에게 그 명령서를 건네주었다.

기윤은 두 손으로 그 명령서를 받은 후에 조심스럽게 그것을 펼쳐 보았다.

어떻게 보면 칙명임에 틀림이 없는 로렌 황자의 인이 찍혀 있는 기밀서를 이렇게 자신에게 보여준다는 것이 황송하기 그지없는 일이었다. 그만큼 그가 숙부의 신임을 받고 있다는 소리도 된다.

기윤은 조용하게 그 명령서를 읽었다.

한참을 읽어 내려가던 기윤은 그 마지막 장 정도에 해당하는 장에서 흠칫하고 몸을 굳혔다.

"…이리야 노운?"

"뭔가?"

"설마…."

기윤은 다시 한 번 그 명령서를 읽었다.

그 명령서에는 상당히 자세하고 길게 엘러에 대한 설명이 되어 있었다. 그리고 마지막 장은 현재 지명 수배를 하고 있는 몇 명의 엘러에 관한 내용이었다.

불과 바람과 물과 대지의 엘러. 그리고 엘러들의 특징.

그리고 마지막에는 제국 내에서 엘러들을 발견하는 경우 즉시 카드미엘로 이송할 것과 신국인인 경우에도 일단은 그들의 신병을 확보하라는 내용이 적혀 있었다.

기윤의 시선을 붙잡은 부분은 맨 마지막 장의 제일 아랫줄.

그 줄에는 현재 지명 수배 중인 몇 명의 이름이 적혀 있었다.

"이리야. 이리야 노운."

"혹 이번 일행에 있었던 잔가?"

"예. 성은 모르지만 그들이 이리야라고 불렀던 남자가 있습니다. 하지만 그들은 미메이라인이라고 했는데 여기는 물의 술을 쓰는 엘러라고…."

기윤은 다시 한 번 그 이름을 확인했다.

사실 이리야라는 이름은 그렇게 흔한 이름은 아니다. 하지만 흔하지는 않더라도 제국인의 이름으로는 그럭저럭 많이 쓰이는 평범한 이름이기도 했다.

하지만 여기서 문제가 되는 것은 그가 엘러라는 사실과 그가 만났던 이리야라는 남자가 본인은 아니라고 했지만 일단은 엘러인 여자와 함께 있었다는 사실이다.

연관성이 없다고는 절대로 할 수 없는 그런 상황.

절대로 수상한 조합인 것이다.

기윤은 곧 자리에서 벌떡 일어나서 명령서를 접어 다시 슈히튼 공작에게 내밀었다.

"죄송합니다. 아무래도 제가 실수를 한 것 같습니다."

"아닐세. 워낙 기밀이기도 했고, 일단은 보통 엘러들이나 신국인들에 대해서 알고 있는 사실 자체가 적으니 그럴 수도 있겠지. 이해하네."

"아닙니다. 완벽한 제 실수입니다. 설사 그들이 동일 인물이 아니라고 하더라도 충분히 더 조사를 하지 않은 제 불찰이 큽니다."

순식간에 숙부에서 조카의 관계에서 주군과 기사의 관계로 돌아간 두 사람.

슈히튼 공작은 엄숙한 얼굴로 자신의 기사에게 명령을 했다.

"일단 최단시일 내에 그들의 신병을 확보하도록. 나는 곧 카드미엘로 연락을 넣도록 하지."

"예, 알겠습니다. 그럼."

기윤은 두 손을 가슴 앞에 모아 칼을 받드는 모양으로 인사를 하고 곧 서재에서 나갔다.

*　　　　*　　　　*

"결국 하루 머무른 게 되는군, 요하엘에서는."

"그러게. 저 녀석이 고집만 피우지 않았으면 며칠은 좀 더 쉬면서 이것저것 좀 더 준비를 할 수 있었을 텐데 말이야."

막 성문을 통과하여 작은 언덕에 올라선 일행이 요하엘 성의 성벽을 보면서 대화를 나누고 있었다.

시안은 여전히 아프다고 깽깽대고 있었고 그런 시안을 달래는 데 낮 시간 내내 고생한 기엘은 시안 못지 않게 지쳐 있었다.

생생한 것은 로운과 이리야로, 그들은 전혀 지친 기색 하나 없이 팔팔한 그대로 말을 몰고 있었다.

"그런데 말이야, 이제는 어디로 갈 생각이지?"

"일단은 슈히튼까지 갈 생각인데."

"슈히튼?"

"카드미엘로 가는 일직선 상이나 마찬가지니까. 일단은 여기까지 왔는데도 하세카의 흔적은 보이지 않으니 예정대로 가려고. 그러나 저러나 이상하군."

"뭐가, 로운?"

시안에게 신경을 쓰느라 이제는 머리가 다 빠질 지경인 기엘이 간신히 한숨을 돌리고는 로운에게 물었다.

오후 내내 말 등 위에서 아프다고 난리를 치던 시안은 제풀에 지친 것인지 방금 전 그가 그렇게도 싫어하던 말 위에서 곯아떨어졌던 것이다.

그런 시안을 재주 좋게 안아서 자신의 몸에 단단하게 매버리고 나자 기엘에게는 약간의 여유가 생겼다.

"오로프가 돌아올 때가 지났어."

"아, 그렇군."

"무슨 일이 있는 건가?"

"글쎄, 특별한 일이 없으니까 그런 게 아닐까?"

"하지만 일단 보고를 하면 적어도 의례적으로라도 돌아와야 하잖아."

"그건 그렇지."

"일단은 이곳에서 하나 더 날려 보내야 할 것 같은데. 어디 보자…."

기엘이 주위를 둘러보았다. 하지만 성문에서 그리 멀지 않은 대로라서 그런지 주위에 사람들이 너무 많았다.

"지금은 좀 곤란하겠군."

"아직 어두워지기에는 시간이 좀 있으니까 조금 더 가서 여관을 찾아보는 것이 어때? 대로를 따라가면 그래도 마을이 꽤 많이 있다고 하지 않았어?"

성문을 나오기 전에 케슈튼까지 가는 여정을 알아봤던 로운은 기엘의 말에 고개를 끄덕였다.

"그래. 일단은 가야지. 이 녀석이 고집한 대로 한 게 잘한 것인지 아닌지 모르겠지만 뭐."

"응. 이리야 씨, 출발하시죠."

"아, 아아…."

그때까지 다른 생각을 하고 있었던 듯, 이리야가 퍼뜩 고개를 들었다.

"그렇군. 케슈튼이라…."

"왜? 케슈튼에 혹 아는 사람이라도 있는 거야?"

왠지 반응이 이상한 이리야를 보고 로운이 물었다.

이리야는 잠시 망설이다 말고 결국 결심한 듯 대답을 했다.

"그러니까, 고향 근처라고 해야 하나?"

"고향?"

"게다가 케슈튼 영주한테는 사감이 좀 많아서 말이야. 그쪽으로 가더라도 되도록이면 케슈튼 성에는 안 가면 안 될까?"

"뭐, 굳이 꼭 들러야 할 필요성은 없는 거니까 그렇게 하지."

이전에 이리야가 했던 말을 기억해 내면서 로운이 대답했다.

로운의 눈에 그 문제의 노예 인장이 있는 어깨를 어루만지는 이리야의 모습이 비쳤다.

"미안. 하지만 나도 어쩔 수 없어서 말이야."

"뭐, 그 정도야. 자, 그럼 출발하지."

"좋아."

"꼬마는 자는 건가?"

둔득 로운이 기엘에게 물었다.

"아, 응. 주무시는군. 상태가 그렇게 좋은 것 같지는 않아."

"걱정이 좀 되는군."

그리고 네 사람과 세 마리의 말은 다시 걸음을 재촉했다.

물론 그 뒤를 기윤이 눈에 불을 켜고 따라오기 시작한 것은 전혀 모른 채….

제4장
고향

The Wind of Ashurei

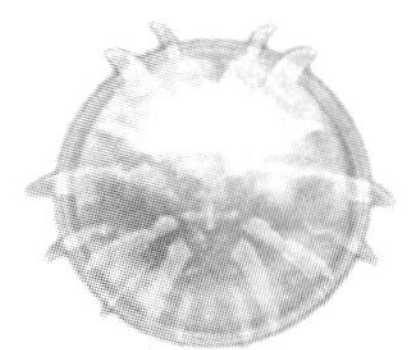

"미메이라인이라고? 그게 정말인가?"

"정확하게 확인된 것은 아니지만 일단은 본인들 스스로가 미메이라인이라고 주장했다고 합니다. 신분까지 확인된 것은 아니지만 일단은 그들 일행 중 한 명은 엘러가 분명합니다. 그 증거로 은색의 머리카락을 가지고 있었다고 하더군요."

"흐응, 흥미롭군. 미메이라인이라."

톡, 톡, 톡.

넓은 탁자 위에 펼쳐 있는 보고서를 살펴보고 있던 로렌 황자는 얼굴 전체에 웃음을 머금었다.

"게다가 일행 중 한 명이 굉장한 미녀라고 합니다."

그는 혹 황태자가 흥미있어할지도 모른다는 생각에 살짝 덧붙였다.

“미녀?”

“슈히튼 공작의 조카가 처음 그들을 발견했는데 그녀의 미모에 완전히 반하는 바람에 약간의 실수를 했던 모양입니다. 물론 오랫동안 외지에 나가 있던 탓도 있어서 엘러들에 대한 지시까지는 받지 못했던 탓도 있었다고 합니다.”

“뭐 그런 것을 가지고 슈히튼 공작이 마음 쓸 필요는 없다고 전하도록 하게. 그리고 되도록 그들의 신병을 확보해서 꼭 내게 보내 주었으면 한다고도 덧붙여 주면 좋겠어. 아, 그렇지. 엘러 중에서 추적술에 능한 사람이 있던가? 한두 명 딸려 보내도록 해. 엘러는 엘러들이 찾기 쉽다고 하지 않았나?”

“예, 알겠습니다.”

문이 닫히는 소리가 나자 로렌 황자는 자리에서 일어났다.

황태자라는 자리가 마음에 들기는 했지만 역시 한곳에 머물러 있는 것은 그의 성미에는 맞지 않았다.

이렇게 답답하게 수도에 꼭 틀어박혀 있는 것보다 그가 원하는 것은 넓은 대지를, 자신의 땅보다도 더 넓은 아슈레이 대륙 곳곳을 누비는 것일지도 모른다는 생각이 들었다.

그리고 언젠가는 꼭 그렇게 하리라 그는 마음먹고 있었다.

“신은 불공평하군. 신의 축복을 받은 자보다 받지 못한 자들이 더 많다는 것은 말도 안 돼.”

그는 언제부터 자신이 이렇게나 엘러에 집착하게 되었는지 기억을 더듬었다.

“역시 그때였나?”

아주 오래전, 그가 아직도 어린아이였을 시절이 떠올랐다.

아마도 당시 황태자였던 제1황자의 결혼식 무렵이었을 것이다.

그때 그 화려했던 결혼식에는 정말 많은 사람들이 참석을 했었다.

그 자리에는 4개의 신국에서 온 사절들도 섞여 있었다.

"그렇지. 그 사람도 눈부신 은색의 머리카락을 가지고 있었지. 역시 디메이라인이었나?"

화려하긴 하지만 어린아이에게는 지루할 수밖에 없는 결혼식 자리를 빠져나와서 궁을 돌아다니던 그의 앞에 눈을 뜰 수 없을 정도로 반짝이는 머리카락을 가진 여자가 나타났었다.

뺨을 간지르는 부드러운 바람 속에서 한없이 긴 머리카락을 휘날리고 있던 그녀.

아마도 그녀가 자신의 첫사랑이었을지도 모른다고 그는 생각했다.

그녀가 자신을 돌아보는 순간 가득 불어오던 바람이 일순간에 멈추었다. 휘날리던 머리카락이 한 올 한 올 사라락— 소리를 내면서 내려오던 장면을 그는 지금까지도 잊을 수가 없다.

"그런가. 미메이라인이라…"

그는 벽에 걸린 아슈레이 전도를 바라보았다.

제국에서 가장 가까운 신국.

그럼에도 불구하고 이상하리만치 제국과는 교류가 없는 미지의 나라.

그곳이 바로 미메이라였다.

"흐르는 바람처럼… 인가?"

*　　　*　　　*

"정확하게는 이런 느낌입니다. 주위로 퍼져 나가는 힘을 안으로 갈무리한다고 할까요? 흐르도록 그대로 두기는 하지만 그것을 의지의 힘으로 방향을 조절해 주는 것이지요. 이제 한번 해보십시오."

"응."

시안은 심호흡을 한번 한 다음 기엘이 시키는 대로 주문을 외우기 시작했다.

"시안 리에 디 하로이옌 미메이라. 바람의 이름 미메이라의 시작에서 끝. 라인-티리쉬."

낭낭한 목소리에 힘이 실려 시안의 힘의 흐름을 교묘하게 잡아당기기 시작했다.

자연스럽게 흘러 나가던 힘들이 방향을 틀어 시안의 몸 주위로 감겨 들었다.

"좋습니다, 시안님. 가볍게 성공하셨네요."

기엘은 가볍게 박수를 치면서 시안을 칭찬했다.

정말이지 처음 시안에게 힘을 개방하는 법을 가르쳤던 때와 비교한다면 개천에서 용이 났다고 해도 아무도 비웃을 수가 없을 것이다.

"웃챠! 역시 인간은 하면 된다니까."

시안 역시 이렇게나 자신이 가볍게 주문을 성공할 것이라고는 생각하지 못했었기 때문에 상당히 고무되어 있었다.

조금 전 시안에게 기엘이 가르친 주문은 힘을 감추는 아주 간단한 주문이었다.

하지만 그 주문의 성공은 시안에게 있어서는 대단한 발전이었다.

그 이유는 시안의 힘이 워낙 다른 엘러들과는 달리 활성화되어 있었기 때문에 타인이 거는 라인-티리쉬는 거의 소용이 없었기 때문이다.

“앞으로는 잊을 만하면 한 번씩 이 주문을 시전해 주십시오.”

“어? 왜? 한번 하면 그것으로 끝 아니야?”

“그렇지가 않습니다, 시안님.”

의아해하는 시안에게 기엘이 설명을 해주었다.

바람의 힘은 다른 것보다 훨씬 그 유동성이 강한 편이다. 그것은 나름대로는 장점이었지만 다른 한편으로 생각해 보면 상당한 단점으로도 작용한다.

유동성이 강한 만큼 주문의 지속 시간도 짧아지기 때문이다.

“다른 사람이라면 한번 주문을 시전하면 이삼 일쯤은 문제가 없을 겁니다. 하지만 시안님의 경우는 일단 몸에서 흘러나오는 파장이 다른 사람들과는 큰 차이가 나기 때문에 그렇게 주문이 오래 지속되지는 못합니다. 물론 시안님께서 시전하신 주문이니까 어느 정도는 괜찮겠습니다만 그래도 일단은 조심하시는 쪽이 좋다는 것이 제 견해입니다.”

“아아, 알았어. 설명 한번 기네. 그런데 궁금한 게 하나 더 있는데, 그럼 다른 엘러들의 힘을 느끼는 것은 어떻게 하는 거지? 이런 주문이 있는 이유는 다른 엘러들한테 내 정체를 드러내지 않으려고 하는 거잖아, 결국.”

“물론 있기는 합니다만 그것은 주문보다는 자연스럽게 느끼는 부분에 속합니다.”

“그런데 왜 나는 안 돼?”

“글쎄요, 그것까지는 사실 저도 잘 모르겠습니다. 하지만 시안님께서도 일단 못 느끼고 계시는 것은 아닐 겁니다. 실제로 지난번에 그 검은 암살단이 습격을 해왔을 때 저희들보다 훨씬 먼저 느끼셨잖습니까? 너무 조급해하지 않으셔도 때가 되면 자연스럽게 느껴지실 겁니다."

"에헤~ 그런가?"

스스로 느끼지 못하고 있었지만 생각하는 것보다 자신의 능력이
더 뛰어날 수도 있다는 생각이 들자 시안은 기분이 좋아졌다.

'헤헤헤, 생각보다 재미있잖아, 이거.'

"오늘 하루 이곳에 머무르는 것이 좋겠어."

"응?"

시안에게 열심히 바람술을 가르치고 있던 기엘에게 로운이 말했
다.

로운은 창밖을 바라보다 말고 결심을 한 듯했다.

"왜? 오후에 출발하기로 했었잖아, 로운."

시안도 이상하다는 듯이 로운에게 말을 했다.

"그렇게 할 예정이었는데, 아무래도 이리야가…."

조금 전 이리야가 말을 손질한 후 그대로 그 말을 타고 어디론가
가는 모습을 지켜보았던 로운은 아무래도 그에게 조금이라도 시간
을 주어야 한다는 생각이 들었던 것이다.

"고향 근처라고 하더니 아무래도 그곳에 잠깐이라도 가보고 싶어
하는 것 같아서. 원한다면 가라고 했더니 조금 전에 출발한 모양이
야. 기다려 주겠다고 했거든."

"아무 말 없이 간 건가?"

"나름대로는 좀 그런 모양이지 뭐. 여하튼 기다려 준다고 했으니
내일 정도까지는 기다려 줘야지."

"어이, 어이, 어이!! 그런 것을 나한테는 한마디도 안 하고 결정
했단 말이야?"

시안이 화가 나서 로운에게 시비를 걸었다.

물론 이리야의 심정을 이해 못하는 것은 아니지만 같은 일행인데도 불구하고 그에 대해서 일언반구도 듣지 못했다는 것은 짜증이 나는 일이었다.

왠지 자신만 모든 중요한 일에서 제외되어 있는 기분이었다. 자신이 이 일행의 중심에 있는 사람인데도 말이다.

로운은 시안이 항의를 하는데도 힐끔하고 그의 얼굴을 잠깐 돌아다보았을 뿐, 역시 아무런 대답도 해주지 않았다.

"뭐야!! 이제는 인간 취급도 안 하냐?"

"대답할 필요가 없으니까."

"로운, 말이 심하잖아."

기얼이 황급하게 로운을 말렸지만 그럼에도 불구하고 로운은 절대 표정 하나 변하지 않았다.

결국 시안은 화가 나서 방문을 박차고 나가 버렸다.

"그래! 잘났다!! 너만 인간이고 나는 아주 똥이라 이거지!! 젠장! 기사 좋아하네! 순 사기야, 사기!!"

"시안님, 어디 가십니까!!"

"시장 구경!! 내가 어디 가든 찾아낼 수 있잖아. 좀 냅둬!!"

젠장! 하고 소리를 치는 것이 여관의 복도를 타고 울려왔다.

기엘은 로운에게 좀 적당히 하지 왜 그랬느냐며 타박을 했다.

"기분이 이상해."

"응?"

"굉장히 신경에 거슬리는 게 있어. 아주 이상해."

"그럼 더 더욱 조심해야지. 저런 식으로 쓸데없이 시안님을 화나게 해서 좋을 것 하나 없잖아. 언제 무슨 일이 생길지도 모르는 데다가 위험 요소는 얼마든지 있는 거라구."

"그거랑은 좀 달라. 너도 알 거라고 생각하지만…."
"……."
"여하튼 신경 쓰게 해서 미안하다."
그리고 다시 로운은 입을 다물고 창밖으로 시선을 돌렸다.
아무리 기다려도 다시는 로운의 입이 열리지 않자 기엘은 화가
났다.
"젠장, 시안님이나 따라가 보아야겠군."
보기 드물게 기엘의 입에서 욕과 비슷한 말이 튀어나왔다.
어지간히 화가 나지 않는 이상 기엘은 그런 단어를 입에 올리지
않는다.
로운은 그것을 듣고 잠시 흠칫 몸을 굳혔지만 역시 입을 열지는
않았다.
'나도 미치겠어, 기엘. 정말이지, 이런 느낌일 줄은 몰랐어.'
기엘이 황급하게 시안의 뒤를 따라가는 모습이 2층, 로운이 앉아
있는 창가에서 보였다.

"뭔가 아주 안 좋은 일이 있을 것 같은 기분인가, 이런 기분은."
말로는 설명할 수 없는 기분이었다.
차라리 뭔가 논리정연하게 설명을 할 수 있는 느낌이라면 그쪽이
나을 것이라는 생각조차 드는 것이다.
"위화감인가."
솔직하게 말하면 로운은 자신이 이렇게 초조해하는 이유를 알고
있었다. 아니, 깨닫고 있었다.
이 땅에서는 미메이라에서 언제나 느꼈던 갓 태어난 바람의 느낌
을 전혀 받을 수가 없었다.

‘갓 태어난’이라고 표현하는 것이 좀 문제가 있을지는 몰라도 여하튼, 미메이라에 있던 것과는 전혀 다른 느낌을 그는 매일 아침 받고 있었다.

미메이라에 있을 때는 언제나 아침에 깨어나면 가장 신선한 공기를 들이마시면서 하루를 시작했었다.

생명력이 가득 차 있는 살아 있는 바람이 언제나 일 년 내내 쉬지 않고 불어왔던 곳.

그것은 미메이라인의 힘의 원천과도 같다.

하지만 이곳은 답답했다.

바람이 부는 것은 똑같았지만 전혀 다른 느낌.

그것 때문에 신경이 이렇게나 날카로워진다고 말하기에는 그렇지만, 영향이 미치지 않는다고 보기엔 문제가 있다고 그는 생각했다.

실제 기엘의 몸 상태도 그렇게 좋은 상태는 아니라는 것을 이미 그는 느끼고 있었다.

"걱정했던 현상이 일어나고 있는 것이군, 결국."

계승로에 따라 나선 기사와 신관이 돌아오지 못하는 경우가 허다하다는 것쯤은 그도 익히 알고 있었다. 일반인들이 아는 것보다 훨씬 더 그들이 멀쩡한 상태로 돌아오는 경우는 드물었다. 정확하게 그 이유가 무엇인지 아는 사람도 적다.

중간 지대에서 풍환을 얻어온 수장과 가까스로 살아남아 수장과 함께 돌아왔던 몇 명 안 되는 기사와 신관만이 알고 있는 비밀 아닌 비밀. •

이 비밀은 수장에게서 수장 계승자에게, 그리고 계승자를 수행하게 될 기사와 신관에 정해진 이후 그들에게만 전해지는 것이다.

그렇게나 자유로움을 타고난 미메이라인이 미메이라를 벗어나지 못하는 이유.

신국인은 자신이 태어난 땅에서 오랫동안 벗어나 있을 수가 없다.

신의 축복은 그대로 신의 저주와도 일맥상통할지도 모른다.

너무도 과한 축복은 그만큼의 반대급부를 필요로 하는 것이다. 가지고 있는 능력에 비례해서.

그것은 비단 미메이라인에게만 해당되는 것이 아니다. 신국인이라면 누구나 해당되는 치명적인 약점이 바로 그것이다.

신국에서 태어나지 않은 엘러들은 그 능력이 적은 반면, 신국인들과는 달리 대륙 어디에서든 살아갈 수 있다.

처음 레이죠 장로에게서 이런 사실에 대해 들었을 때는 그래도 이 정도일 것이라고는 생각하지 못했었다.

아마도 어느 누구도 알 수 없었을 것이다.

"하지만 이렇게 일찍부터 시작되면 곤란한데."

해가 높이 솟아오르기 시작했다.

창밖으로 내다보이는 작은 마을의 풍경은 어지러운 로운의 마음과는 달리 한산하기만 했다.

"향수병일까, 이런 것도."

로운은 자신도 모르게 중얼중얼, 자신의 고향인 미메이라의 노래를 부르기 시작했다.

아름다운, 흐르는 바람과도 같은 느낌의 노래였다.

*　　　　*　　　　*

'그리 얼마 되지 않았는데 마치 몇 년 만에 온 기분이군.'

이리야는 높은 언덕에서 자신이 태어나 자랐던 작은 마을, 로켄을 바라보았다.

사실 고향에 오고 싶은 마음은 언제나 굴뚝같았던 그였다.

하지만 쫓기는 입장이다 보니 고향으로 돌아오는 것은 거의 불가능했기 때문에 포기하고 있었던 것이다.

'사실 미친 짓이지, 이 정도면.'

이것으로 만족하고 이제 돌아갈까 하는 마음과, 여기까지 왔는데 그래도 먼 발치에서나마 가족을 보고 싶다는 두 개의 마음 사이에서 그는 갈등했다.

'어떻게 할까…'

이리야는 바람에 솔솔 나부끼는 그의 머리카락을 추스렸다.

문득 손에 걸린 머리카락 색을 보던 그는 마음을 굳혔다.

적어도 쉽게 적(?)의 눈에 들통나지는 않을 것이라는 생각이 들었던 것이다.

'페이요트 산맥을 넘어 케슈튼 근처까지 오는데도 아무런 일이 없었는데, 설마 이제 와서 무슨 일이 일어나겠어?'

이리야는 고개를 들어 이제 슬슬 저물기 시작하는 해를 바라보았다.

아즈 어릴 적 기억에 있는 광경과 똑같은 광경, 똑같은 공기, 똑같은 냄새, 그리고 똑같은 사람들.

멀지 않은 곳에 그와 아주 익숙한 사람들이 살고 있는 곳이 있다.

이곳에 오는데도 상당한 시간이 걸렸다. 아마도 돌아가는 시간은 조금 더 걸릴지도 모른다.

이티야는 말머리를 돌리며 힘껏 박차를 가했다.

조금만 더 서두르면 시간 내에 돌아갈 수 있을 것이다.

'좋아, 아주 잠깐만….'

"형?"

"……."

흠칫하고 이리야의 어깨가 굳었다.

설마 하는 생각이 이리야의 뇌리를 스쳤지만 다음 순간 들려온 목소리에 이리야는 고개를 들고 말았다.

"이리야 형, 맞지?"

"쿨럭쿨럭."

"형, 돌아보지 말고 그대로 집 쪽으로 가. 뒤에 숲에서 기다릴게. 응? 꼭 와."

이리야의 집은 마을 외곽 쪽이다.

그 때문에 인기척이 다른 곳에 비하면 적은 곳.

이리야는 잠시 망설였다.

'이대로 도망쳐 버릴까? 혹시 나 때문에 문제라도 생기면….'

자신이 거의 강제 징병되다시피 해서 케슈튼으로 끌려간 후 그들의 가족에게 보상금 비슷한 것이 전해졌다는 소리는 들었다.

하지만 그 말은 동시에 그의 입장에서는 그의 가족이 인질이 될 수도 있다는 소리다.

그렇기 때문에 이리야는 그 모진 훈련들을 견뎌냈던 것이다. 그리고 그들이 더 이상 그를 의심하지 않게 되었을 때 탈출을 했다.

마음속으로는 안 된다고 생각하면서도 이리야의 발길은 자신도 모르게 그의 집 쪽으로 향하고 있었다.

어째서라고 물어도 그에 대답할 수는 없었다.

“형, 어떻게 된 거야, 연락도 없고. 게다가 머리 색은 그게 도대체…”

“그냥 바꿨어, 너무 눈에 띄어서. 부모님은 잘 계시고?”

“형이 없다는 것만 제외하면. 몸은 괜찮아?”

5살 연하의 동생은 머리카락 색을 제외하면 자신과 거의 똑같이 생겼다.

“미안하다, 갑자기 찾아와서. 그만 가볼게. 아, 참.”

동생을 얼싸안지도 못하고 만나자마자 이리야는 말고삐를 잡고 일어섰다.

“형, 아버지라도 만나고 가. 어머닌 지금 하슈 아줌마 댁에 가셔서 안 계시지만 아버지는 계시단 말이야.”

“안 돼, 기다리는 사람들이 있거든. 상황이 나아지면 다시 올게. 미안하다. 이거 받아.”

이리야는 짐 속을 뒤져서 로운으로부터 비상금으로 받은 하이시 주머니를 꺼내 그의 동생에게 건네주었다.

“이게 뭐야?”

“그냥 가지고 있던 비상금 같은 거야. 얼마나 될지는 나도 모르지만 상당히 고가에 팔릴 테니까 되도록 케슈튼 같은 곳에 가서 팔아서 써라.”

“형, 아버지 만나고 가라니까.”

아무런 설명도 듣지 못했음에도 불구하고 그의 동생은 이리야에게 아무것도 묻지 않았다.

머리 색까지 바뀐 형의 모습을 보고 이유는 모르겠지만 뭔가 문제가 있다는 것을 알아챈 것이다.

“아니, 시간을 너무 지체했다. 원래는 마을까지 내려올 생각도 아니었는데, 일단 와서 보니까…"

"그러니까 이왕 온 거잖아. 자고 가라고도 안 할게. 아버지라도
만나고 가."

"이시야, 널 만난 것만으로도 난 족해. 그만 갈게. 어서 들어가고,
부모님 잘 모시고 있어."

"형!!"

이시야가 형을 붙들었다.

어차피 여기까지 왔는데 부모의 얼굴조차 보지 못하고 다시 떠나
가게 하기에는 너무 가슴이 아팠다.

"짜식, 머리 색도 바꾸었는데 어떻게 알아봤냐?"

팔을 붙드는 동생의 머리를 몇 번이나 부벼주던 이리야가 동생을
꼬옥 끌어안았다.

"미안하다, 아무 말도 못해줘서."

"아니야, 형."

동생을 품에 안은 채 이리야는 잠시 감상에 빠졌다.

그냥 이대로 다시 마을로 돌아올 수만 있다면 얼마나 좋을까?

"형, 정말 아버지 안 보고 갈 거야?"

"미안……."

이렇게 동생을 안고 있으니 왠지 아주 어린 시절로 돌아간 기분
이 들었다.

"정말 미안하다."

잘 쓰지도 못하는 물의 술을 써서 이 동생을 놀려먹은 것도 한두
번이 아니다.

그럼에도 불구하고 동생은 그를 너무 따랐었다.

"일이 잘되면 돌아올게. 언제가 될지는 모르겠지만, 부모님 잘 모

시고 있어…… 어?!"

순간 이리야는 어디선가 이상한 느낌이 전해져 오는 것을 깨달았다.

살기였다.

"형, 왜 그래?"

동생이 이상하다는 듯이 물었다.

"이시야."

"응?"

이리야는 동생의 귀에 속삭였다.

"내가 널 놓으면 그대로 집으로 뛰어가라. 뒤돌아보지 말고."

"형?"

"쉿—"

"셋을 셀 테니까 바로 집으로 뛰어. 알겠지?"

살기가 점점 짙어지고 있었다. 그 살기는 이전에 경험했던 그 어떤 것과 아주 흡사하게 닮아 있었다.

짙으면서도 끈적한, 그럼에도 불구하고 차가운 살기.

'하세카인가. 설마….'

그동안 시안 일행들과 여행을 하면서 그들에게 배운 덕에 이리야의 감각은 더욱더 예민하게 다듬어져 있었다.

이전이라면 이렇게 빨리 느끼지 못했을 수도 있었다.

그 느낌은 이제 점점 가까워져 날카로운 침처럼 이리야의 몸을 찌르고 있었다.

"하나, 둘, 셋—!!"

꼭 끌어안고 있던 동생을 밀쳐 내고 이리야는 그 살기가 뿜어져 나오고 있는 숲 쪽으로 몸을 돌렸다.

그 순간 숲 속에서 검은 그림자가 뛰어올랐다.

이리야의 오른손이 허리춤에 매달아놓았던 날카로운 검을 뽑아
들었다.

"형—!!"

"뛰어!!"

달려드는 남자의 움직임이 마치 느릿느릿 흘러가는 거대한 대하
의 흐름처럼 느껴졌다.

휘이익—

새카만 인영이 높이 치솟았다.

"하앗—!!"

사선으로 베어낸 검흔에서 붉은 피가 솟아올랐다.

"이리야 노운. 카라스!!"

솟아오르던 피가 분수처럼 위로 솟구쳤다.

쏴아아아아—

분홍빛의 물기가 숲에서 뿜어져 나오는 연녹색의 안개와 합쳐져
두터운 장벽이 되어 높이 치솟아올랐던 남자의 몸을 두 동강 냈
다.

"큭—!!"

외마디 비명이 붉은 피를 뒤집어쓴 이리야의 귀에 들려왔다.

'남은 것은 셋? 아니, 넷?'

"형!! 위험해!!"

이시야의 비명 소리가 들렸다.

"크헉—"

눈앞의 적에게 눈이 팔려 있는 이리야의 뒤쪽으로 어느새 돌아와
있던 남자가 날카로운 비수를 날렸다.

그 비수는 이리야의 허벅지에 정확하게 박혔다.

"젠장!!"

아픔도 느끼지 못한 채 이리야는 레이피어를 휘둘렀다.

"이리야 노운. 마헨―!!"

고함과도 같은 주문과 함께 이리야는 들고 있던 레이피어를 놓았다. 이리야의 손에서 놓여난 레이피어가 순간 춤을 추는 것처럼 허공을 날기 시작했다.

"내가 왜 레이피어를 가지고 다니는지 보여주지. 마헨-슬레드!!"

"……!!"

방금 전에 이리야의 다리에 비수를 던진 남자가 비명조차 지르지 못하고 그대로 자리에서 엎어졌다.

허공을 춤추던 레이피어에서 튕겨져 나온 작은 핏방울이 그의 심장을 정확하게 관통했기 때문이었다.

그리고 작은 핏방울들을 무수하게 뿌려댄 레이피어는 다시 다음 적을 찾아서 저절로 움직였다.

흩어져 있던 물방울들과 핏방울들이 다닥다닥 날고 있는 레이피어에 붙어가는 광경은 남은 두 암살자들의 오금을 저리게 했다.

"암살자면 암살자답게 차라리 자는 것을 덮쳐 보란 말이야!!"

이리야의 절규 아닌 절규가 레이피어에 힘을 가한 듯 이제 거의 바스타드 소드만큼이나 커진 칼날이 힘차게 휘둘러졌다.

"쿨럭―!"

살아 움직이는 레이피어의 칼날에 가슴을 베인 남자가 무릎을 꿇고 쓰러졌다.

이리야가 손을 내밀자 움직이던 레이피어가 마치 살아 있는 것처럼 슈르륵― 이리야의 손으로 날아왔다.

피에 흠뻑 젖은 검신을 든 이리야는 마지막 남자에게 칼날을 겨누며 말했다.

"돌아가. 그리고 두 번 다시 이곳에는 나타나지 마. 나도 두 번 다시 이곳에 돌아오지 않을 테니까."

"……."

상대는 대답이 없었다.

온통 검은 천으로 몸을 가리고 있는 그에게서 보이는 것은 반짝이는 두 개의 눈뿐.

그 눈의 반짝임이 순간 사라졌다.

"돌아가!!"

이리야의 절규와는 달리 남자는 가슴에 품고 있던 비수를 꺼내들고 이리야에게 덮쳐 왔다.

이리야는 이를 악물고 그 남자의 가슴에 레이피어를 찔러 넣었다.

"…크윽."

깊숙하게 박힌 검신을 따라 올라오는 비릿한 피의 향기.

그리고 뼈와 근육을 관통한 충격이 주는 떨림.

미세하게 흔들리며 흩어지는 생명의 느낌.

그 모든 것이 이리야의 눈앞을 새카맣게 덮어왔다.

"이리야 노운 코나타, 네이 라인…."

슈욱— 하면서 새카만 물방울 같은 것이 이리야의 상처에서 흘러나왔다.

이리야는 벅벅벅 천 조각으로 그 물방울을 닦아내고는 상처를 묶었다.

"어서 들어가라. 위험하다. 일단 내가 마을을 벗어날 때까지만 조심해. 아마도 내가 완전히 떠났다는 것을 알면 저들도 더 이상 이곳에서 날 기다리거나 하지는 않을 테니까. 다른 놈들이면 몰라도 저놈들은 나 외엔 노리는 게 없으니까. 너나 아버지랑 어머닌 안전할 거야."

"형…."

"이런 상처는 괜찮아. 봤잖아, 아까 내가 쓰는 거. 독은 다 제거했어."

"가서 그런 거 배운 거야?"

동생의 눈에는 약간의 경외와 두려움과 안쓰러움이 겹쳐져 있다.

이리야는 그런 이시야의 눈을 똑바로 쳐다볼 수가 없었다.

자신을 노리는 자들이긴 했지만 여하튼 그는 살인자인 것이다.

시쳬는 이미 이리야가 주문으로 처리를 했지만 그들이 흘린 피에서 풍겨 나오는 비릿한 피 냄새는 아직까지 여기저기 곳곳에 남아 있었다.

"갈게."

"형."

"……."

이리야는 말에 훌쩍 올라탔다.

"들어가. 간다. 하앗—!!"

마구를 들고 말의 엉덩이를 힘껏 쳤다.

조금이라도 빨리, 한시라도 빨리 이곳에서 벗어나야 한다.

상처를 막 치료한 직후부터 그는 다시 새카맣게 몰려오는 하세카의 기운을 느낄 수 있었다.

그는 뒤도 돌아보지 않고 달렸다.

‘두 번 다시 돌아올 수 없다고 해도…’
상처가 욱신욱신 쑤셔왔지만 그 때문인지 머리는 맑았다.
‘아니, 두 번 다시 돌아오지 않겠어. 저놈들이 살아 있는 한.’
나부끼는 바람이 그의 정신을 더 더욱 맑아지게 했다.
“어디까지든 따라와 보라구!! 젠장!!”

＊　　　　　＊　　　　　＊

“우우— 잊어먹었다, 결국.”
시안은 여기저기를 두리번거리다가 결국 포기를 해버렸다.
아무리 봐도 구분 가지 않는 길들. 비슷비슷하게 생긴 사람들과 정말 똑같이 생긴 것처럼 보이는 말들.
외국에 나가면 외국 사람은 전부 똑같이 보인다는 소리가 맞기는 맞는 것 같다고 시안은 생각하고 있었다.
한국 사람이나 일본 사람, 중국 사람까지는 구분할 수 있지만 영국 사람, 미국 사람, 프랑스 사람, 독일 사람을 구분해 낼 재주는 없다.
물론 서양인들은 그들끼리는 잘도 구분해 낸다고 하지만 말이다.
그 말은 그대로 이곳에서도 적용되고 있었다.
완전히 서양인이라고 보기에는 꽤나 동양인적인 요소를 가지고 있는 얼굴들이지만 역시나 이곳은 시안에게는 완전히 모르는 제3세계나 마찬가지.
아무리 눈여겨 보아도 그 얼굴이 다 그 얼굴로 보이는 것은 어느 누구도 탓할 수 없을 것이다.
문제는 사람들뿐만 아니라 길거리의 가게며 집이며 길들도 모조리 비슷하게 보인다는 것이다.

케슈튼에서 멀지 않은 이 마을은 도시나 성으로 불리지는 못했지만 케슈튼 성이라고 하는 꽤나 큰 성으로 가는 길목 같은 곳에 있는 곳이라 상당히 번성한 마을이었다.

"우우, 이게 어디가 도시도 성도 아니란 말야. 우라지게 큰데."

모처럼 잔소리를 하는 로운도 없겠다, 시안은 마구마구 험하게 말을 하고 있었다.

그동안은 뭐라고 한마디만 하면 말조심하라는 소리를 로운에게 끊임없이 들어왔었다.

"간만에 혼자 다니니까 좋기는 좋지만… 아참!"

시안은 문득 하늘을 보았다. 중천에 떠 있던 해는 아마도 조금 기울기 시작했는지 그림자가 길어지는 게 보였다.

"으흠, 일단은…."

시안은 주위를 둘러보고 사람들의 통행이 조금 적은 골목을 찾아 들어갔다.

그리고 곧장 심호흡을 한 뒤에 오늘 아침에 배웠던 주문을 외웠다.

"시안 리에 디 하로이옌 미메이라. 바람의 이름 미메이라의…… 가 아니라…."

주문을 외우다 말고 시안은 고개를 갸우뚱했다.

"귀찮은데 이거 어떻게 좀 강력 버전으로 업그레이드할 수 없을까?"

기엘이 말하기를, 생각날 때마다 주문을 외워두라고 했는데 그 생각날 때마다라는 게 과연 얼마에 한 번씩인지 사실 시안은 도대체 가늠할 수가 없었다.

일단은 문득 생각날 때마다 외우고는 있지만 그게 상당히 귀찮은 것이다.

물론 시안은 이 주문의 기본 효력이 대충 하루 정도 된다는 것은 까마득히 모르고 있는 상태.

결국 고민을 하던 시안은 씨익— 웃으면서 주문을 외우기 시작했다.

이전에 라이트 주문을 외우면서 자신의 원래 이름을 썼을 때 만들어냈던 그 커다란 불덩이가 갑자기 떠올랐기 때문이다.

"그거라면 잘될지도 모르지. 좋아. 박경하. 바람의 이름 미메이라의 시작에서 끝. 라인-티리쉬."

주문이 끝나기가 무섭게 주위의 공기들이 쏴아아아— 소리를 내면서 시안의 몸 주위로 몰려드는 기분이 들었다.

물론 실제 그런 것은 아니지만 시안이 느끼기에는 그랬다.

"우, 우웃! 놀랐다. 헉! 헉! "

손바닥을 뻗어서 주먹을 쥐었다가 폈다가 하면서 혹 이상이 없는지 살펴보았지만 특별한 이상은 없는 것 같았다.

"괜… 찮겠지? 으으음."

시안은 잠시 고민을 했지만 고민을 해보았자 자신 스스로가 상태를 알아낼 방법이 없다는 것에 생각이 미치자 고민을 그만둬 버렸다.

지금 고민할 문제는 그게 아니다.

시안은 이제 그가 머물던 여관으로 과연 어떻게 돌아가야 할지 그것을 고민하기 시작했다.

"일단은 여기는 아닌 거 같고, 그럼 일단은 다시 중앙 광장으로 가서…"

성질이 나서 뛰어나오기는 했지만 너무 화가 나는 바람에 아무것도 안 들고 나왔던 게 문제였다.

비상금이라고 기엘이 쥐어준 약간의 돈이 있기는 했기 때문에 다행히 굶지는 않았지만 지금 그게 문제가 아닌 것이다.

이 넓은 아슈레이 대륙에서 자신이 아는 사람이라고는 기엘과 로운과 이리야, 그리고 미메이라 사람들뿐이다.

그중에서도 지금 가까이 있는 사람은 기엘과 로운뿐.

그런데 시안은 지금 그들이 어디 있는지 몰라서 방황하고 있는 것이다.

"화가 날 땐 나더라도 기엘이라도 데리고 나오는 건데 말이야. 앞으로는 뛰어나오더라도 조심을 해야지, 쳇."

투덜거리면서 시안은 다시 중앙 광장이라고 생각되는 곳으로 걸어갔다.

아까부터 이 부근을 몇 번이나 돌았기 때문에 이곳까지는 눈에 익어 있었기 때문이다.

"여관 이름이라도 알아둘걸."

자신기 이렇게 주의성이 없는 사람이었나 고민하면서 시안은 한숨을 내쉬었다.

그때였다.

"아름다운 아가씨. 어디 누굴 찾으시나?"

"……."

"원한다면 내가 아주 좋은 곳으로 데려가 줄 수 있는데 말이야."

"그럼, 그렇고 말고."

키득대는 소리가 들렸다.

'동서고금을 막론하고 참나, 어째서 건달들이 하는 말은 저렇게

천편일률적이냐구. 진짜 짜증난다.'

시안의 눈앞에는 한눈에 봐도 '나는 건달입니다' 하는 남자 세 명이 서서 그를 요상한 눈빛으로 쳐다보고 있었다.

아마도 그들은 시안을 노리고 있었던 것 같았다.

그도 그럴 것이 아까부터 이 광장을 몇 번이나 빙빙빙, 혼자 돌아다니고 있는 시안이 눈에 띄지 않을 수가 없었던 것이다.

화려한 백금발의 머리카락과 평범을 넘어서는 아름다운 얼굴 때문에 섣부르게 손을 대지 못했을 뿐, 시안을 노리고 있던 사람들은 한둘이 아니었다.

그중에서도 지금 시안에게 수작을 걸고 있는 남자들은 이곳에서도 꽤나 유명한, 아무도 손을 대지 못하는 망나니 중에 망나니들.

"난 여자가 아니야. 그러니까 시비 걸지 말고 꺼져."

시안이 귀찮다는 듯 말했다.

"킥킥킥, 여자가 아니라니. 그럼 남장 여자쯤 되는 건가?"

"푸하하하핫."

한칼에 시안의 주장은 물거품이 되어버렸다.

"여자가 아니라면 아닌 줄 알지. 왜, 여기서 벗어볼까?"

"호오~ 화끈한걸, 아가씨?"

휘익— 하고 휘파람을 부는 소리가 났다.

'으윽, 이럴 때 로운이나 기엘이 있음 간단하게 끝나는 건데, 젠장할!! 도대체 이 인간들은 나 안 찾고 뭐 하는 거야!!'

이렇게 시안이 기엘과 로운을 찾고 있는 동안, 기엘은 기엘 나름대로 부지런히 시안의 행적을 뒤쫓고 있었다.

"도대체 어딜 가신 거지?"

식사조차 제대로 못한 기엘은 오전 내내, 그리고 해가 중천을 넘어가기 시작한 지금까지도 뱅뱅뱅 마을을 이 잡듯이 뒤지며 돌아다니고 있었다.

말이 마을이지, 거의 중간급의 도시에 해당하는 곳이라 기엘은 쉽게 시안을 따라잡을 수 없었다.

게다가 자신이 아침에 가르쳐 준 주문을 너무나 잘 외우고 다니는지 좀처럼 시안의 파장을 잡아낼 수가 없다는 것이 일단 큰 문제였다.

"가르쳐 드려도 너무 잘 가르쳐 드린 건가."

분명 여관에서 뛰어나갈 때만 해도 다른 엘러들은 몰라도 기엘이나 로운이라면 쉽게 잡아낼 수 있을 정도의 파장은 남아 있었다.

하지만 지금 그는 아무것도 느낄 수가 없었다.

"생각날 때 한 번씩 하시라고 했더니 설마 시간마다 줄창 외우시며 다니시는 건가."

자신이 문득 내뱉은 말 그대로 시안이 하고 있었다는 것을 알았다면 아마도 기엘은 머리를 쥐어 뜯을지도 모른다.

"어서 찾아야 할 텐데. 저녁 식사 시간도 다된 데다가 가진 돈도 얼마 없으신데…."

기엘은 잠시 발걸음을 멈추고 생각을 했다.

어떻게 하면 시안을 찾아낼 수 있을까?

"…어?"

발걸음을 멈춘 순간 잠깐, 아주 잠깐 북쪽 가까운 곳에서 엘러의 느낌이 났다.

"시안님이신가?"

두 번 생각할 것도 없이 기엘은 발걸음을 옮겼다. 아니, 뛰기 시작했다.

"찾으면 두 번 다시 혼자 내보내는 일은 없을 거야. 하아—"

"이거 놔!!"

"조용히 하라구, 아가씨. 좋으면서 왜 이래? 응?"

"놓으라고 했지!! 좋은 말로 할 때 놓으라구!!"

"그 말 그대로다. 당장 손을 놓고 꺼져."

"어?"

어디선가 들려온 아주 익숙한 목소리. 아니, 아주 익숙한 것은 아니지만 여하튼 들은 적이 있는 목소리다.

시안이 고개를 돌리기도 전에 뒤에서 불쑥 긴 롱 소드가 뻗어 나왔다.

"이분은 너희들이 함부로 대할 분이 아니다."

남자의 말에 주춤주춤 건달들이 뒷걸음질을 쳤다.

"괜찮으십니까, 시안님?"

"…기윤?"

"무사하셔서서 다행입니다, 시안님."

굵은 팔이 시안의 어깨를 감쌌다.

차마 저리 치우라는 소리는 못하고 시안이 이러지도 저러지도 못하는 사이 기윤의 서슬에 눌려 건달들은 멀리 도망을 가버렸다.

"아, 아하… 호호호, 안녕하세요."

시안이 식은땀을 삐질삐질 흘리며 인사를 했다.

"네. 안녕하십니까, 시안님."

"도, 도와줘서 고마웠어요. 그럼 이만."

시안은 아무래도 이 상황에서는 재빨리 내빼는 것이 상책이라는 생각이 들었다.

자신을 진짜 여자로 믿고 있는 상대다. 오히려 건달들보다 나빴으면 나빴지 좋을 것 하나 없는 것이다.

"찾았습니다, 시안님."

"어? 그럼 기엘이랑 로운이 어디 있는 줄 아세요?"

"……물론입니다."

자신의 말에 반색을 하는 시안의 얼굴을 보고 기윤은 거짓말을 했다.

"정말이요? 후아— 다행이다. 잃어버린 줄 알고 당황하고 있던 참이었거든요."

시안은 기윤의 말을 듣고 잔뜩 긴장하고 있던 신경을 늦추었다.

몇 년이나 쌓였던 체증이 갑자기 싹 가시는 기분이었다.

만일 제대로 찾지 못하면 어쩌나 싶어서 사실은 굉장히 고민을 하고 있었던 것이다.

"기엘님과 로운님은 저희들 일행과 함께 계십니다. 시안님을 찾으시던 중인데 아무래도 저희가 인원이 많아 저희들이 도와드린다고…."

"아아, 알겠어요. 가죠, 그럼."

힐끔 기윤의 뒤를 보니 정말 몇 명의 남자들이 서 있었다.

시안은 슬슬 배도 고픈 참에 잘되었다는 생각에 반색을 하며, 대뜸 기윤이 내미는 손을 잡고 그의 말에 올랐다.

"저기요, 물어볼 게 있는데, 혹시 기엘이나 로운이 화 많이 안 났던가요?"

"별로, 그런 것 같지는 않았습니다."

천진난만해 보이는 시안의 얼굴을 보면서 기윤은 가슴 한곳이 조금씩 저려오기 시작했지만 무시했다.

일단 제일 중요한 것은 칙명을 지키는 일.

잠시 잠깐의 양심 따위 저버려도 된다.

절대 이 아름다운 아가씨에게는 아무 일도 없을 것이라고 들었다. 목표는 그 이리야라는 남자가 정말 그 문제의 엘러인가 하는 것이다.

그는 그렇게 생각하면서 애써 자신을 정당화하려 했다.

"이리야는 돌아왔어요?"

"…물론입니다. 가실까요?"

"네!"

시안은 방긋 웃으면서 기윤에게 고맙다는 말을 했다. 하지만 기윤은 방긋 웃는 시안의 얼굴을 똑바로 바라볼 수가 없었다.

"출발한다."

"네!"

"예!"

뒤에 늘어서 있던 남자들이 일제히 기윤을 따라 움직이기 시작했다.

"이쪽이 아닌가?"

기엘은 잠시 자신의 감각을 의심했다.

"분명히 맞았는데…."

얼마 전부터 감각이 조금씩 둔해지고 있다는 사실은 익히 깨닫고 있었다. 하지만 그것이 시안의 기척을 느끼지 못할 정도는 아니었던 것이다.

기엘은 아무래도 기분이 이상했다.

넓다고는 하지만 하루 종일 뒤지다시피 했는데 시안의 머리카락 하나 발견하지 못했다는 것은 역시 뭔가 수상했던 것이다.

게다가 순간순간 기척이 느껴져서 뒤쫓아가면 엉뚱한 곳에서 그 기척이 사라져 버린 것이 몇 번째.

결국 기엘은 시장을 관통해서 여관에서 멀지 않은 넓은 광장까지 다시 돌아왔다.

"후우… 이거 곤란하군."

탐문이라도 하고 다니지 않는 이상 아무래도 시안을 찾을 방법은 없을 것 같다고 결론을 내리고 기엘은 광장 한구석, 행상을 하고 있는 아주머니에게 슬쩍 물어보았다.

일단은 지나다니는 사람들보다는 한군데 머물러 있는 사람들이 시안을 보았을 가능성이 더 많다.

게다가 시안이 그 시간 동안 아무것도 먹지 않았을 리가 없다.

"저기 말씀 좀 묻겠습니다."

힐끔 하고 나이가 많아 보이는 여자가 기엘을 바라보았다.

기엘은 그녀를 향해 활짝 웃어 보이면서 말을 꺼냈다.

"혹시 부근에서 머리카락이 은색인 한 17~8세 되는 소년을 보신 적이 없으십니까?"

눈을 껌벅껌벅이던 여자는 잠시 기엘의 모습을 머리끝에서부터 발끝까지 훑어보았다.

"약간 푸른색이 도는 옷을 입고 있는데 말입니다."

"당신도 그 일행이우?"

"예?"

"그 아가씨, 아까 나슈 패거리한테 걸려서 곤욕을 치렀지."

"나슈 패거리요?"

“아아, 이 거리의 골칫덩이지.”

“그런데요?”

처음 물어본 상대에게서 뜻하지 않게 시안의 행방을 알게 되자 기엘은 뛸 듯이 기뻐했다.

“그런데 웬 기사 양반들이 바람같이 나타나서 구해갔수. 더 이상 헤매지 않아도 되겠어. 그건 그렇고, 이거 하나 안 사실라우?”

“아, 아니. 괜찮습니다. 그런데 기사… 들이라뇨?”

기뻐하다 말고 기엘은 순간 심각한 얼굴이 되어버렸다.

기사들이라니?

“검 들고 있음 다들 기사분들 아니신감?”

“어느 쪽으로 갔습니까?”

“모르지, 그거야.”

“분명 백금발 머리의 소년이었습니까?”

“예쁘장하게 생긴 게 영락없는 아가씨더만. 남자였나?”

기엘은 더 이상 묻지 않고 아주머니에게 감사하다는 말을 한 후 재빨리 주위를 둘러보았다.

문제가 심각했다.

‘기사들이라구? 한 명이 아니라 여러 명?’

한 명이라고 한다면 로운이라고 생각할 수도 있지만 그것은 아니다.

분명 저 여자는 기사들이라고 표현을 했다.

“혹시 조금 전에 기사분들이 지나가는 것을 보지 못하셨습니까?”

“아아, 저리로 갔는데. 지나간 지 한참 되었수.”

“어디의 기사인지 아십니까?”

“그런 것을 알 리가 있나.”

기엘은 뭔가 상황이 이상하게 돌아간다는 것을 직감적으로 알아 챘다.

가까운 곳에 있는 성은 케슈튼뿐이다.

이 마을의 주민들이라면 적어도 케슈튼 성의 병사들이나 기사들을 못 알아볼 리가 없다는 생각이 들었다.

'그렇다면 도대체 누굴 따라간 거지?'

어리벙벙해 보여도 나름대로는 시안이 꽤나 조심스러운 성격이라는 것을 알고 있다.

그런 시안이 아무나 막 따라갈 리는 없다.

'뭔가, 뭔가 이상해.'

머리가 아파오기 시작했다.

한번 이상하다고 생각하자 갑자기 기엘은 오늘 자신이 문득문득 느꼈던 그 기척이 시안이 아닐 수도 있다는 생각까지 하게 되었다.

한번 의심을 하게 되면 뭐든지 의심을 하게 되는 법이다.

'시안님이었다면 그렇게 순간순간 기척을 느끼게 될 리가 없어. 특히 몇 번이나 주문을 중복해서 시전했다면 절대 불가능해.'

머리가 차갑게 식어가자 하나하나 정리가 되기 시작했다.

기엘은 그 자리에 멈춰 서서 꼭꼭 묶어두었던 그의 능력을 해방시키기 시작했다.

아무리 생각해도 이것은 긴급 상황인 것이다.

풀어헤쳐진 감각은 실낱같이 흩어져 사방으로 뻗어져 나가기 시작했다.

'찾을 수 있어. 몇 번이나 느꼈으니까.'

기엘은 눈을 감고 감각으로 주위의 사물을 인식하기 시작했다.

사람들의 기척과 동물들의 기척, 심지어는 바닥을 기어 다니는 벌레 한 마리까지, 그의 감각은 그 모든 것을 샅샅이 훑어 나가기 시작했다.

바람과 함께 퍼져 나가는 감각.

기엘이 번쩍 눈을 떴다.

'찾았다!!'

다음 순간 기엘은 허리에 매달린 검의 손잡이에 손을 대고 뛰기 시작했다.

'멀지 않아…'

"뭐라구?"

"목적지는 케슈튼. 이미 출발한 것 같아."

"바보 같은 녀석!!"

퍼억— 하고 로운이 앞에 널브러진 남자를 걷어찼다.

그 남자는 이미 의식을 잃은 듯 로운의 발길질에도 손가락 하나 꼼짝하지 않았다.

기엘은 그런 로운을 바라보면서 입술을 깨물었다.

자신의 불찰이라고 그는 생각하고 있었다.

어떻게 순간순간 느껴지던 기척을 그는 시안이라고 믿어 의심치 않았을까?

기엘이 온 감각을 동원해 찾아낸 남자는 그들과 마찬가지로 바람의 술사이기는 했다. 하지만 그는 미메이라인이 아닌, 제국인이었다.

기엘의 인정사정없는 공격에 거의 만신창이가 되어버린 남자는 처음에는 죽어도 입을 열지 않았지만 결국 자신이 알고 있는 모든 것을 불고 말았다.

기엘은 별로 쓰고 싶지 않았지만 아무래도 입을 열지 않는 바람에 남자에게 정신계 쪽의 주문을 써서 모든 것을 말하게 했던 것이다.

그 후유증으로 남자는 지금 정신을 잃고 있었다.

"이리야 씨의 말을 좀 더 자세히 들어둘 걸 그랬나 봐."

"그럼 시안을 데려간 건 그들인가?"

"아니, 그 남자야. 요하엘의 기사 기윤 제나이드 슈히튼."

"기윤?"

기엘이 한숨을 내쉬면서 대답했다.

"우리가 요하엘을 떠나온 뒤로 계속 우리 뒤를 추적해 온 것 같아. 이 남자는 달리 개별적인 행동을 하고 있었던 것 같은데 기본적으로는 기윤 제나이드의 명령을 받았던 것 같아."

"미치겠군."

"찾는 즉시 카드미엘로 이송하라는 명령을 받았다고 하는데 일단 첫 번째 목적지는 케슈튼이라고 하더군."

"더 말할 필요도 없군. 출발하자, 기엘."

로운은 이제 널브러져 있는 남자는 쳐다보지도 않은 채 군데군데 흩어져 있는 짐들을 간단하게 챙기기 시작했다.

불필요한 짐은 모두 제외하고 가장 필요하다고 생각되는 몇 가지만이 그 짐들 속으로 들어갔다.

"이리야 씨는?"

"연락을 남기고 가는 정도면 되겠지. 이런 때에 그까지 챙겨줄 만한 여유는 없잖아. 돌아와서 마음이 동한다면 따라오겠지."

기엘은 로운의 말에 동감했다.

이미 해는 지평선 너머로 사라진 지 오래다.

기엘이 이 남자를 잡는 데 시간을 너무 지체해 버린 것이다.

"지금부터 서두르면 케슈튼까지는 어떻게든 따라갈 수 있을 거야. 카드미엘에 가기 전에 시안을 찾아야 돼."

"……"

어느새 깔끔하게 짐을 챙겨 들고 로운이 기엘을 바라보았다.

"괜찮아, 기엘?"

짐을 챙겨 들고 있던 로운은 기엘에게서 퍼져 나오는 파장에 뭔가 이상한 느낌이 섞여 있다는 것을 깨닫고 기엘에게 물었다.

그러나 기엘은 아무 대답 없이 정신을 잃고 쓰러져 있는 남자에게 다가갔다.

"지금부터 내가 하는 행동, 절대로 시안님께는 말씀드리지 말아 줘."

"……"

"아시면 굉장히 화를 내실 테니까. 아니, 두 번 다시 날 안 보려 하실지도 모르지."

"기엘…"

로운은 기엘이 지금 무슨 짓을 하려는지 직감했다.

"너도 못 본 척해줘. 지금 내 상태로는… 이게 최선이야."

기엘의 목소리가 점점 사그라들었다.

"하지만 기엘, 그건…"

"어쩔 수 없잖아!! 난 오늘 시안님도 찾아내지 못했어!!"

기엘이 버럭 소리를 질렀다. 안타까움과 자괴감이 섞인 목소리였다.

그 역시 자신의 몸 상태가 점점 나빠지고 있다는 것을 최근 들어 더 더욱 확실하게 느끼고 있던 차였다.

그나마 그들이 제 상태를 유지할 수 있었던 것은 모조리 시안의 힘 때문이었다.

시안은 몰랐지만 그가 가지고 있는 힘은 남다른 데다가 그 자신이 바람의 매개체이며 바람 그 자체이기도 했다. 때문에 로운이나 기엘은 알게 모르게 시안의 영향을 받고 있었다.

그랬던 것이 지금 시안이 사라지자마자 급속하게 그들의 감각이 둔해지고 있었던 것이다.

감각이 둔해진다는 것은 곧바로 그들의 능력이 급속하게 약해져 간다는 말과 일맥상통한다.

기엘은 이를 악물었다.

지금 중요한 것은 시안의 생사였다.

물론 그들이 시안에게 어떤 큰 위해를 가하지는 않을 것이라는 생각은 들었다. 하지만 그래도 시안에게 무슨 일이 생길지는 어느 누구도 모르는 것이다.

'시안님의 명령도 중요하지만 기본적으로 시안님이 존재하지 않는다면 명령도 존재하지 않는 것.'

기엘은 쓰러져 있는 남자의 옆에 한쪽 무릎을 꿇고 앉았다.

'시안님을 위해서라면 나는 무슨 짓이든 할 수 있어.'

쓰러져 있는 남자의 몸 위에 손을 뻗었다.

그 남자가 바람술사인 것이 천운이라고 그는 그렇게 생각하기로 했다.

"…말을 하지 말라고?"

"……."

"그렇다면 공범자가 되는 쪽이 좋겠지."

"…로운."

"공범자가 되면 절대 말을 할 수 없을 것 아니야."

두 사람은 눈빛을 교환했다.

그들은 이미 그들이 시전해야 할 주문을 떠올리고 있었다.

"그 녀석이 알게 되면 절대 용서할 리가 없겠지만…."

기엘은 굳게 마음을 먹었다. 망설임 따위가 차지할 시간 같은 것은 존재하지 않는다.

"로. 조하 아슈레이. 바람의 이름 미메이라의 시작에서 끝. 바람의 축복 미슈파트를 얻은 자, 미슈파트의 영광에서 아라페르의 끝으로 이어지리니…."

똑같은 단어가 두 사람의 입에서 동시에 흘러나왔다.

긴 주문을 말하는 기엘의 목소리가 순간 떨렸다.

"마웨트-차일."

"마웨트-차일."

아주 약간의 차이를 두고 마지막 시동어가 그들의 입에서 흘러나왔다.

흘러나온 주문은 서서히 바람으로 화하여 쓰러져 있는 남자의 몸을 휘돌며 감싸기 시작했다.

내밀어진 손바닥과 손가락 사이로 서늘한 바람이 스며들었다.

그 바람은 곧 작은 소용돌이가 되어 쓰러진 남자의 몸을 공중으로 서서히 들어 올렸다.

질끈―

기엘이 눈을 감았다.

보지 않아도 눈앞에 어떤 광경이 펼쳐지고 있을지 알고 있었기 때문이다.

손가락이 찢겨져 나갈 것처럼 강한 바람.

그 바람 속에 있는 남자의 몸이 바람이 세지면 세질수록 점점 투명하게 변해가기 시작했다.

그리고 이내 그 바람은 그대로 순수한 바람의 엘이 되어 강하게 소용돌이치면서 천천히 두 사람의 손가락과 손바닥 쪽으로 흘러 들어오기 시작했다.

이름도 모르는 남자의 힘과 육체가 순수한 생명력, 순수한 엘 그 자체로 변해 두 사람의 몸속으로 파고들었다.

구석구석 펴져 나가는 다른 사람의 생명.

그 섬뜩하리만치 차가운 느낌이 두 사람의 감각을 마비시켰다.

"뭐 해?"

"아니… 아무것도."

기엘은 정결의 바람을 불러일으켜 자신들의 흔적을 깨끗하게 사라지게 한 여관방 안을 한번 둘러보았다.

그곳에는 그들이 남겨둔 약간의 짐 이외에는 아무것도 없었다.

낯선 사람의 흔적 같은 것은 아무 데도 찾아볼 수 없다.

"마음 쓰지 마. 잊어버려."

"응."

하지만 그는 절대로 잊어버릴 수 없을 것이다.

그것은 로운도 마찬가지.

절대절명의 순간이 아닌 바에야 절대로 입에 올리지 않을 주문이었다.

아니, 절대절명의 순간이 와도 쓰지 말아야 했을 주문이었는지도 모른다.

"기엘, 아니, 아무것도 아니야."

타악—

문이 닫혔다.

뚜벅뚜벅하는 걸음 소리가 점점 멀어져 갔다.

아무도 없는 방 안에 남은 것은 오직 약하디약한 정결의 바람뿐.

그 바람은 잠시 방 안을 맴돌다가 활짝 열려진 창 쪽으로 날아가며 공기 중에 흩어지기 시작했다.

제5장
추격

The Wind of Ashurei

“저어, 기윤님?”

“예?”

“정말 기엘과 로운, 그리고 이리야가 케슈튼으로 먼저 출발했나요?”

“물론입니다.”

어차피 이미 거짓말의 강에 푸욱 빠진 지 오래. 기윤은 딱딱하게 대답했다.

기윤의 대답을 들은 시안은 더 이상 아무 말도 하지 않고 마차 안에서 입을 꾹 다물고 눈을 감았다.

눈을 뜨고 있어봤자 눈앞에 들어오는 것은 변하지 않는 마차 천장뿐이다.

조그맣게 나 있는 창으로 보이는 광경은 시시각각 변하고 있지만 그런 것 따위는 하나도 눈에 들어오지 않았다.

시안은 불안했다.

'무슨 일이 생긴 게 틀림없어….'

바보가 아닌 다음에야 기윤의 말을 진실이라고 믿을 수는 없을 것이다.

기엘이나 로운이 자신을 두고 먼저 길을 떠날 리가 없다. 이리야야 어차피 중간에 끼어든 사람이기에 뭐라고 할 수가 없지만 기엘과 로운이라면 문제가 다르다.

적어도 두 사람은 자신을 혼자 두는 일 따위 절대로 하지 않는 사람들이다. 하물며 먼저 떠났다는 것은 절대 말이 안 된다.

'물론 내가 먼저 뛰어나오기는 했지만.'

한번 자신에게 친절(?)을 베풀었던 사람이라 아무 의심 없이 믿어버렸던 것이 화근이었다.

시안은 처음에는 아무런 의심 없이 따라왔지만 기윤이 자신을 여관이 아니라 지금 타고 있는 이 마차에 밀어 넣는 순간 의심을 하기 시작했다. 그리고 마차가 출발하여 자신들이 머물던 마을이라고 보기는 크고 도시라고 보긴 작은 그곳을 아예 벗어나기 시작한 순간 '아뿔싸' 해버린 것이다.

하지만 기윤은 자신이 뭐라고 물으면 아무렇지도 않은 얼굴로 바로바로 대답을 한다. 마치 그는 자신은 정말 옳은 일을 하고 있다라는 표정이다.

그 얼굴에 대고 '당신 거짓말하는 거 아니야?! 바른대로 말하지 못해!!'라고 물을 수는 없어서 시안은 그대로 마차 안에 앉아서 골머리를 썩고 있었던 것이다.

"이 바보 기사들은 도대체 다 뭘 하고 있는 거야?"

미세하게 흔들리고 있는 마차 속에서 양반 다리를 척 하고 앉아 있는 시안은 슬슬 걱정이 되기 시작했다.

적어도 자신이 이렇게 밤이 깊은 시간까지 돌아가지 않는데도 태평하게 있을 리가 없는 사람들인 것이다.

아니, 오히려 기엘 쪽은 자신이 여관을 뛰어나오자마자 따라나왔을 것임에 틀림없을 인물이다. 그런데도 불구하고 한나절 내내 자신을 발견하지 못했을 뿐만 아니라, 지금 이렇게 시안이 어디론가 끌려가고(?) 있는데도 그 머리카락 하나 볼 수가 없는 것이다.

'설마 이 사람들이 기엘들한테도 무슨 짓을 한 게 아닐까?'

생각을 하다 말고 시안은 고개를 세차게 흔들었다.

"아니야, 설마. 아닐 거야."

그럴 리가 없다고 시안은 몇 번이나 되뇌었다.

"이런 인간들한테 잡힐 만큼 호락호락한 사람들이 아니니까."

그렇게 미친 듯이 달려들던 하세카도 모조리 처리한 인간들이다. 적어도 시안의 입장에서 볼 때의 그들은 나름대로 일당백의 능력을 가진 최고의 실력자들.

"아! 그렇지!!"

기엘과 로운이 걱정되어 미칠 지경이던 시안은 순간 번쩍하고 떠오른 생각에 무릎을 탁 쳤다.

"아, 아야야. 아우, 아파라…."

시안은 재빨리 양쪽에 난 창문으로 밖을 두리번두리번 둘러보았다.

몇 명의 기사들로 보이는 남자들이 중무장을 한 채 굳은 얼굴로 앞만 보며 가고 있었다.

'좋아. 이봐, 케인, 들려?'

밖으로 소리가 들리지 않도록 시안은 머리 속으로 세나케인을 불렀다.

"물론."

'젠장, 듣고 있으면서 왜 모른 척했어?! 난 몰랐잖아!'

"별로 네게 위해를 가할 것 같지는 않았으니까. 저들 중 어느 누구도 네게 특별히 살기를 품고 있지는 않아."

'그래도 그렇지!! 앞으로 어떻게 될지 모르잖아!'

"무슨 상관이야? 여차하면 튀면 되는데."

'그런 말은 도대체 어디서 배운 거야? 참나, 여하튼 넌 믿을 게 못 돼. 지난번에도 아무 소리 없이 봉인인지 뭔지를 해서 사람을 미치게 만들었잖아.'

"몰랐다고 했잖아."

'너도 모르는 게 있어?'

"인간에 대해서라면."

'아니, 됐으니까, 기엘이나 로운에게 어떻게 연락할 방법 없어?'

"물론 있지."

'그럼 빨리 해봐.'

"쓸데없는 주문이나 걸어놓고는, 참나."

'쓸데없는 주문이라니?'

"가만히 있어."

퉁명하게 들려오는 세나케인의 목소리에 시안은 움찔하면서 몸을 굳혔다.

화를 낼 상대는 자기였는데 왠지 상황이 묘하게 역전되어 버린 것이다.

"최대한 긴장을 풀어. 왜 쓸데없이 주문을 이중 삼중으로 걸어놓은 거야. 나도 움직이기 피곤하게."

'기엘이 그렇게 하라고 하는 거 들었잖아.'

"새겨들어 좀."

'쳇.'

말이 끝나기가 무섭게 무엇인가 시안의 몸속에서 작은 폭발 비슷한 것이 일어났다. 그 폭발은 아주 작아서 시안의 짧은 머리카락이 한순간 휘날리는 정도였다.

'지금, 뭐 한 거야?'

시안은 갑자기 가뿐해진 몸을 이리저리 몇 번 뒤흔들었다.

"속박을 풀었을 뿐이야. 이중 삼중으로 해놓았으니 몸이 이상할 수밖에. 방법은 알고 있을 테니 해봐. 지난번에 했던 것처럼."

'주문은?'

"넌 내가 주문 쓰는 거 본 적 있냐?"

'하지만….'

"입 다물고 해봐. 도와줄 테니까."

시안은 세나케인이 도통 어떻게 하라는 건지 감을 잡을 수가 없었다. 안절부절못하고 있는 그에게 다시 세나케인의 목소리가 들려왔다.

"느껴봐."

감각이 달라졌다.

순식간에 시야가 흐려졌다가 다음 순간 눈앞에 확 트인 공간이 나타났다.

'에?'

"흐름을 느끼는 거다. 지금까지 온 길을 그대로 더듬어 올라가서 그들을 찾아라. 익숙한 느낌을 잡아내는 거야. 넌 할 수 있어."

‘말은 쉽지만….’

휴우— 하고 세나케인이 한숨을 내쉬는 듯한 느낌이 났다.

"바람은 네 모든 것이다. 감각으로 느끼라는 것도 그저 말로 표현한 것뿐이다. 바람 자체가 네 감각이다. 그걸 깨달으면 돼."

하늘거리는 머리카락도, 얇은 바람에 흩날리는 옷자락도, 처음에는 느껴졌지만 이제 아무것도 느껴지지 않았다.

확 트인 시야. 하지만 작은 구릉들과 숲만이 간간이 보일 뿐 자신이 떠나온 마을 같은 것은 눈에 들어오지도 않았다.

‘얼마나 멀리 온 거지?’

어둠 속인데도 모든 것이 환하게 보였다. 아니, 느낄 수 있었다.

‘응?’

혼이 빠져나간 듯한 시안의 몸이 순간 움찔했다.

‘이리야?’

멀리 떨어진 곳에서 검은 기운에 섞여 물의 느낌이 전해져 왔다.

‘이리야다! 돌아오고 있구나.’

그의 뒤를 쫓아오는 기운이 심상치가 않았다. 시안도 그대로 느낄 수 있을 정도로 지독하리만치 새카만 살기.

‘도와줄 수 있을까, 케인?’

"네 입장이나 생각해."

‘하지만 그래도….’

시안은 좀 더 이리야 쪽으로 방향을 틀었다.

그에게 가까이 다가간다고 맘을 먹자마자 더 더욱 생생하게 이리야의 느낌이 전해져 왔다.

‘다쳤어. 그것도 아주 많이.’

눈으로 보는 것이 아닌데도 이상하게 모든 상황이 시안의 머리 속으로 파고들었다.

다리에서 피를 흘리고 있는 이리야는 필사적으로 말 등에 매달려 있었다.

다른 상처는 없어 보였는데도 이상하게 시안은 이리야가 위험한 상태에 있다는 것을 알 수 있었다.

그럼에도 불구하고 이리야는 무언가 주문을 시도하고 있는 것 같았다.

사방에서 솟아오른 작은 물방울들이 이리야 쪽으로 수도 없이 몰려드는 광경이 시안에게 보였다.

시안은 속으로 소리쳤다.

'케인!'

"후우, 할 수 없군. 좋아, 그냥 두고 갈 것 같지도 않으니 어쩔 수 없군. 하지만 이 상태로 네 힘을 쓰는 것은 쉬운 일이 아니니까 너무 무리하면 안 돼."

'무리를 하려고 해도 어떻게 하는지도 몰라!'

"네 힘을 저 친구한테 준다고 생각해 봐."

'하지만 난 바람술사고 이리야는 물의 술사인데? 불가능하지 않아?'

도와준다고 했을 때 시안은 미메이라에 있었을 때처럼 회오리바람이라도 만들어내서 뒤에서 쫓아오는 검은 기운을 밀어버리려는 생각을 하고 있었다. 하지만 그런 방법과는 전혀 다른 소리를 세나 케인이 하자 어리둥절했다.

"엘은 모두 다르면서도 같은 것. 어서 빨리!! 시간이 없어."

시안의 눈에도 물방울들이 붉게 물들어가며 작은 물고기로 변하는 모습이 보였다.

‘…에. 아. 알았어.’

눈에 보이지는 않았지만 시안은 손을 앞으로 모았다. 아니, 모은다고 생각했다.

왜 그렇게 했는지 몰랐지만 시안은 무의식 중에 손을 모았다가 앞으로 뻗었다.

자신의 힘이 이리야에게 도움이 되길 바라면서….

*　　　　*　　　　*

“되살아났어. 느꼈어. 로운?”

“물론. 가자!!”

힘껏 박차를 가하면서 로운이 앞으로 튀어 나갔다.

기엘도 뒤질세라 로운의 뒤를 따라붙었다.

무작정 나선 길이었다.

케슈튼까지 가장 빠르게 갈 수 있는 길을 따라서 미친 듯이 말을 달리고 있던 두 사람은 순간 시안의 파장이 생생하게 밀려오는 것을 느꼈다.

그것은 막혀 있던 둑이 터진 것처럼 강하고 힘차게 밀려왔다.

바람을 따라 전해진 시안의 흔적.

두 사람은 시선을 교환할 사이도 없이 말을 달리고 또 달렸다.

“크흑!”

붉은 피가 혈관을 따라 역류한다.

‘독이 남아 있었나.’

급하게 응급 처치를 했기 때문인 것 같았다.

"젠장!! 지독하게도 따라오네."

눈에 보이지는 않지만 그들이 자신을 쫓아오고 있다는 것은 알 수 있었다.

하지만 아무리 달려도 목적지는 가까이 다가오지 않았다.

벌써 말을 달린 지 한참. 그가 그동안 처치한 상대는 수도 없이 많다.

미친 듯이 말을 달리는 동안 많은 생각들이 그의 머리를 스치고 지나갔다.

어느 날 시작된 이상한 일들, 그리고 우연치 않게 만나게 된 사람들.

원한 것이 아닌데도 그는 한 발자국도 뒤로 후퇴할 수 없는 상황에 빠져 버렸다. 가장 중요한 것은 그래도 살아남는 것이라고 생각했기에, 숨이 붙어 있으면 언젠가는 의미를 찾을 수 있을 것이라고 생각하며 살아왔다.

갑작스럽게 뒤바뀌어 버린 자신의 운명을 다시 되찾을 수는 없어도 돌아갈 수는 있을 것이라고 생각했다.

"크, 쿨럭!"

뒤를 돌아다보기 위해 잠깐 고개를 돌리려는 순간 울컥 하면서 목구멍에서 무엇인가가 흘러나왔다.

'끝인가, 이제…'

흩날리는 갈기에 새빨간 핏방울이 한두 방울씩 스며들기 시작했다.

설상가상으로 눈앞이 흐려지기 시작했다. 독이 온몸을 돌기 시작했다는 소리다.

'멀지 않았는데…'

필사의 힘을 그러모아 만든 자신의 몸과 말을 감싸고 있던 쉴드
가 점점 얇어지고 있다는 것을 이리야는 깨닫고 있었다.

하지만 그래도 이리야는 달리고 있었다.

적어도 로운이나 기엘이 있는 곳. 아니, 시안이 있는 곳 가까이라
도 가면 희망이 있다고 생각했기 때문이다. 그것이 무엇에 대한 희
망인지는 알 수 없었지만 그래도 시안이 있는 곳까지만 가면 희망
이 생겨날 것이라고 그는 그렇게 믿고 있었다.

'제길. 죽이나 마나 일단 내가 살고 봐야 할 것 아니야. 일단 살
고 생각은 그 다음이다.'

흐려지는 눈을 몇 번이나 감았다가 뜨면서 이리야는 젖 먹던 힘
까지 짜냈다.

그것이 자신의 마지막 힘이라는 것을 그는 깨닫고 있었다.

이 주문이 성공하면 그는 살아남고, 실패하면 어떻게 될지 그도
알 수 없다.

"류. 타인 아슈레이. 물의 이름 나유의 근원과 흐름. 생명을 유지
하는 모든 라하트여…."

이리야의 입에서 끊어질 듯 끊어질 듯 이어지는 주문이 흘러나오
자 그가 순간적으로 스쳐 지나가는 모든 대지와 바람에 섞여 있던
습기들이 몽글몽글 뭉쳐 그의 뒤를 따르기 시작했다.

쏴아아— 하는 이상한 소리가 나면서 이리야와 말을 둘러싸고 있
던 쉴드마저 이리야의 뒤를 따르던 작은 물방울 쪽으로 흡수되었
다.

"…엘-다그(물고기)…."

붉은 피와 함께 이리야의 입에서 첫 번째 시동어가 흘러나왔다.

피의 진홍빛 향과 함께 이리야의 뒤를 따르던 무수한 물방울들이

하나둘씩 투명한 물고기 모양으로 바뀌기 시작했다.

"에드(calamity)."

마지막 시동어는 그가 말할 수 있는 가장 최악의 단어.

재난을 알리는 나유어가 물로 이루어진 작은 물고기 떼로 흘러드는 순간 수를 셀 수 없을 많큼 수많은 꼬리들이 파르르 흔들렸다.

'이것으로 끝이야…'

간신히 다잡고 있던 정신이 산산이 흩어지는 것 같았다.

쿠르르르르르—

그의 뒤에서 고막이 찢어지는 듯한 굉음이 들려왔다.

수없이 많은 물고기 하나하나가 거센 폭포수와 같은 힘으로 그를 뒤쫓아오던 자들을 덮쳤다.

"…크흑!!"

말고삐를 잡고 있던 손에서 그의 엘과 함께 모든 힘이 빠져나가기 시작했다. 아니, 온몸에서 힘이 썰물 빠지듯이 순식간에 빠져나가려는 순간이었다.

'누구…?'

어디선가 그를 지켜보는 듯한 시선이 느껴졌다. 그 시선은 너무나 익숙한 시선.

그 시선의 끝에서 작은 기원과도 같은 목소리가 들려왔다.

"이리야…"

'시안?! 설마!'

"이리야."

뒤쪽에서는 계속 폭음이 들려왔다.

그 폭음이 들려올 때마다 그의 신경이 조금씩 마비되어 갔다.

이리야는 자신도 모르게 바람을 타고 오는 시안의 목소리가 들리는 쪽으로 떨리는 손을 천천히 치켜 올렸다.

그의 손끝에 청량한 감촉의 바람이 닿았다. 휘리리릭— 하는 바람 소리가 그의 귀에 들려왔다.

손가락 끝으로 밀려온 회오리바람이 그의 팔을 타고 순식간에 올라와 그의 몸을 감쌌다.

실낱 같은 바람이 그의 몸을 바늘처럼 파고들었다.

'시안—!'

생생하게 온몸으로 스며드는 순수한 엘.

콰르르르, 콰앙—!!

콰아앙!

날아드는 돌 조각도, 풀잎도, 그리고 알지 못하는 어느 누군가의 핏방울, 그 어느 하나도 이리야의 몸을 침범하지 못했다.

이리야의 몸은 순수한 힘이 실린 엘의 바람에 감싸여 살아나기 시작했다.

'시안…'

몸 구석구석에서 세포 하나하나가 살아나는 느낌이 전해져 왔다.

"하앗!!"

이리야의 손이 놓쳤던 말고삐를 다시 굳게 잡았다.

'고맙다, 시안.'

어떻게 된 것인지는 알 수 없었다.

단지 그가 알 수 있는 것은 절대절명의 순간 시안이 어떤 방법을 통해 그를 구원했다는 것뿐이다.

힐끗 뒤돌아본 뒤쪽은 그의 공격으로 완전히 폐허가 되어 있었다.

"네가 도와주었으니까 설마 타박하지는 않겠지?"

아무도 듣는 것 같지 않았지만 이리야는 씨익 웃으며 말했다.

갑자기 기분이 좋아져 버렸다.

"달려!! 죽을 뻔한 것을 살려주었잖아!"

그는 타고 있던 말의 엉덩이를 힘껏 때렸다.

히이잉— 하는 말 울음소리와 함께 그가 더욱 힘차게 달리기 시작했다.

*　　　　*　　　　*

"이건…?"

정신없이 말을 달리던 기엘이 문득 전해져 오는 이상한 파장에 고개를 돌렸다.

"워어어!"

급하게 말고삐를 잡아당겼다.

타닥타닥 소리를 내면서 말이 멈춰 섰다.

"로운!!"

로운도 그것을 느꼈는지 어느새 말을 멈추고 기엘에게 다가왔다.

"방향이 달라. 분명히 시안님이 계신 쪽은 이쪽인데."

"하지만 뭔가 느낌이 좀 이상한 게…"

"어떻게 된 거지?"

시안의 기척이 전해져 오는 방향은 분명 케슈튼 성이 있는 방향인데도 불구하고 그들은 조금 전 아주 반짝하고 전혀 다른 방향에서 시안의 힘이 폭발하는 것을 느꼈던 것이다.

아주 잠깐이었지만 그것은 그들이 동시에 피부에 닿을 것처럼 느낄 수 있을 만큼 강한 것이었다.

그들이 잠시 갈등하고 있는데 바로 그 문제의 방향에서 화악—
하고 바람이 밀려왔다.

"우웃!"

펄럭이는 망토를 붙잡아 얼굴을 가리려는 순간 기엘과 로운의 귀
에 목소리와 같은 것이 들려왔다.

"기엘, 로운."

"시안님?!"

"멀지 않… 은 곳에 이리야가 있… 어. 다쳤으니까…."

"시안님!! 도대체 이게!!"

들려오는 것은 시안의 목소리였지만 시안은 기엘의 목소리를 듣
지 못하는 것 같았다.

"꼬마!! 들리는 거냐?! 어디냐!!"

"이리야의 상태가 좋지 않은, 않은 것 같아서… 만나서 찾으…
러."

시안의 목소리는 순간순간 끊어졌다가 다시 들려왔다.

"목적… 지는 케… 슈튼…. 날 찾으러…… 와."

마지막 소리는 바람 소리에 휘말려 잘 들리지 않았다.

기엘은 놀라서 소리를 질렀지만 시안의 목소리는 다시 들려오지
않았다.

"시안님!!"

"시안!!"

두 남자의 목소리만이 아무도 없는 공허한 대로 위에 퍼져 나갔다.

"젠장!! 무슨 일이 생긴 거야!!"

"……."

챙— 하고 기엘이 집어 던진 라이트가 바닥으로 떨어졌다.

로운은 그런 기엘에게 아무 말 하지 않고 말에서 내려 기엘이 집어 던진 라이트를 다시 들어 올렸다.

"가자, 기엘. 이젠 확실해졌으니까…"

자신이 내미는 라이트를 다시 받아 들 생각도 하지 않는 기엘에게 로운이 다시 말했다.

"이리야가 멀지 않은 곳에 있다고 했으니 일단은 그를 찾아서 가자구. 저렇게까지 말하는 것을 보니 뭔가 문제가 있었던 것 같은데…"

"네가 찾아와. 난 먼저 케슈튼으로 가겠어."

거친 손놀림으로 로운이 건네주는 라이트를 다시 받아 든 기엘이 무뚝뚝하게 말했다.

"기엘!!"

"시끄러."

"정신 차려!! 네 녀석이 그렇게 찾길 바라는 녀석이 말한 거잖아."

"……"

"이리야를 찾고 그 다음에 케슈튼으로 간다. 문제가 있을지는 몰라도 절대로 시안은 안전할 거야. 제국이 엘러를 원해서 시안을 데려간 것이라면 죽게 내버려 두지는 않을 거야. 내 말이 무슨 말인지 알겠어?"

기엘은 힐끔 로운의 얼굴을 쳐다보았다.

로운은 그런 기엘을 바라보면서 짜증이 난다는 듯이 말했다.

"얌전한 녀석이 화가 나면 더 무섭다니까!! 젠장! 그 성질 좀 고쳐!"

"미안하다."

"시안이 이런 네 모습을 보면 기절초풍할 거다."

"…그렇겠지."

"그렇겠지는 뭐가 그렇겠지야! 젠장! "

로운이 다시 말 위로 훌쩍 뛰어올랐다.

"감이 온다. 이리야가 있는 곳, 그렇게 멀지는 않은 곳이야. 합류하는 데 그렇게 시간이 걸리지는 않을 것 같으니까 다급해하지 마."

"알았어."

기엘은 두터운 장갑을 끼고 있는 손으로 자신의 얼굴을 힘껏 쳤다.

짝— 하는 소리가 나고도 기엘은 얼굴을 좌우로 몇 번이나 흔들었다.

머리를 가라앉히고 냉정하게 생각하자고 그는 생각했다.

위험하지 않다. 아직은 위험하지 않다고, 시안님은 절대 위험하지 않다고 그는 자기 자신을 세뇌시켰다.

그렇게 세뇌라도 하지 않으면 당장이라도 폭발해 버릴 것 같았기 때문이다.

"누가 알아? 기껏 찾아냈더니 등 따시고 배부르게 먹고 저번처럼 넋 놓고 좋아하면서 제국의 엘러가 되겠다고 할지?"

"……."

기엘이 무섭게 로운을 노려보자 로운은 머쓱한 표정을 짓고 말았다.

"알았어. 농담도 못하겠군. 미안."

로운이 깨끗하게 사과를 하자 기엘이 한숨을 파악 내쉬었다.

"다행이야. 이리야가 점점 가까이 오고 있는 것 같아. 너도 느껴지지?"

"응."

짧게 대답하고 기엘은 말고삐를 당겼다.

이대로라면 조금만 방향을 틀어 가다 보면 이리야와 마주칠 것이라고 생각했기 때문이다.

"너, 먼저 가지 마.

기엘의 뒤를 로운이 따라오면서 소리쳤다.

"시끄러!! 빨리 따라와!!"

"어이, 기엘!!"

풀뿌리가 말굽에 걸려 하늘로 날아올랐다.

기엘과 로운은 그렇게 이리야를 찾아서 출발했다.

우당탕, 쿵—

"으윽!"

시안은 아픈 머리를 감싸 안았다.

마지막으로 기억하는 것은 눈이 핑핑 돌아버릴 정도로 빠른 속도로 움직이다가 찾아낸 기엘과 로운.

그들에게 말을 전하려다 말고 순식간에 다시 원래 몸으로 돌아온 시안은 돌아오는 순간 그만 깜빡 정신을 잃고 흔들리는 마차 안에서 바닥으로 굴러 떨어졌던 것이다.

"아야야…"

쿠웅— 하고 마차가 움직이자 다시 시안의 몸이 딱딱한 바닥에 부딪혔다.

"큭!!"

움직이고 싶었지만 왠지 손가락 하나도 움직일 수 없을 만큼 온몸이 나른했다.

"뭐… 야, 이건."

“그러니까 무리하지 말라고 했을 텐데?”

“시끄러워….”

“시안님?”

쿠당탕 소리가 들려오자 마차 밖에 있던 기윤은 이상하게 생각하고 시안을 불렀다.

마차 바닥에 얼굴을 처박은 꼴사나운 폼을 보여주고 싶은 생각은 없었지만 시안은 어찌할 수가 없었다.

“내가… 말했지. 무리고 뭐고 뭐가 뭔지 모른다구……”

그 말을 끝으로 시안은 의식을 잃었다.

“시안님!!”

기윤은 혹시나 싶어서 마차 안을 들여다보았다가 그만 사색이 되어버렸다.

“멈춰!!”

기윤은 팔을 들어서 마차를 멈추게 했다.

마차에 태웠을 때는 아무렇지도 않은 상태였는데 지금 그의 눈에 비치는 시안의 얼굴색은 말이 아니었다.

새하얗게 변해 버린 시안의 얼굴을 보고 기윤은 급하게 마차 안으로 뛰어 들어갔다.

“시안님!! 시안님, 정신 차리십시오!!”

설마 마차가 몇 번 흔들렸다고 이렇게 될 리는 없다.

기윤은 문득 시안을 따르고 있는 그 남자들이 시안의 몸 상태를 굉장히 걱정했었던 사실을 떠올렸다.

“역시 뭔가 지병이 있는 건가?”

그는 이를 악물었다.

그들 일행에 의사가 있을 리가 없다.

기윤은 정신을 잃은 시안을 안고 잠시 고민하다가 결심했다. 그들이 있는 곳은 이제 케슈튼에서 얼마 멀지 않은 곳, 약간만 무리를 한다면 오늘 새벽쯤에는 하마임 강을 건널 수 있을 것이다.

기윤은 마차 안에서 시안을 안아 내렸다.

"마차는 여기에 버리고 간다."

그렇지 않아도 마차로 더 이상은 힘들 정도로 속도를 내왔다. 하지만 마차로는 더 이상 속도를 내는 것이 무리기에 기윤은 그렇게 결정을 했던 것이다.

조심스럽게 정신을 잃은 시안을 말에 태운 기윤은 그녀(?)를 단단히 자신의 몸에 묶었다.

그는 두터운 망토로 시안의 몸을 둘러 감쌌다.

시안의 입에서 흘러나오는 얕은 숨이 뜨겁게 느껴졌다.

'상태가 나쁘군.'

그렇지 않아도 거짓말을 해서 그녀를 이렇게 무단으로 거의 납치하다시피 한 사실에 기윤은 상당히 힘들어하고 있었다.

비록 명령이라고는 하나 지금까지 나름대로는 기사라는 이름에 명예를 걸고 행동해 왔던 그였다.

'아니, 그런 것은 생각하지 말자. 일단 지금은 내게 주어진 주군의 임무를 행하는 것이 가장 중요한 것이다.'

약해지려는 마음을 다시 한 번 다잡았다.

'나머지는… 나머지는 나중에 생각하자. 나중에.'

＊　　　　＊　　　　＊

시안은 하늘을 날고 있었다.

시원한 바람이 되어서 넓은 대륙 위를 시원하게 날고 있었다.

'기분 좋군.'

개미처럼 보이는 사람들도, 마치 작은 풀처럼 보이는 숲들도 재미있기만 했다.

'으음, 저거는 마쉬멜로우처럼 보이는데…'

먹어본 적은 없지만 맛있게 생긴 구름 하나가 지나갔다.

입맛을 쩝쩝 다시면서 다시 하늘을 날고 있는데 조그만 물고기들이 한 마리 두 마리씩 그의 옆에 나타났다.

'안녕?'

'아, 안녕?'

투명해서 건너편이 다 보이는 물고기가 인사를 건네왔다.

'안녕? 안녕? 안녕?'

'그, 그래, 안녕?'

갑자기 시안의 주위에 물고기들이 빽빽하게 나타났다.

하늘을 날던 시안은 갑작스럽게 나타난 물고기들에 둘러싸여서 어쩔 줄 몰랐다.

'고마워. 고마워. 고마워.'

물고기들의 눈이 새빨개지기 시작했다.

새빨개진 눈에서 핏빛의 향내가 풍겨 나왔다.

'고마워? 뭐가?'

'고마워. 고마워 고마워.'

가득 들어찬 물고기들이 입을 뻐금거리면서 말을 했다.

'뭐, 뭐야, 너희들은?'

'고마워.'

물고기들이 점점 커졌다.

‘뭐가 고맙냐니까!!’

‘고마워.’

순간 눈앞이 캄캄해졌다.

앞에 검은 구름이 나타난 것을 보고 시안은 몸을 돌리려고 했다. 하지만 아무리 몸을 버둥거려도 피할 수가 없었다.

검은 구름은 자꾸만 커지더니 커다란 사람 모양으로 변하기 시작했다.

‘우, 우욱!’

기분 나쁘게 자꾸만 부풀어가는 검은 구름이 흉악한 웃음을 씨익 지어 보이더니 시안 쪽으로 다가왔다.

‘오, 오지 마!!’

‘기분 나빠?’

물고기들의 목소리가 들렸다.

‘그래!! 기분 나빠!!’

‘우리가 죽여줄게.’

‘우리가 죽여줄게.’

‘우리가 죽여줄게.’

합창을 하는 것처럼 일제히 물고기들이 중얼거리기 시작했다.

‘뭐?’

그리고 시안이 채 뭐라고 말하기도 전에 시안의 주위에 가득 들어찼던 물고기들이 일제히 머리를 검은 구름을 향해 돌리고 돌진했다.

펑! 하고 소리가 나면서 물고기 한 마리가 터지자 검은 구름에 구멍이 생겼다.

‘뭐, 뭐 하는 거야, 너희들!!’

'기분 나쁘잖아. 우리가 죽여줄게. 없어질 거야.'

'아, 안 돼!!'

또 한 마리가 펑! 하고 터졌다.

그리고 그 뒤를 이어 수만 마리의 물고기들이 한번에 몰려가서 굉음을 내면서 폭발해 버렸다.

뻥— 하고 가슴에 구멍이 뚫린 검은 구름.

그 검은 구름의 얼굴, 그 눈에서 새빨간 색의 눈물이 흘러나왔다.

'아파.'

'하지 마!!'

'아파!'

'하지 말라니까!!'

시안이 아무리 소리를 쳐도 물고기들은 자꾸만 그 검은 구름에 돌진해 펑! 소리를 내면서 사라졌다.

'아파!!'

'하지 마!!'

"헉!!"

시안은 숨을 헐떡였다.

"헉, 헉, 헉…."

꿈을 꾼 것 같았다.

'꾸… 꿈이야?'

가슴이 들썩들썩했다.

시안은 이마에서 흘러내리는 식은땀을 닦아내면서 주위를 둘러보았다.

"여긴 어디지?"

좁은 공간이었다.

"케인?"

문득 두려움에 휩싸인 시안이 조용하게 세나케인의 이름을 불렀다.

"케… 인?"

"왜?"

"아, 이, 있구나."

세나케인의 목소리가 들려오자 시안은 안도의 한숨을 내쉬었다.

"여기 어디야?"

"배 안. 선실이라고 부르는 곳."

"배?"

"그래."

"그렇구나, 배 안이었군. 젠장, 기분 나쁜 꿈을 꿨어."

"꿈?"

"내 안에 있으면서 그런 것도 몰라?"

"나는 잠들지 않으니까."

메마르게 들려오는 케인의 목소리에 시안은 순간 오싹함을 느꼈다.

항상 자신의 안에 머물러 있는 존재이긴 하지만 왠지 새삼스럽게도 그가 인간이 아니라는 생각이 든 것이다. 물론 인간이라면 더욱 문제일지도 모르겠지만 말이다.

"굉장히 기분 나쁜 꿈이었어. 새카만 어둠 같은 것이 몰려오는데 이상한 물고기 모양의 것들이 가서 펑펑 터져… 서……"

무서운 꿈을 꾼 어린애처럼 시안은 세나케인에게 하소연 비슷한 것을 하려다 말고 멈추었다.

"터져서…."

시안의 눈앞이 새카매졌다.

"터져서…… 그가, 그러니까 이리야가…."

말하면 말할수록 그것이 꿈이 아니라는 것을 시안은 깨달아갔다.

"이리야가 다쳐서 도와주려고 했던 것인데…."

"그건 꿈이 아니잖아."

차갑게 들려오는 세나케인의 목소리.

그 순간 시안은 숨이 턱턱 막혀오기 시작했다.

새빨갛게 몰려가던 그 물고기들. 굉음과 비명 소리.

시안은 귀를 막았다.

"난… 난 도와주려 했을 뿐이야."

"네가 죽인 게 아니니까 고민할 필요 없다. 그 주문을 시전한 건 그 물의 술사일 뿐, 넌 무리한 주문을 사용해서 죽어가던 그의 생명을 구했을 뿐이다."

세나케인이 담담한 목소리로 시안에게 설명하고 있었지만 시안은 그의 목소리를 듣고 있지 않았다.

"도와주려 했을 뿐인데…."

도와주어야 한다고 생각했었다. 아니, 생각할 틈 같은 것도 없이 그를 보자마자 도와주고 있었다.

그에게 힘을 주었다.

그에게 준 힘이 또다시 얼굴도 모르는 사람들을 죽이는 데 사용되었다.

시안은 고개를 저었다. 머리 속에 미메이라를 떠나기 직전 만났던 예언자의 말이 다시 떠올랐다.

"앞으로 그대에게 많은 사람들의 생명이 더해질 것입니다. 그것을 이겨내실 각오가 되어 있으십니까?"

"난, 난 그런 각오 같은 거 필요없어!!"
왜, 어째서 이렇게 되는 걸까?
시안은 무릎 사이에 얼굴을 파묻었다.
"그런 각오 따위 필요없단 말이야!!"
벌컥―
"시안님?"
"내가 한 게 아니야!!"
"시안님!!"
기윤은 작은 선실 안에서 시안의 비명 소리 같은 것이 들려와 황급하게 문을 열었다가 시안이 좁은 침대 위에 앉아서 어깨를 부들부들 떨고 있는 모습을 발견했다.
"시안님, 괜찮으십니까?"
"내가 한 게 아니야. 난 도와주려 했을 뿐이야!!"
"시안님, 정신을 차려보십시오. 기윤입니다. 알아보시겠습니까?"
기윤의 목소리 따위는 시안의 귀에 들리지 않았다.
시안의 귀에 들리는 것은 온몸으로 느껴지던 이름 모를 사람들의 비명 소리와 폭음뿐.
귀가 찢어지는 것 같았다.
"아악―!!"
비명을 지르는 시안의 몸에 기윤이 손을 대는 순간 그의 손가락에 칼날 같은 무엇인가가 지나갔다.
"아앗!!"

황급하게 시안의 몸에서 손을 떼었지만 새빨간 핏방울 몇 개가 그의 손가락에서 떨어졌다.

"아아아악—!!"

"시안님!"

피가 흐르는 손가락을 부여잡고 시안의 이름을 부르는 순간 시안의 움직임이 뚝— 하고 끊어졌다.

"시안… 님?"

다시 한 번 살며시 조심스럽게 기윤이 시안의 어깨를 만졌다.

아까와 같은 이상한 현상은 일어나지 않았다.

"시안님?"

기윤이 조금 힘을 주어 시안의 어깨를 미는 순간 시안의 몸은 마치 인형처럼 힘없이 옆으로 무너져 내렸다.

'이게 그 엘러의 힘이라는 건가?!'

기윤은 혼절한 시안을 다시 좁은 침대 위에 뉘어놓고 갑판으로 나와 있었다.

더 이상 어떻게 해줄 수도 없었기에 기윤의 마음은 착잡하기만 했다.

차라리 무엇인가라도 해줄 수 있다면 이렇게까지 답답하지는 않을 것이다. 하지만 그는 아무것도 할 수 없었고, 그래서 무력감에 괴로워하고 있었다.

미친 듯이 말을 달려서 도착한 하마임 강에 배를 띄운 지 얼마 되지 않았지만 이대로 바람이 분다면 아마도 내일 오전 안에 케슈튼 성으로 들어갈 수 있을 것이다.

대하 나하르에 비교할 수는 없지만 그 지류라고 할 수 있는 하마임 강은 이렇게 정기 연락선을 띄울 수 있을 정도로 커다란 강이다.

나름대로는 상당히 빠른 속도로 흘러가고 있는 배 위에서 기윤은 갈가리 찢겨진 자신의 손을 보면서 한숨을 내쉬고 있었다.

엘터에 대해 들어보긴 했어도 사실 엘터가 어떤 힘을 가지고 있는지는 알지 못했던 그였다.

하지만 조금 전 왠지 제정신이 아닌 듯한 시안에게 다가갔다가 그는 이렇게 피를 본 것이다.

여리디여려 보이는 시안이 이런 힘을 가지고 있을 것이라고는 생각조차 해본 적이 없다.

"도대체 어떻게 해야 할지…"

게다가 그녀의 상태가 시시각각으로 안 좋아지는 것을 지금 계속 지켜보고 있는 입장에서 정말 어떻게 해야 할지 난감하기만 한 것이다.

자신은 단지 명령을 받은 대로 행동하면 그것으로 족하다고 나름대로 생각하고 있었지만 시안을 볼 때마다 자꾸만 마음이 약해질 뿐만 아니라 왠지 가치관까지 흔들려 버린다.

"난감해. 너무 난감해…"

차라리 견습생들과 거칠게 들판이나 누비거나, 아니면 변방에서 야만족이라 일컬어지는 나칸들과 싸우는 쪽이 그에게는 훨씬 마음이 편한 일이라는 생각마저 들었다.

27년을 살아오면서 자신이 기사가 된 것이나, 또는 기사라는 자신의 정체성에 의구심을 가져 본 적이 없다.

자신을 거두어준 숙부를 위해서는 무엇이든 할 수 있다고 생각해 왔다. 숙부를 위해 자신의 모든 명예와 생명을 걸 수 있었다. 바로 어제까지는.

‘이런 일을 하는 게 과연 기사의 명예에 합당한 것일까?’

자신은 왠지 죽어도 로열 가드는 되지 못할 것이라는 생각이 들었다. 설사 로열 가드가 될 수 있다고 해도 거부할 것이라는 생각마저 들었던 것이다.

“하아.”

고요하지만 빠르게 흐르는 강물.

그 강물에 그의 한숨이 함께 흘러갔다.

*　　　　　*　　　　　*

“현재 케슈튼에 도착한 모양입니다. 곧 카드미엘까지 이송할 예정이라고 하더군요.”

“케슈튼에 이동 마법을 쓸 수 있는 마법사가 있던가?”

“제가 알기론 이동 마법까지 구사할 수 있는 마법사는 케슈튼에 없습니다. 보낼까요?”

“그렇게 하도록 해. 궁정 마법사 중에서 이동 마법을 쓸 수 있는 자가 두 명 정도 있을 것이다. 내 부탁이라고 해서 잠시 다녀오라고 해줘.”

“네.”

막 전해진 보고를 받은 로렌 황자는 회심의 미소를 짓고 있었다.

미메이라인이 이제 곧 자신의 성이 될 이 카드미엘에 오는 것은 어린 시절 큰형님의 결혼식 이후로는 처음이다.

“미녀라고 했는데, 기왕이면 내 취향이면 좋겠는데 말이야.”

그는 나름대로 미메이라인의 피에도 흥미가 있었다.

보고서에 의하면 그들의 능력은 혈통과도 관련이 있는 것 같았다.

새롭게 미메이라의 수장이 된 신수장이 여성이라는 것도 그의 관심을 끌었다.

"차라리 수장이 남자고 그에게 여동생이 있었으면 좋았을 텐데 말이야. 안 그런가?"

"신국인과 혼인을 하실 생각이십니까?"

그때까지 조용하게 그의 말을 듣고 있던 남자가 불쑥 로렌 황자에게 말했다.

그는 로렌 황자의 심복인 미타 남작으로 일찍부터 로렌 황자의 오른팔로 일해 왔던 남자였다.

"뭐, 괜찮지 않을까? 국혼으로 마법사의 힘을 능가하는 신국인들로 구성된 부대 같은 것이 혼수로 딸려 온다면 말이야."

"역사 이래 신국과 국혼이 이루어졌던 적은 단 한 번도 없습니다, 폐하."

"아아, 그 칭호는 아직 이르다고 했잖아. 아직은 황제 폐하께서 건재하시니까 말이야."

"죄송합니다, 전하."

말은 그렇게 했지만 로렌 황자는 그리 기분 나빠하지는 않았다.

실제 그의 아버지인 라이너드 7세는 병석에 누운 지 오래로, 현재의 국정은 모두 그가 도맡아 하고 있는 실정이다. 말이 황태자이지 황제나 다름없는 것이다.

"단 한 번도 없었다면 처음이 되면 되는 거야. 난 그렇게 생각하네."

"물론 불가능한 것은 아닙니다만 신국을 그렇게 호락호락하게 보시면 곤란합니다."

미타 남작은 자신보다 9살 아래인 이 혈기 왕성한 황태자를 보면서 속으로 한숨을 내쉬었다.

로렌 황태자는 호색한이었던 몇몇 형들과는 달리 아직까지 약혼자도 없었고, 구설수에 오르는 영양도 없었으며 심지어는 애첩도 하나 없었다. 그런 황태자에게 남색가가 아니냐는 소문조차 돌지 않았던 이유는 오로지 그의 관심이 완전히 다른 쪽에 쏠려 있다는 것을 누구나 알고 있었기 때문이다.

그런 황태자가 선택할 만한 황비의 재목은 결국 그의 황권을 더욱 강화시켜 줄 수 있을 만한 확실한 세력가의 딸뿐이다. 다른 것은 아무것도 그에게 필요하지 않았다.

"단 한 번도 없었다는 것은 힘들었다가 아니라 불가능했다라는 단어로 표현되는 사실입니다. 게다가 신국인을 황비로 들인다면 다른 귀족들의 반대가 극심할 것입니다."

특히 그중에서도 한창 혼기에 있는 딸들을 가지고 있을 만한 몇몇 중앙 귀족들이나 제후들은 아마도 대놓고 반대를 해버릴지도 모른다.

"이봐, 카스핀. 난 아직 신국 출신의 여자와 결혼하겠다는 소리는 안 했어. 단지 그러면 어떨까 하고 생각했을 뿐이라구."

"죄송합니다, 전하."

주제 넘은 소리를 했다는 생각에 미타 남작은 재빨리 뒤로 물러섰다.

"카스핀."

"예."

"불가능이라는 것은 말이야, 해보지도 않고서 입에 올릴 만한 단어는 아니라고 생각하네."

"……"

"불가능했다면 가능하게 만들 수도 있는 것이지. 아무도 하지 않았다면 누군가 처음 시작할 수도 있는 것이고 말이야."

"전하."

"난 처음이라는 단어를 아주 좋아해. 그것이 어려우면 어려울수록 그건 더 더욱 가치가 생기지."

저 젊은 황태자는 과연 무엇을 생각하고 있는 것일까?

미타 남작은 활짝 웃음을 짓고 있는 황태자의 얼굴을 보면서 고민하기 시작했다.

깜짝 놀랄 만큼 진보적인가 하면, 한순간 굉장히 보수적인 태도를 보인다. 또한 너무 유하다 싶을 때도 있고, 반대로 더 이상은 어찌할 수 없을 정도로 완고할 때도 있었다.

몇 년이나 그의 곁에서 그를 보좌하고 있지만 이럴 때면 그는 로렌 황자가 무슨 생각을 하고 있는 것인지 도통 알 수가 없었던 것이다.

"처음이라는 단어에는 모험이라는 의미가 포함되어 있는 거야. 그 모험이 성공일지 실패일지는 모르지만 말이야. 하지만 나는…."

"……."

"그래도 처음이라는 단어가 좋네. 비록 실패로 끝날지라도 처음 시도를 해봤다는 자체가 날 아주 즐겁게 하니까 말일세."

사실은 저 황자는 단지 즐거움을 위해서 이 모든 일을 하고 있을지도 모른다는 생각이 들었다.

"즐겁지 않다면 모든 것을 포기하실 수도 있다는 이야기가 되는 겁니까?"

"물론. 즐겁지 않다면 이 세상에 살 가치조차 없는 거야. 의미가 없는 생은 필요가 없지. 적어도 난 그렇게 생각해."

어딘가 사악함이 담긴 미소를 지어 보이는 로렌.

그의 미소를 보면서 미타 남작은 살며시 몸을 떨었다. 그 미소는 그가 자신에게서 즐거움을 찾지 못한다면 당장에라도 자신을 내칠 것 같은 의미로 다가왔기 때문이었다.

*　　　　*　　　　*

"바람이 케슈튼에 도착했다. 바람은 곧 카드미엘로 불게 된다. 그 전에 일을 처리해야 해."

"…일의 처리는 좋습니다만, 이렇게까지 해야 할 필요가 있을까요?"

검은 후드를 뒤집어쓴 남자가 반백의 머리카락을 가지고 있는 남자에게 의문을 표시했다.

"이미 저희가 예상한 것 이상의 피해를 입었습니다. 아무리 하셰카의 명예를 생각한다고 해도 더 이상은 무리입니다."

"그러니까 처리해야 하는 것이야. 이런 일도 처리하지 못한다면 하셰카의 명예는 땅에 떨어질 걸세."

반백의 남자가 단호하게 말하자 주위가 침묵했다.

아무도 입을 열지 못하고 있는 와중에 맨 끝자리에 있는 남자가 조용히 입을 열었다.

"아무리 명예를 지킨다고 해도 명예를 지킬 자가 없어진다면 소용없는 것이라고 생각합니다. 저는 이번 시도를 마지막으로 그것의 결과가 어찌 되든 손을 떼는 것이 현명하다고 생각합니다."

장로들 중 제일 말석에 있는 자이긴 했지만, 모두 그의 말에 조금은 동감하는 듯 특별히 이의를 표시하는 자는 없었다.

그런 장로들을 가만히 쳐다보던 반백의 남자가 한숨을 내쉬고는
대답했다.

"이 일은 표결에 붙이도록 하지."

검은색 일색의 사람들.

그들은 어둠 속에서 조용히 움직였다.

"이런 것은 필요없어."

"하, 하지만…."

시안은 고개를 돌리지도 않고 벽 쪽을 바라 본 채 말을 하고 있
었다.

"하지만 일단 지금 입고 계신 옷은 너무…."

"필요없다고 했어. 나가."

"아가씨."

"입 닥치고 나가란 말이야. 내 말이 안 들려?"

말은 험했지만 시안의 목소리에는 아무런 감정도 담겨 있지 않았
다.

뭐라고 더 말을 하려다가 말고 하녀 둘은 결국 입을 꾹 다물고
조용히 방에서 나갔다.

시안은 침대 가에 앉아 있다가 하녀들이 나가자 주르륵— 침대에
서 미끌어져 내려갔다.

"젠장."

가만히 앉아 있어도 짜증이 저 가슴속 깊은 곳에서부터 치밀어
올랐다.

그와 동시에 느껴지는 것은 지독한 자기 혐오.

그런 시안에게 세나케인이 조용히 말을 걸었다.

"그렇게 의기소침할 필요는 없어. 왜 어쩔 수 없다라는 말이 있다고 생각하지? 더군다나 넌 의도한 것도 아니고, 실제로 네가 한 일도 아니다."

"너도 시끄러워. 그리고 머리 아프니까 머리 속에서 웅웅대지 마!"

"……."

시안의 머리 속에서는 끊임없이 한 장면만이 되풀이되어 돌아가고 있었다.

핏빛의 물고기들과 사방팔방으로 튀어나오는 조각들.

귀를 찌르는 비명 소리와 폭음.

그것이 반복되어 돌아가면 갈수록 시안의 기분은 끊임없이 가라앉고 있었다.

"재미있군. 어째서 저들은 널 여자라고 믿어 의심치 않는 걸까?"

어느새 세나케인이 실체화되어 나타나 침대 위에 늘어놓은 옷가지 하나를 집어 들며 말했다.

그는 그것을 집어 들고 침대 가에 앉았다.

끼익— 하고 약한 소리가 났다.

시안은 그렇지 않아도 머리가 복잡한데 갑자기 세나케인이 무슨 소리를 하나 싶었다.

"……."

"인간들이란 정말 이상해. 어째서 다른 사람들의 말은 듣지 않는 걸까? 아니, 들어보기도 전에 자기들 멋대로 판단하는 거지?"

"……."

"너도 마찬가지야. 다른 사람, 아니, 난 사람이라고 하기는 그렇군. 왜 내 말은 듣지 않고 혼자 멋대로 판단하는 거지?"

"……."

"조금쯤은 다른 말도 들어주어야 할 텐데 말이야."

"내가 알 게 뭐야."

"하기사 인간들은 언제나 그러니까. 아주 오래전 나와 함께 시간을 보냈던 그 인간도 그랬었지."

'오래전? 인간?!'

문득 들려온 세나케인의 푸념과도 같은 말에 시안의 귀가 쫑긋 올라갔다.

"그도 내 말을 들어주지 않았어. 결국은 난 그를 잃었지. 아니, 그가 날 잃은 것일지도 몰라."

"무슨… 소리를 하고 싶은 거야?"

"내가 훨씬 오랜 시간을 보고, 느끼고, 또 표현이 맞다면 살아왔다라는 의미겠지."

시안은 세나케인이 무슨 소리를 하고 있는 것인지 도통 감이 잡히지 않았다. 단지 그가 알 수 있는 것은 세나케인이 무엇인가를 이야기해서 자신을 위로하려 한다는 것뿐.

"늙은이 같은 소리는 집어치워. 난 원래 이래. 그리고 냅두면 알아서 회복되니까 좀 우울해하게 냅둬도 되잖아. 아무리 내가 별 생각 없이 사는 인간이라고 해도 나도 '고민'이라는 것 정도는 얼마든지 할 수 있단 말이야."

"뭐, 인간이니까 하는 고민이겠지."

피식하고 웃는 소리가 들려왔다.

그 소리는 어딘지 모르게 바람처럼 들려왔다.

"맞아. 고민이라는 것도 할 수 있을 때 해두는 게 좋아. 너무 머리가 굳으면 고민 따위는 못할 테니까."

순간 시안의 몸이 부웅— 하고 공중으로 떴다.

"뭐, 뭐야아!!"

공중에서 시안은 몸을 지탱할 곳이 없어 버둥버둥댔다. 다음 순간 그의 몸은 푹신한 침대에 그대로 떨어졌다.

"우앗!! 뭐, 뭐 하는 거야!! 케인!!"

"자."

"뭐어?"

"생각하는 것도 좋지만 이제는 좀 자둬."

"왜?"

"넌 아직 몸이 회복되지 않았잖아. 네 기사들이 올 때까지 체력을 길러두어야지. 그들이 오면 정신없이 도망을 가야 할 텐데 그들의 짐이 돼서는 안 되지."

휘리리릭— 하고 얇은 시트가 바람에 휘날리다가 춤을 추듯이 흔들리면서 시안의 몸 위로 내려왔다.

"네가 지금 제일 먼저 해야 할 일은 다시 힘을 쓸 수 있도록 쉬는 일이야. 알았어?"

"……."

"그럼 잘 자라구, 정신없는 바람의 주인 씨."

"정신이 없기는 뭐가 없어."

살랑—

이마 언저리로 내려왔던 머리카락이 불어오는 따스한 바람에 말려 올라간다.

"그럼 있나?"

"당연 있…."

시안은 채 말을 다 끝내지도 못하고 스르륵 눈을 감았다.

세나케인이 수면을 유도하는 바람을 만들어 불게 했다는 것을 시안은 눈치 채지 못했다.

시안이 눈을 감자마자 세나케인의 몸에 변화가 일어났다.

스르륵—

그의 몸이 점점 투명하게 변하더니 사방으로 퍼져 나갔다.

"내가 잠을 자야 나도 쉴 수 있으니까, 나의 주인님."

시안의 뺨을 스치는 바람이 마치 미소를 짓고 있는 듯했다.

"어서 오십시오. 요하엘의 기윤 제나이드 슈히튼이라 합니다."

기윤은 가슴 앞에 검을 받들어 올린 채 고개를 숙였다.

"하유르입니다."

화려하지 않은 백색의 로브를 입은 마법사가 살짝 고개를 숙였다.

그는 기윤과 인사를 나눈 후 기윤의 뒤에 있는 풍채가 좋은 남자에게도 고개를 숙이며 인사를 했다.

"잘 오셨소. 이런 일에까지 일일이 손을 쓰시다니 뜻밖입니다."

"저는 명을 받았을 뿐입니다."

자신의 이름조차 밝히지 않은 남자는 케슈튼의 영주였다.

황태자의 칙명이라는 이유로 협조는 하고 있었지만, 그는 사실 이번 일에 대해서는 그다지 좋은 감정이 있는 것이 아니었다.

또한 그는 지금 자신의 성에 조금 전 도착한 하유르라는 이름의 마법사가 상당히 불쾌했다. 물론 자신의 성에 궁정 마법사 같은 마스터 급에 속하는 자들이 없다는 것은 인정하지만, 그렇다고 해서 직접 궁정 마법사가 자신의 성에 왔다는 사실이 기분 좋을 리가 없는 것이다.

그는 그들을 상대하는 것조차 짜증이 났다.

"아무튼 오늘은 밤이 늦었으니 쉬시고 내일 출발하시죠. 늦은 시간이라 저는 이만."

누가 봐도 상당히 불쾌해하고 있다는 느낌을 받을 수 있을 만큼 그의 목소리는 차가웠다.

"여기서 정기 연락선을 타고 가시는 것이 가장 빠른 길입니다."

"어떻게 할까, 기엘?"

"그게 가장 빠르다면 그렇게 해야겠지. 다음 연락선은 언제 출발합니까?"

"내일 아침입니다."

남자의 대답을 듣자마자 기엘이 대답조차 하지 않고 고개를 돌렸다.

"이, 이봐, 기엘!! 어디 가는 거야?"

"내일 아침까지 기다릴 시간이 어디 있다는 거야? 차라리 다른 배를 수배해서 타고 가든가 해야 할 것 아니야."

차갑게 내뱉는 기엘.

그런 기엘의 뒤를 로운과 이리야가 허둥지둥하면서 쫓아갔다.

"이 늦은 시간에는 불가능해, 기엘. 차라리 오늘은 연락선이 올 때까지 좀 휴식을 취하고 내일 아침 일찍 출발하자구."

로운이 피곤하다는 듯이 말했지만 기엘은 들은 척도 하지 않았다.

그런 기엘을 보면서 로운은 짜증을 낼 수도 없어서 속만 끓였다.

기엘은 평소에는 절대로 감정적이 되지 않는다. 자신보다도 더욱.

모르는 사람은 기엘이 기사치고는 너무나 유한 성격을 가지고 있다고 생각한다. 아니, 곁에 있던 사람들이라고 해도 기엘이 그 부드러운 인상 뒤에 이렇게나 막무가내 식의 일면을 가지고 있다는 사실은 거의 알지 못한다.

성격이 급하고 제멋대로로 보이는 것은 기엘보다는 오히려 로운 쪽. 실제 평소 행동은 그렇지만 로운은 일이 꼬이면 꼬일수록 더 더욱 차갑게 가라앉는 성격인 반면, 기엘은 일단 한번 뭔가 어긋나기 시작해서 고집을 부리게 되면 그것이 해결되기 전에는 절대 제정신으로 돌아오지 않는다.

로운은 지금 기엘의 이런 모습을 그를 알게 된 후 딱 두 번째로 보고 있었다.

한 번은 그가 신관이 되겠다고 했었을 때다.

기엘이 시안을 그만큼 믿고 따르고, 그리고 그를 소중히 여긴다는 것은 이미 깨닫고 있었다. 물론 표현은 안 했지만 자신도 이미 어떤 의미에서는 시안을 인정하고 있기는 하다.

혹 시안의 신상에 무슨 일이라도 생기면 도대체 기엘이 어떻게 반응할지 로운은 걱정스러워지기 시작했다.

'너무 빠지면 곤란해. 아무리 자신의 주군으로 인정했다고 해도, 그 녀석은 언젠가 떠날 녀석이니…'

그렇게 생각은 해도 기엘에게 사실대로 말할 수는 없다.

로운은 거칠게 자신의 머리를 뒤헝클었다.

"젠장. 정말이지 피곤하군."

"이리야 씨, 어떻게 안 될까요?"

"뭐가?"

이리야는 기엘이 불쑥 자신을 부르자 화들짝 놀라서 대답했다.

"물의 술사이니 이 밤중이라고 해도 우리들 세 명 정도는 어떻게 안 될까 하고 묻는 중입니다."

"그렇기는 하지만 일단은…."

이리야는 난처한 목소리로 대답했다.

"일단은 나도 쉬고 싶은 생각이 굴뚝같아서 말이야."

"처음에 저보다 더욱 서두른 분은 이리야 씨였던 것으로 기억합니다만?"

기엘의 싸늘한 검은색 눈이 자신을 쳐다본다.

그 눈빛에 이리야는 섬뜩한 느낌을 받았다.

"무, 물론 그렇지만."

이리야는 왠지 추궁을 당하는 듯한 느낌에 로운에게 도움의 눈길을 요청했지만 로운은 왠지 저런 기엘에게 아주 익숙해져 있는 듯했다. 아니면 사실은 질려 있을지도 모른다고 그는 생각했다.

사실 반죽음 상태에서 간신히 살아나 이들과 극적으로 만났을 때는 정말 하늘이 장밋빛으로 보일 지경이었다.

시안을 만나게 되면, 정말이지 삼 일 밤낮쯤은 시안이 해달라는 모든 것을 다 해주고 싶었던 심정의 그에게 시안이 납치되었다는 소식은 정말 청천벽력 같았다.

그런 사정이 있는데도 자신에게 구원의 손길을 뻗었다는 사실에 이리야는 더욱 감동을 했었다. 그래서 기엘보다도 훨씬 미친 듯이 말을 달렸던 것도 사실이다.

하지만 피곤한 것도 피곤한 것이고 로운의 추측대로 그들이 시안에게 특정한 위해를 가하지 않을 것이라면 잠깐, 아주 잠깐쯤은 피곤한 몸을 쉬게 하고 싶었다.

이리야는 기엘의 눈을 피해서 로운에게 살짝 귓속말을 했다.

"그런데 말이야, 저 기사 양반은 원래 저래?"

"…뭐, 그런 것은 아니지만, 상황이 특수 상황이다 보니까."

"저 기사 양반 친구인 자네도 불쌍하구만."

"……."

"슬쩍 뒤로 돌아가서 뒤통수를 파악— 쳐서 기절시키면 안 될까? 그래서 그 김에 내쳐 자면…"

사실 이리야의 눈에도 기엘은 제정신이 아닌 상태로 보이고 있었다.

"그랬다가는 녀석이 깨어났을 때 누가 감당할 건데?"

"역시 안 되나. 하아."

"바람술사는 귀가 밝습니다. 그런 궁리를 할 시간이라면 저는 어떻게 해서든 오늘 밤 내로 이 강을 건널 방법을 찾겠습니만."

"으으~"

이리야는 결국 손을 들고 말았다. 지금은 무슨 말을 해도 소용이 없다는 것을 깨달았기 때문이다.

"좋아, 좋아. 알았어, 알았다구!! 젠장. 요 며칠 사이 무슨 시험을 보는 것도 아니고, 배우고도 써먹을 데가 없어서 못 쓰던 주문은 전부 동원하게 되는군. 참나, 따라와!!"

결국 항복을 한 이리야는 투덜거리면서 앞장서서 걷기 시작했다.

따지고 보면 그렇게 불가능한 것도 아니다. 단지 힘이 든다는 것이 문제일 뿐.

"강 건너고 나서 녹초가 된 날 알아서 끌고 갈 수 있으면 가봐. 아참, 말은 안 돼. 세 사람까지야 어떻게든 하겠지만 말까지 건너게 하라고 하면 차라리 이 자리에 그냥 드러누워서 아침까지 기다리겠어."

“말이야 다시 구하면 됩니다.”

“으휴, 대답이나 못하면….”

“말을 넘길 곳부터 먼저 찾아야겠군.”

“참나, 결국 이렇게 되는군. 그 녀석은 왜 쓸데없이 납치가 돼가지고는….”

“시안님의 탓이 아닙니다, 이리야 씨.”

“…….”

“시안님이 원해서 납치를 당한 것이 아니지 않습니까.”

“네, 네, 알겠습니다. 제 탓입니다. 다아 제 탓이죠.”

기엘은 속으로 한숨을 내쉬었다.

자신이 억지를 부린다는 것도 알고 있다. 그리고 억지를 부린 탓에 다른 두 사람에게 상당한 무리를 주고 있다는 것 역시 잘 알고 있다.

하지만 그도 자기 자신을 컨트롤할 수 없었다. 이성은 진정하라고 하지만 그의 감정은 끊임없이 불안에 떨면서 자신을 궁지로 내몬다.

‘시안님, 제발 무사하십시오.’

그의 주먹에 힘이 들어갔다.

‘제가, 저와 로운이 도착할 때까지 부디….’

＊　　　＊　　　＊

“하아, 하아, 하아.”

옷깃 사이로 가쁜 숨이 스며 나왔다.

어두움에 감싸인 성벽 위 한구석. 어둠 속이라고 하지만 그의 눈에는 그가 목표로 하고 있는 장소가 너무나 잘 보였다.

화크르륵—

그의 손가락에 붉은 기운이 타올랐다.

그는 움찔하며 주먹을 쥐었다. 그러자 순간 타올랐던 불빛이 사그라들었다.

'조금 더… 조금 더 가까이….'

붉은 기운이 감도는 눈동자에 얼핏 광기가 스쳐 지나간다.

'조금 더….'

기윤은 피곤한 어깨를 주무르며 천천히 자신의 방으로 돌아가던 중이었다.

원하던 것은 아니지만 며칠 사이에 요하엘 성을 떠나 이곳까지 정말 정신없이 달려왔다.

뜻하지 않게 이제 카드미엘까지 가게 될지도 모른다는 생각이 피곤한 그의 몸을 더 더욱 눌러왔다.

물론, 내일 아침이 되면 자신은 그대로 요하엘로 돌아가야 하는 신세가 될지도 모른다.

하지만 가능하다면 그는 카드미엘까지는 가고 싶었다.

일말의 양심이 적어도 자신이 할 수 있는 데까지는 시안의 곁에 있으라고 종용하고 있었다. 하지만 그는 명령에 따라야 하는 몸.

"무슨 생각을 하는 거지, 난?"

사실은 자신이 왜 이런 생각을 하고 있는지도 궁금하다.

기윤은 자신에게 배정된 방으로 돌아가다 말고 문득 걸음을 멈추었다. 잠시 멈추었던 그는 자신도 모르게 시안의 방 쪽으로 가기 시작했다.

그리고 정신을 차렸을 때는 이미 시안의 방문 바로 앞에 서 있었
다.

"이런…."

이곳에 도착한 이후 내내 거의 매시간 그는 시안의 상태를 점검
하고 있었다.

하지만 지금은 늦어도 상당히 늦은 시간이다.

'혹시… 악몽이라도 꾸고 계신 것이 아닐까?'

잠시 그는 갈등했다.

기윤은 살짝 귀를 문에 가져다 대었다.

혹, 시안의 상태가 좋지 않다면 곧 안으로 들어가기 위해서다.

"……."

그리 두텁지는 않은 문 안쪽에서는 아무 소리도 들려오지 않았
다.

'뭐 하는 짓인지 모르겠군.'

그는 스스로 조금 어떻게 된 것이 아닐까 싶은 마음에 피식 웃으
면서 걸음을 옮기려 했다.

그때였다.

끼익―

'응? 이건 무슨 소리지?'

문득 들려온 아주 미세한 소리, 하지만 그 소리는 뭔가 수상했다.

그는 발꿈치를 든 발을 그대로 소리없이 살짝 바닥에 밀착시켰
다.

툭―

어둠 속에서 민감해진 오감이 아주 잠깐 들려온 소리를 감지했
다. 그것은 아주 미세한 소리였다.

소리뿐만이 아니었다. 반응하는 것은 소리 이외에도 그것보다 훨씬 강한, 그의 신경을 침범하는 살기.

시안의 방문 앞에 서 있던 기윤의 신경이 서서히 팽팽히 달아오르기 시작했다.

"시안, 일어나라."

"우웅…."

"일어나!!"

"시끄여어, 자라 때느 어제거(시끄러, 자랄 때는 언제고)."

"일어나. 네가 일어나지 않으면 나도 힘을 쓸 수 없어."

"왜 그러는데…."

시안은 단잠을 자고 있는데 자꾸만 세나케인이 귀찮게 굴자 눈을 살짝 떴다.

"누군가 가까이 다가오고 있어. 한둘이 아니다."

"에? 그냥 이 성 사람들 아니야?"

시안은 눈을 비볐다.

"너도 느낄 수 있을 거다. 잠투정 부리지 말고 눈을 떠."

"일 생기면 그냥 네가 알아서 하면 되잖아."

"네가 제정신이 아니면 내 행동은 그만큼의 제약을 받는다."

"허어, 그, 그럼 내가 완전히 정신을 잃어버리면 무, 무방비라는 소리 아니야?"

시안은 듣던 중 정말 황당한 소리를 들어버렸다는 듯이 입을 쩍 벌리고 세나케인에게 물었다. 지금까지 혹 무슨 일이 생기더라도 세나케인이 있기 때문에 안전할 것이라고 나름대로는 속으로 우쭐하고 있었던 그였다. 그런데 자신이 쉬고 있으면 행동의 제약을 받다니, 그런 말이 어디 있나 싶은 심정인 것이다.

"그런 게 어디 있어!"

"무방비는 아니야. 단지 네가 깨어 있지 않으면 적당히 조절해서 움직이는 게 힘들 뿐이야. 누가 뭐래든 넌 나와 연결되어 있으니까."

"그래도 그렇지…."

"쉿, 자는 척해."

부스럭 부스럭.

시안은 세나케인이 시키는 대로 이불 속으로 파고들었다.

두근두근 심장 소리가 들려왔다. 그것은 처음에는 조그맣게 시작되었다가 점점 커져서 이제는 시안의 가슴 전체를 울리고 있었다.

꿀꺽하고 침이 목구멍을 넘어갔다.

'젠장, 자다 말고 웬 날벼락이야!'

몸을 웅크리고 가만히 있자 시안에게도 무엇인가 위화감 같은 것이 느껴지기 시작했다.

그것은 한참 절벽인 창밖에서부터 전해져 오고 있었다.

'밖에서 오고 있는 거 맞아?'

"그래."

'에휴, 난 가지도 별로 없는데 정말 바람 잘 날 없군. 객지에 나오면 고생이라더니. 웬 생고생이야, 맨날.'

"……."

'아, 세나케인, 미리 말해 두지만 죽이진 말아. 알았어?'

조금은 밝게 느껴졌던 시안의 목소리에 말로 표현할 수 없는 어떤 감정의 자락 같은 것이 느껴진다는 것을 세나케인은 깨달았다.

'절대로. 절대로 죽이지 말아.'

새빨간 눈이 은색의 달빛을 받아 기요롭게 빛나고 있었다.

그는 깎아지른 절벽 같은 벽을 올려다보았다.

높기는 하지만 못 올라갈 정도는 아니다. 아니, 평범한 인간은 힘들겠지만 그에게는 아주 쉬운 일이었다.

"……테론."

작게 주문을 외우는 순간 그의 몸이 희미하게 붉은색으로 빛나기 시작했다.

잠시 후 그는 붉은 거미처럼 가파른 벽을 기어 올라가고 있었다.

"시안!!"

서 나케인의 다급한 목소리에 시안이 자리에서 벌떡 일어났다.

"우, 우앗!! 저게 뭐야!!"

시안이 몸을 일으키려는 그 순간, 열린 창밖에서 검불그스름한 형체가 갑자기 슈욱— 하고 시안 쪽으로 날아들었다.

쾅!!

"누구냐!!"

기윤이 들이닥친 것과 시안에게 그 형체가 날아든 것은 거의 동시였다.

어둠 속에서 기윤의 검에 희미한 붉은빛이 반사되었다.

시안의 앞에 건장한 체격의 남자가 가로막고 섰다.

"기… 기윤."

"시안님, 몸을 피하십시오!"

"어…."

나름대로는 잔뜩 긴장을 해서 기다리고 있던 시안은 갑작스럽게 기윤이 끼어들자 놀라서 그 자리에서 옴짝달싹도 하지 못한 채 얼어붙어 버렸다.

웅얼웅얼하는 소리가 들려왔다.

온통 검은색으로 몸을 둘러싼 그 사람은 광기 어린 눈빛을 뿌리면서 손을 휘둘렀다.

시뻘건 불덩이가 시안과 기윤의 앞으로 날아들었다.

"하앗!!"

날카로운 기합 소리와 함께 그 불덩어리가 둘로 갈라져 시안의 눈앞에서 폭발했다.

"으악!!"

"쳇."

짧게 혀를 차는 소리가 들렸다.

"기윤!! 저 사람 엘러야!!"

"네?"

시안이 기윤에게 소리를 질렀다.

'엘러라고?'

검을 잡고 있는 손에 힘이 들어갔다.

엘러와 싸워본 적은 없다. 물론 시안이 엘러라는 것은 알고 있었지만 방금 전에 자신이 목격한 그 시뻘건 불덩이의 정체가 마법이 아니라 엘러의 공격이라는 사실은 충분히 그를 놀라게 하고 있었다.

'어떻게 해야 하지?'

검이라면 어느 정도 자신이 있는 그였지만 엘러와는 어떻게 싸워야 하는지 난감하기만 했다. 그러나 이미 뽑은 검을 내던질 수도, 그리고 그것 이외에는 싸울 만한 무기를 가지고 있지 않은 그로서는 그대로 검을 들고 팽팽하게 대치할 수밖에 없었다.

"목적이 뭔가. 이곳에는 당신이 원하는 것이 없을 텐데?"

무조건 공격을 해온 것을 보면 도둑은 아니다. 남은 것은 지금 이 방의 원주인, 즉 시안을 노린 것으로밖에는 볼 수 없다.

"당신에게는 볼일이 없어. 꺼져."

가슴을 긁는 듯한 거친 목소리가 입을 가린 천 아래에서 흘러나왔다.

"내가 필요한 것은 저 바람술사뿐이다. 얌전히 사라진다면 저 바람술사에게서 엘을 흡수한 후 얌전히 사라져 주겠다."

얼굴은 볼 수 없었지만 시안은 왠지 그가 씨익 하고 사악한 웃음을 짓고 있다는 느낌을 받았다.

"흡… 수라구?"

시안은 머리가 멍해져서 그가 말한 단어를 되풀이했다.

"내게 필요한 것은 힘뿐이다."

"시안. 위험하다. 저 화염술사는 이미 제정신이 아니다. 파장이 뒤틀릴 대로 뒤틀렸다."

세나케인의 목소리가 들려왔다.

"그럼 어떻게 해야 하는데?"

"…죽여야 해. 저 정도면 이제 돌이킬 수 없다."

"안 돼!!"

차갑게 들려오는 세나케인의 말에 시안은 몸을 떨며 그의 말을 강렬하게 거부했다.

"안 돼, 절대 안 돼!!"

"…촌 라히 아슈레이. 불의 이름 호로스의 불꽃과…"

시안이 세나케인과 신경전을 벌이고 있는 사이 화염술사가 주문을 외우기 시작했다.

갑자기 혼자서 미친 듯이 떠들어대는 시안 때문에 잠시 신경이 흐트러졌던 기윤은 그 모습을 보자마자 퍼뜩 정신을 차렸다.

마법사라면 상대해 본 적이 있다. 그리고 마법사들은 주문을 외울 때는 무방비 상태라는 것도 알고 있다.

"…소멸의 불꽃 에쉬…."

"하아앗!!"

강렬한 기합 소리와 함께 기윤의 몸이 용수철처럼 튀어 나갔다.

"헬-다라크(불의 화살)."

"기윤!! 안 돼!!"

기윤의 검과 정체 불명의 화염술사가 주문을 마친 것은 거의 동시였다.

화악— 하는 거대한 불꽃이 그의 앞에 타오르는 순간 기윤의 검이 좌우를 갈랐다.

콰과광!!

"기윤!!"

쿠당탕—

폭발음과 함께 기윤의 몸이 새카맣게 그을린 채 굴러왔다.

"기윤!!"

"크헉!"

기윤은 폭발에 밀려 뒤로 굴러왔다. 검으로 간신히 몸을 지탱하며 일어서려 했지만 쿨럭— 하는 소리와 함께 입가에서 주르륵 피를 흘렸다.

"저 기사는 상대가 되지 않는다."

입가에 흘러내린 피가 멈출 사이도 없이 다시 주문을 외우는 소리가 들려왔다.

"네가 나서지 않으면 안 돼!!"

"감히…."

화염술사의 싸늘하고도 차가운 불빛이 기윤을 태워 버릴 것 같았다.

피를 흘리긴 했지만 기윤은 나름대로 회심의 미소를 짓고 있었다. 멀쩡해 보이지만 분명 자신의 검에 확실하게 베는 감촉이 느껴졌었다.

그 증거로 그의 검날이 새빨간 색으로 물들어 있었다.

"웃기는 소리! 네놈 한 놈 정도야 나로도 충분하다."

기윤은 다시 검을 들었다.

그러나 그는 든 검을 두 번 다시 휘두를 수 없었다.

콰아앙—!!

검은색의 연기와 함께 조금 전보다도 더욱 커다란 폭음이 조용하던 케슈튼 성을 뒤흔들었다.

단잠에 빠져 있던 케슈튼의 영주 옥튼은 성을 뒤흔드는 폭음에 눈을 번쩍 떴다.

"밖어 누구 없나!! 이게 지금 무슨 소란인가!!"

"별전에서 들리는 소리입니다!!"

다급한 목소리가 들려왔다.

두다다다—

사람들이 일제히 움직이는 발자국 소리가 그의 귀에도 들려왔다.

그는 자리에서 일어나 옷을 찾아 입기 시작했다.

이 소란에도 그의 곁에 누워 있는 여자는 깊이도 잠들었는지 미동조차 하지 않는다.

그는 그녀는 상관도 없다는 듯, 옷을 다 갖춰 입자 언제나 곁에서
떼지 않는 검을 집어 들고 밖으로 나왔다.

"콜록, 콜록, 콜록."
시안은 기침을 몇 번이나 하면서 눈을 비볐다.
시커먼 연기가 방 안에 가득 차 있었다.
"우웃!"
시안은 머리를 흔들었다.
그러다 말고 그는 누군가가 자신을 감싸고 있다는 것을 깨달았다.
"어?"
부스스한 머리가 시안의 이마를 찔렀다.
"무사… 하십니까?"
말과 함께 붉은색의 액체가 주르륵— 흘러내린다.
"…기윤?"
"무사하셔서 다행… 입니다."
스르륵—
자신을 감싸고 있던 육체가 흘러내렸다.
시안은 얼결에 그의 머리를 받쳐 들었다가 손가락을 가득히 적셔
오는 끈적한 액체에 기절할 듯이 소리를 질렀다.
"기윤!! 기윤!!!"
검은색의 안개가 걷혀가고 있었다.
"기윤, 정신 차려!!"
꼼짝도 하지 않는 몸을 부여잡고 시안은 그의 이름을 불렀다.
"선수를 친 게 누군가 했더니…. 미메이라의 아가씨, 적이 많군
요."

차가운 목소리가 안개 사이를 뚫고 와 시안을 찔렀다.

시안이 놀라 고개를 들자 검은 안개 사이로 몇몇 사람이 서 있는 것이 보였다.

그들의 발 밑에는 조금 전 그들을 습격했던 화염술사가 쓰러져 있었다.

"미안하지만 도주도, 반항도, 여기까지요."

특— 하고 그 남자가 발로 쓰러져 있는 화염술사의 몸을 찼다.

그의 몸이 뒤집히면서 그의 배에 꽂혀 있는 몇 개의 단검이 시안의 눈에 들어왔다.

단검의 자루가 여기저기서 몰려오는 케슈튼 성 병사들의 발자국 소리에 파르르— 하고 떨리고 있었다.

"정체를 밝혀라!! 여기가 어디라고 이런 소란을 부리는가!!"

열려져 있던 문으로 케슈튼 성의 병사들이 들이닥쳤다.

"소란스러워지는군. 처리해."

증앙에 서 있던 남자의 말이 떨어지기가 무섭게 그의 뒤에 있던 몇 명의 흑색인들이 튀어 올랐다.

슈칵—

챙 하고 검이 부딪치는 소리가 났다.

휘익—

우르르 몰려왔던 몇 명의 병사들은 변변찮은 대항도 하지 못하고 그들의 단검과 검에 희생되었다.

"…시간을 지체할 수가 없겠군."

"흑색의… 그리고 이 검은 안개. 하세카다!"

어디선가 목소리가 들려왔다.

"이런, 우리의 정체를 너무 드러냈군. 하기사 이런 것은 우리 방식이 아니지. 어서 일을 마쳐야……?!"

중앙에 서 있던 남자가 말을 하다 말고 문득 입을 다물었다.

이상한 광경이 그의 눈에 들어왔기 때문이었다.

기이한 붉은 광채가 새카만 천에 얼룩을 만들어내기 시작했다.

"뭐, 뭐야, 저건!!"

공격을 하던 사람도, 그 공격을 맞고 쓰러지던 사람도, 그리고 두려움에 뒷걸음치던 사람들도, 모두 꼼짝도 하지 못하고 그 기이한 광경에 넋을 잃었다.

쓰러져 있던 화염술사의 몸이 타오르고 있었다.

"……"

그 화염은 주위와는 상관없이 새빨갛고 선명한 선홍색으로 타오르고 있었다.

"사, 사람이 타오른다!! 으아아악!!"

시안은 멍한 눈으로 그 광경을 보고 있었다.

기이한 것은 그가 입고 있던 검은색의 천은 하나도 상하지 않은 채 그 화염술사의 몸만 타오르고 있다는 것이었다.

얼굴을 가리고 있던 천 사이로 보이던 눈꺼풀이 점점 투명해지기 시작했다.

뜨거움조차 느껴지지 않는 차가운 불꽃.

그 불꽃은 화염술사의 몸을 원래의 엘로 변화시키는 혼의 불꽃.

투두두둑—

그의 몸에 박혔던 검은색의 단검과 천이 후두둑— 바닥으로 떨어졌다.

투명하게 변해가던 몸은 이제 흔적조차 없이 사라져 남은 것은 모두의 얼굴을 붉게 밝히고 있는 차가운 불꽃, 아니, 화염뿐.

그 호염에 넋을 잃고 있는 동안 시안의 손에 흘러내리던 피는 점점 굳어져 이제는 차가운 액체가 시안의 손을 가득 덮고 있었다.

"세느… 케인."

말로는 들었지만 엘러가 죽는 것을 처음 목격한 시안은 너무나도 강한 충격을 받았다.

시체조차 남지 않는다는 말이 무엇을 의미하는지 시안은 그때 처음으로 깨달았다.

죽음이라는 두 글자가 시안의 뇌리를 강타했다.

자신 때문이다. 그 누구도 아닌, 자신 때문에 또 한 사람이 죽었다. 그리고 다른 한 사람.

"기윤… 죽지 마."

'죽어서는 안 돼'라고 시안은 중얼거렸다.

한 번도 그는 인간의 죽음을 이렇게 눈앞에서 생생하게 목격한 적이 없었다. 그것은 자신과 같이 평범한 사람이라면 어느 누구든 마찬가지일 것이다.

자신이 현실에 있었다면 이런 광경 따위는 보지 않아도 됐다. 아니, 아예 이런 일이 일어나지 않았을 것이다.

모든 것은 자신 때문이었다.

"케인…."

굳어 있는 손에서 기윤의 머리가 흘러내렸다.

털썩—

반쯤은 새카맣게 타버린 육체가 붉게 변한 시안의 시야를 가득 채웠다.

어느 누구도 미동조차 하지 않았다.

적막과도 같은 침묵.

"세나케인."

그 침묵을 깨고 입을 연 것은 시안.

시안의 눈동자가 눈부신 은백색으로 빛나기 시작했다.

*   *   *

"어떻게 된 일인지 보고해!"

"그, 그게, 그 요하엘의 기사가 모시고 온…."

말끝을 흐리는 부관의 얼굴을 짜증스럽게 바라보던 옥튼은 그를 제치고 시안의 방으로 걸어가기 시작했다.

"도대체 경비대는 뭘 하는 건가? 이상한 자들이 내 성에 들어와서 난동을 부리는 것도 몰랐다는 말인가!!"

"그게, 경비대에서는 아무도 보지 못했다고…."

부관이 그의 뒤를 따르면서 열심히 변명했지만, 사실 그 역시 아무것도 모르는 상태였기 때문에 뭐라고 말을 할 수가 없었다.

경비대의 보고로는 갑작스럽게 성의 한 방에서부터 화염이 비쳤다고 한다.

옥튼이 머무르는 곳과는 상당히 거리가 떨어져 있는 별관으로 사람들이 몰려갔다.

그곳에는 이미 한차례 소동이 끝났는지 적막만이 맴돌고 있었다.

"아, 카드미엘에서 오신 마법사님께서 동행을 원하시는데…."

"마음대로 하라고 해."

옥튼을 위시한 사람들이 시안의 방에 도착했을 때는 이미 모든 소동이 가라앉은 듯 적막만이 감돌고 있던 때였다.

하지만 열려진 문에서부터 풍겨 나오는 이상한 피비린내로 가득
찬 그곳은 적막보다 더한 침묵이 그들을 반기고 있었다.

옥튼은 여기저기에 정신을 잃고 쓰러져 있는 경비대원들과 몇몇
기사들을 보면서 눈살을 찌푸렸다.

어떻게 이런 일이 있을 수 있다는 말인가.

"따라와!!"

쓰러져 있는 사람들을 갈무리하던 병사들에게 옥튼은 신경질적
으로 소리를 질렀다.

하지만 막상 시안이 머물던 방문 앞에 도착한 옥튼은 그의 눈앞
에 벌어져 있는 끔찍한 광경에 할 말을 잃었다.

"이게 무슨…."

단순한 소동 정도로 생각하고 있던 그의 눈앞에 벌어져 있는 광
경은 이루 다 설명할 수 없을 정도로 참혹했다.

"우욱!"

그를 따라왔던 몇 명이 욕지기를 참지 못하고 뒤로 물러났다.

코를 찔러 마비시켜 버리는 지독한 피비린내.

그리고 바닥을 질펀하게 적시다 못해서 거의 웅덩이를 만들고 있
는 붉은색의 액체.

그 군데군데, 분명 인간이었음에 분명한 무더기들이 갈가리 찢겨
흩어져 있었다.

"……."

옥튼은 검붉게 젖은 천 조각을 집어 올렸다.

"위, 위험합니다."

식어버려 진득해진 피가 그 조각에서 뚝뚝 떨어졌다.

비릿한 피비린내가 섞인 바람이 그의 얼굴을 스쳐 지나갔다.

무엇인지 구분할 수 없는 이상한 감각이 그를 덮쳤다.

그는 그 피의 웅덩이에 한 발자국 발을 디뎠다. 그의 뒤를 궁정 마법사인 하유르가 따랐다.

그들은 안으로 몇 발자국 들어가다 말고 우뚝 멈춰 섰다. 아니, 멈춰 선 것이 아니라 그 이상은 안으로 들어설 수가 없었다.

눈에 보이지 않는 어떤 이상한 힘이 그들을 가로막고 있었다.

밖에서는 들리지 않았던 기묘한 바람 소리가 그들의 귀를 멍멍하게 했다.

싸아아아— 하면서 들려오는 바람 소리.

한 사람이 그 피의 웅덩이 한가운데에 서 있었다.

갈기갈기 찢겨진 옷자락으로 간신히 몸을 감싸고 있는 그는 길고 긴 머리카락을 사방으로 날리며 서 있었다.

사방에 피가 미친 듯이 튀어 있었지만, 마찬가지로 피에 젖어 있는 그의 몸과는 달리 휘날리는 긴 머리카락에는 피 한 방울 묻어 있지 않았다.

쏴아아—

이상한 광경이었다.

뒤돌아 있어 얼굴을 볼 수 없는 사람의 주위로 바람이 불고 있었다. 그것도 형체가 있는 빛나는 바람이.

그것은 투명했고, 그러면서도 은빛으로 환하게 반짝이며 시안의 주위를 돌고 있었다.

"…엘러입니다. 그것도 바람의 술사."

나직한 하유르의 말.

그 말이 정신을 잃고 서 있던 시안의 귀를 때렸다.

시안의 굳어 있던 몸이 움찔했다.

순간 팽팽하게 그들의 움직임을 막고 있던 그 은빛의 살아 있는 바람이 휘리릭— 소리를 내면서 사라지기 시작했다.

그것은 마치 시안의 몸으로 빨려 들어가는 것처럼 보였다.

그 광경을 지켜보고 있던 옥튼도, 그리고 하유르도, 그저 멍하게 그 광경을 바라볼 수밖에 없었다.

시안의 몸속으로 빨려가던 몸은 잠시 멈칫하더니만 그의 몸 전체를 감싸 희미하게 빛을 내기 시작했다.

뒤돌아 있었기에 어느 누구도 알 수 없었지만 그 희미한 빛은 시안의 몸을 여성체로 변화시키고 있었다. 정신을 잃은 주인을 지키기 위한 세나케인의 마지막 안배. 적어도 여성체라면 시안에게 칼을 들이밀 사람은 줄어들 것이기 때문이었다.

인간의 제어를 받지 않은 순수한 바람의 의지가 인간을 지키기 위해 발동되고 있었다.

빛이 사라지자 바람에 휘날리던 머리카락이 한 올씩 한 올씩 내려앉기 시작했다.

옥튼이 무너지는 시안의 몸을 감싸 안은 것은 바로 그 직후였다.

제6장

카드미엘

The Wind of Ashurei

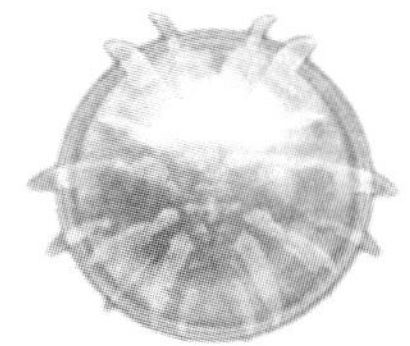

"도착했다고?"

"예, 전하."

"수고했네."

로렌은 방금 전까지 자신과 대련을 하던 기사에게 가볍게 인사를 했다.

옆에서 시중을 들고 있던 다른 견습 기사가 로렌의 검을 공손하게 받아 들었다.

아침 일과 중의 하나인 대련은 로렌이 상당히 즐기는 일 중에 하나이다. 그것을 방해받는 것을 그가 얼마나 싫어하는지 알고 있는 사람들이 이렇게 그가 순순히 검을 내려놓는 것을 봤다면 아마도 기절초풍했을지도 모른다.

그런 그가 이렇게도 순순히 검을 내려놓은 사정은 사실 달리 있었다. 바로 그의 정신이 온통 다른 곳에 팔려 있었기 때문이다.

"그럼 가지."

흘러내린 땀을 닦아주려는 시녀의 손을 거절하고 로렌은 앞장섰
다.

"아, 전하, 그전에 드릴 말씀이 있습니다만…"

미타 남작은 활짝 웃으면서 걸어가려던 로렌 황자를 막았다.

"무슨?"

"이런 곳에서 드릴 수 있는 말씀은 아닙니다."

"좋아, 일단 사실로 가지."

"예, 전하."

"뭐라구?"

"보신 대로입니다, 전하."

"믿을 수가 없군."

"하지만 사실입니다."

로렌은 방금 전 자신이 받은 보고서를 읽다가 말고 눈이 휘둥그
레져서 미타 남작을 바라보고 있었다.

"말도 안 돼."

"경황은 알 수 없지만 사실입니다. 그녀를 요하엘에서 케슈튼까
지 호위했던 기사가 사망했고, 그녀를 습격했던 자들도 모조리 사
살된 듯합니다."

"흐응…"

"심각한 것은 그녀를 습격했던 자들의 정체가 검은 암살단 하세
카라는 것입니다."

"하세카?"

“그렇습니다.”

“흐응.”

하서카라는 단어가 미타 남작의 입에서 나오자 수려한 로렌의 이마에 주름이 생겼다.

하서카라는 단어에 그리 좋은 기억을 가지고 있지 않기 때문이다.

“그럼 실패를 했다는 이야긴데, 앞으로 문제가 생길지도 모르겠군.”

“네.”

“이름이 뭐라고 하지?”

“그것이… 현재로써는 시안이라는 이름 하나밖에는 알 수가 없습니다.”

“그게 무슨 소리야?”

“전하께서 만나보시면 곧 아실 수 있습니다.”

미타 남작은 더 이상 설명하는 것을 포기했다. 일단 로렌이 시안을 만나게 되면 곧 알게 될 사실이기도 했기 때문이다.

“흐응. 좋아, 자네 말대로 일단 만나보지. 그리고 그 다음 일을 생각하자구. 한 번에 하나씩. 그렇지 않은가?”

가볍게 말하는 로렌 황태자를 보면서 미타 남작은 절대 그 말이 맞지 않는다는 쪽에 자신의 목을 걸어도 좋다고 생각했다.

앞의 이 젊은 황태자는 한 번에 하나는커녕, 한 번에 서너 가지 일은 충분하게 해내는 천재였기 때문이었다.

＊　　　　＊　　　　＊

“뭔가 이상해.”

"뭐가?"

이리야는 털썩하고 주저앉아서 두 사람을 올려다보았다.

그놈의 강을 건너느라고 뼈 빠지게 고생을 한 데다가 한숨도 쉬지 못한 채 그대로 거의 발을 질질 끌다시피 이곳 케슈튼까지 오느라, 이리야는 지쳐서 정말이지 손가락 하나 까닥하고 싶지 않은 심정이었던 것이다.

"느껴지지가 않아."

거의 새벽녘인데도 불구하고 환하게 불을 밝히고 있는 케슈튼 성을 올려다보면서 기엘이 말하자 로운도 거기에 동감을 표했다.

"대신 그 세나케인이 느껴졌는데, 이제 그것마저도 사라졌군."

"뭐? 그, 그러면 큰일이잖아!!"

"정확하게 말해서 사라졌다기보다는 순식간에 멀어졌어."

너무나 황당한 상황인데도 불구하고 이제 냉정하다 못해서 거의 다른 사람 이야기를 하는 듯한 두 사람의 분위기에 이리야는 뭐라고 말도 못하고 입만 뻥긋뻥긋했다.

"동쪽. 아니, 북동쪽인가."

"젠장, 정말 젖 먹던 힘까지 다 빼서 따라왔는데 도대체 어디로 사라진 거야!"

이리야는 그 말과 함께 자리에 벌렁 드러눕고 말았다.

차가운 돌 바닥에서 한기가 올라왔지만 정말 손가락 하나 까닥할 힘도 없었다.

"생각보다 심각한 거야, 이건. 정말 카드미엘로 간 것 같은데."

"……"

로운은 생각에 잠겼다.

이런 상황에서 순식간에 멀어진 시안의 느낌.

아두리 생각해 봐도 그의 머리에는 한 가지밖에 떠오르지 않았
다.

"이리야."

"왜?"

"카드미엘에 갔을 때 혹 마법사들을 본 적이 있나?"

"본 적은 있지. 희멀건 천을 머리부터 푹 눌러쓴 녀석들이 몇 있
었어. 우리들을 아주 눈엣가시처럼 여겼었지. 흥."

"그중에서 혹 순간 이동 마법을 쓸 수 있는 자가 있나?"

"순간 이동?"

"이곳에서 사라져 카드미엘 쪽에서 바로 나타났다면 유추할 수
있는 방법은 그것뿐이다. 케슈튼에 그런 마법사가 있는지는 모르겠
지만 카드미엘이라면 가능하지 않을까?"

"글쎄? 궁정에는 마법사들이 꽤 있으니까. 수석 마법사 정도라면
가능할지도 몰라. 하지만 아무리 그래도 그건 꽤 힘든 일이 아닌가
싶은데…."

"이리야 씨가 느끼기에, 그들이 엘러들에 보이는 집착, 이라고 해
야 하나요? 그런 게 어느 정도 되었습니까?"

"그야 뭐, 혈안이 돼 있다고 했잖아. 남김없이 색출해라. 그런 느
낌이야. 지독해."

"그렇다면 가능하겠군. 방법이 없어. 로운, 출발하자."

"……"

간신히 한숨을 돌리는구나 하고 있는데 난데없는 기엘의 말에 이
리야는 뒤집어지고 말았다.

"이봐!! 기사 양반, 당신 미쳤어? 여기까지 오는 데도 목숨 걸고
왔다구. 죽고 싶어서 환장한 것도 아니고. 자기 얼굴 좀 보라구. 인

간처럼 보이는 줄 알아?!"

물론 이리야 자신도 시안을 찾고 싶은 마음은 절대로 기엘에게 뒤지지 않는다고 생각한다. 아니, 실제로 그렇다.

이유가 어쨌든, 그리고 방법이 어쨌든 간에 말로 설명할 수는 없지만 시안이 있었기에 지금 자신이 이곳에 있고, 또한 숨을 쉬며 이렇게 살아 있다는 것을 그는 알고 있었다.

시안이 위험에 빠졌다면 기엘 못지 않게 자신 역시 그에게 받은 목숨, 그에게 돌려줄 각오까지 하고 있었다.

"그래서 지금 이 꼴로 꾸역꾸역 찾아가서 그 앞에 쓰러지기라도 할래? '따라왔습니다. 무사하셨군요'라고 하면서 쓰러져 봐. 그 자식이 어떤 얼굴을 할 거라고 생각하지? 걱정하는 것 알아. 걱정이 돼서 잠 한숨 잘 수 없고, 잠깐이라도 쉬고 싶은 마음조차 들지 않는 것도 알겠지만, 그래서는 안 돼! 내 말이 무슨 뜻인지 알아들어? 알아듣냐구, 꽉 막힌 기사 양반아!!"

이리야의 거센 질책에 두 사람 모두 입을 다물어 버렸다.

"로운, 당신도 마찬가지야. 말릴 마음이 별로 없다는 것은 알지만 당신 얼굴은 멀쩡한 줄 알아? 적어도 이 친구보다 이성이 조금이라도 남아 있다면 쉬자구. 응? 좀 쉬잔 말야!!"

두 사람 모두 대답이 없다. 결국 이리야는 버럭버럭 화를 내다 말고 다시 드러누워 버렸다.

"젠장!! 마음대로 해!! 가서 죽든지 말든지 마음대로 하라구!! 하지만 날 두고는 절대로 못 가!! 이래봬도 시안이 살려놓은 놈이야. 날 버리고 가면 그 녀석이 가만히 않 있을걸? 그리고 난 지금은 절대로 움직이지 않을 거야. 좀 쉬고, 먹을 것도 좀 먹고, 카드미엘까지 갈 방법을 심사숙고해서 결정하고, 그리고 난 후 출발할 거라구. 커 슈튼에서 카드미엘이 얼마나 되는지도 모르는 주제에."

벌렁 드러누운 이리야의 몸 위로 기엘과 로운, 두 사람의 시선이 교차했다.

이리야의 말이 구구절절 맞다는 것쯤은 두 사람 모두 알고 있다.

털썩—

로운이 먼저 그 자리에 주저앉았다.

"미안하군."

"알면 다행이지."

"기엘."

로운은 아직까지도 자신의 라이트를 꼭 쥐고 있는 기엘을 바라보며 부드럽게 말을 꺼냈다.

"기엘…."

"……."

"적어도 만났을 때 멀쩡한 얼굴을 하고 있어야 시안을 야단치든 뭘 하든 할 수 있을 거 아니야. 그러니까…."

"알았어."

짧게 기엘의 대답이 들려왔다.

"하지만 내일 아침엔 출발해야 해."

"그래, 갈 길이 머니까."

"젠장, 기껏 기어나온 카드미엘에 내 발로 걸어 들어가야 한다니, 정말 속 뒤집히는군."

"안 가셔도 좋습니다."

기엘이 그때까지 쥐고 있던 라이트를 천천히 내려놓으면서 말했다.

"누가 안 간다고 했어?! 속 뒤집힌다고 했지!! 아으— 짜증나!

이봐, 로운. 저 기사 양반 좀 어떻게 안 될까?"

"가능하면 그렇게 했겠지. 안 그래?"

"으으, 내 팔자야!"

"그래도 평소에는 상당히 얌전하니까 좀 봐줘. 임시 특별 상황이니까."

"하아… 그렇긴 그렇지."

새조차도 울부짖지 않는 새카만 새벽.

세 남자는 고요한 하늘을 바라보면서 긴장되었던 신경을 하나씩 풀어 내리기 시작했다. 하지만 그만큼 강행된 일정으로 인한 피로와 허탈함, 그리고 불안감이 그들의 마음속에 가라앉기 시작했다.

멀고 먼 카드미엘.

그곳에 가는 데 또 얼마만큼의 시간과 노력이 필요하게 될지, 세 사람 중 어느 누구도 알 수 없었다.

＊　　　＊　　　＊

저벅 저벅 저벅.

저벅 저벅 저벅.

단조로운 발자국 소리가 이어졌다.

오른쪽으로 저벅 저벅 저벅. 다음에는 왼쪽으로 저벅 저벅 저벅.

그리고 다시 반복.

미타 남작은 자신의 앞에서 지금 수십 번을 왔다 갔다 하고 있는 로렌에게 조금 짜증이 나기 시작했다.

지금 그들이 와 있는 곳은 예의 그 문제의 엘러가 있는 곳 바로 문 앞이었다.

하지만 신이 나서 훨훨 날아온 로렌 황자는 올 때의 그 가벼운 걸음과는 달리 바로 문 앞에서 이렇게 수십 번은 왔다 갔다 하며 망설이고 있는 것이다.

"흐음, 위험하지 않을까?"

"…그렇게 생각하신다면 만나지 마십시오, 전하."

"하지만 그래도 직접 보고 싶은걸."

울컥하고 화가 치밀어 올라왔지만 화를 낼 수는 없었다.

상대가 황태자이니 누가 화를 낼 수 있을까? 이런 심정은 아까부터 그 문제의 문을 단단히 지키고 있던 병사들도 마찬가지였다.

들어갈 것인지 말 것인지 결정 내려주지 않는다면 계속 이렇게 긴장한 채로 있어야 한다.

"흐응…."

미타 남작은 로렌이 왜 이렇게나 갈등을 하고 있는 것인지 사실 이해가 잘 가지 않았다. 그렇게 만나고 싶어했고, 그리고 며칠이나 두근거리며 기다려 온 상대인 것이다.

"전하, 시간이 흐릅니다."

"아아…."

턱에 손을 대고 초조한 느낌으로 뚜벅뚜벅 걸어다니던 로렌이 미타 남작의 말에 간신히 그 걸음을 멈추었다.

"뭐, 좋아. 만나지. 만나고 나서 결정하겠어."

도대체 무엇을 결정하겠다는 것인지 도통 짐작이 가지 않았지만 여하튼 남작은 로렌이 결정을 내려준 것만으로도 고마웠다.

미타 남작의 손짓에 이제나저제나 기다리던 경비병들이 문을 열었다.

“에메렌?! 에메렌이 여기 있었나?”

“전하.”

풍부한 갈색 머리의 여자가 로렌의 목소리가 들리자 사뿐히 뛰어와 그의 앞에 몸을 숙였다.

“아니, 고개를 들어도 좋소. 에메렌에게까지 예의를 요구하고 싶은 생각은 없으니까. 그런데 어떻게 된 거지? 에메렌이 여기에 있다니.”

로렌이 미타 남작을 바라보았다.

“결례인 줄 알면서도 제가 부탁을 드렸습니다.”

“간만입니다, 전하. 많이 자라셨군요.”

“아아, 뭐어…”

시안을 만나러 온 로렌은 뜻밖의 상대가 자신을 맞이하는 바람에 조금 당황하고 있었다.

에메렌. 그녀는 올해 스물네 살이 막 된, 아직도 아름다움을 그대로 간직하고 있는 고아한 여성으로, 로렌 황태자를 6살 때까지 기르다시피 한 유모의 친딸이며 일종의 젖형제라는, 특별하지는 않아도 꽤나 독특한 이력을 가지고 있는 여자였다.

18세가 되자마자 고향의 지방 귀족과 결혼을 하여 궁을 떠나 있던 그녀가 갑작스럽게 다시 입궐을 해 있는 것이다.

“너무 그렇게 일을 많이 하시면 안 됩니다. 얼굴이 많이 상하셨어요.”

이렇게 로렌에게 말할 수 있는 사람은 정말로 이 궁에는 그녀밖에는 없다. 형제와 자매가 많기는 하지만 사실 거의 모두 배다른 형제 자매였기 때문에 오히려 로렌의 입장에서는 젖형제처럼 자란 유모의 딸인 에메렌에게 남다른 애정을 가지고 있었다.

"뭐어… 에메렌이 그렇다면 그런 거겠지. 아, 그런데 그녀는?"

에메렌을 보고 잠시 당황했던 로렌은 곧 정신을 차리고 본래의 목적을 떠올렸다.

"후훗, 나이가 드니 전하의 여러 가지 얼굴을 보게 되는군요."

"에메렌!"

"아닙니다, 전하. 이쪽으로."

왠지 살며시 짓궂은 미소를 짓고 있는 듯한 그녀의 안내로 로렌은 안으로 들어섰다.

상쾌한 공기가 그를 맞이했다.

"아직은 제대로 정신을 차리지 못했어요. 사정을 들으니 아주 안 좋은 일을 겪었다고 하더군요. 잠시만 기다리세요."

그녀의 눈치로 봐서 아마도 정확한 사실은 잘 모르는 듯싶었다.

에데렌은 살짝 물러나 침대 가로 다가갔다.

투명하고 하얗게 드리워진 기다란 천이 사라락 소리를 내면서 양옆으로 갈라졌다.

그리고 그의 눈앞에 어떤 보석보다도 투명하고, 어떤 천보다 부드러우며 긴, 아름다운 은백색의 머리카락을 가진 한 소녀가 드러났다.

꿈을 꾸는 듯한 두 눈이 새하얗고 투명한 눈꺼풀에 덮혀 있다가 나타났다.

반짝이면서도 깊은 색조를 가진 은회색의 눈동자가 신비한 빛을 발했다.

"……"

무의식 중에 날리는 긴 머리카락이 살아 있는 것처럼 하늘거렸다. 아무것도 모르는 보통 사람들이 보았다면 섬뜩할 만한 그 광경을 로렌은 넋을 잃고 바라보고 있었다.

새하얀 머리카락과 그 머리카락보다도 더 새하얀 눈썹, 새하얀 이마.

폐를 가득 채우는 청량한 공기의 끝, 그 시작 점에 그녀가 있었다.

"…이름은 시안이라고 합니다. 그래도 이름을 부르면 반응을 하지요."

안쓰럽다는 듯 에메렌이 말했다.

로렌은 마치 그 상쾌한 공기의 내음에 취한 사람처럼 천천히 시안에게 다가갔다.

"시안…?"

로렌이 그녀의 이름을 부르자 순간 잔잔하게 흐르던 공기의 흐름이 멈칫했다. 그것은 주위에 있는 사람들도 확연히 느낄 수 있을 정도였다.

이름이 불리자 투명한 은회색 눈동자가 천천히 자신의 이름을 부른 남자의 얼굴을 바라보았다. 그녀가 고개를 들자 그녀의 몸에서 잔잔한 바람이 불어 나왔다.

"……"

시안의 손이 가만히 로렌의 얼굴 쪽으로 올라왔다.

로렌은 그 손을 살며시 잡고 말했다.

"로렌. 로렌 네세크 카루인 라이너드입니다."

"로… 렌."

로렌이 희고 고운 시안의 손에 살짝 입을 맞추자 시안이 천천히 그의 이름을 불렀다.

“맞아요. 로렌입니다.”

“그게 사실입니까?”

“그렇습니다. 이례적인 일이라고 황태자 궁의 시녀들이 입을 모으고 있다고 하더군요.”

황성에는 난데없는 소문이 돌기 시작했다.

도통 여자에게는 관심이 없다고 알려져 있던 황태자가 갑자기 어디선가 데려온 이상한 여자에게 완전히 빠져들었다는 소문은 삽시간에 황성 곳곳으로 펴져 나갔다.

물론 실상을 알고 있는 사람들은 그 소문이 100% 사실은 아니라는 것을 알고 있었지만, 그렇다고 해서 그것을 부정할 수만도 없었다. 실제로 로렌 황태자가 ‘그녀’에게 온통 정신을 빼앗기고 있는 것은 사실이었기 때문이다.

“전하, 아무래도 위험하지 않겠습니까?”

“어떤 점이요?”

슥, 슥, 슥.

로렌은 자신의 앞에 내밀어진 서류에 사인을 했다.

‘이것으로 끝인가?’

나이가 지긋한 반백의 노인 한 명이 건너편에 서 있었다. 로렌은 그를 한번 힐끗 쳐다보았다가 자신이 들고 있던 서류 아래에 또 다른 서류가 있다는 것을 알아채고는 그 서류를 집어 올렸다.

“걱정은 적당히 해도 좋습니다. 뭐, 그녀를 후궁으로 들이겠다거나 하는 것은 아니니까.”

“……”

애첩 정도라면 문제가 없을 것이라는 소리가 목구멍까지 나왔지만 그는 차마 그것을 입에 올리지는 못했다.

"소문을 들으니 그… 그분께서는 정상이 아니시라던데…."

감히 황태자인 로렌에게 이렇게 말할 수 있는 것은 그가 황태자의 숙부이기 때문일 것이다. 현 황제의 마지막 동생이자 로렌의 후견인 자격으로 당당하게 이 황성에 머물고 있는 얼마 안 되는 인척 중의 하나인 그는 요즘 들려오는 이런저런 소문을 확인하고자 이렇게 로렌을 방문했다.

도통 여자들에게 눈길 한번 주지 않아 은근히 걱정을 하고 있던 차였기에 들려온 소문은 나름대로는 반가운 소문이었지만, 그 뒤편으로 들려온 사실은 그렇게 유쾌한 사실이 아니었다.

"어떤 자들이 숙부님께 그런 소리를 함부로 전했는지는 모르겠습니다만, 그리 신경 쓰실 필요는 없습니다."

부드럽게 자신을 바라보던 로렌의 눈빛이 순간 날카로워지는 것을 느낀 베로쉬는 남모르게 작게 한숨을 쉬었다.

"전하께서 그리 말씀하시니 이 늙은이는 섭하군요."

"……."

로렌은 마지막 서류에 사인을 하다 말고 멈칫 손을 멈추었다.

소문과 소문, 그리고 또 소문.

이 궁에는 입이 너무나 많다. 그렇다고 함구령을 내릴 수도 없는 일.

로렌은 나름대로 짜증을 내고 있었다.

"하루 날을 잡아 숙부님 내외를 제 궁으로 초대하겠습니다. 그럼 궁금증이 풀리시겠는지요."

"…듣던 중 반가운 말씀이시군요."

간단하게 대답하는 숙부를 보고 로렌은 쓴웃음을 지었다.

"황태자비를 들이는 것은 좀 더 심사숙고할 문제라고 생각합니다. 설마 제가 황비 따위는 필요없다고 말씀드릴 리가 없지 않습니까? 걱정은 접어두십시오."

베로쉬가 굳이 말하지 않아도 그가 무슨 말을 하고 싶은 것인지 로렌은 대충 눈치를 채고 있었다. 숙부가 자신을 방문할 때면 꼭 한 마디에서 두 마디, 때로는 끝없이 설교를 늘어놓고 싶어한다는 것을 그는 익히 알고 있었다.

만일 로렌 자신이 제1황자였다면 저런 문제는 재고할 필요도 없었을 것이다. 하지만 그는 삼황자였고 어느 누구도 그가 뒤늦게 정통 계승자인 일황자를 제치고 황태자가 되리라고는 생각지도 않았다.

권력과는 전혀 상관이 없었어야 당연했던 삼황자에게 어느 귀족이 자신의 금지옥엽을 내어 주었겠는가. 그 때문에 로렌에게는 위의 두 형님과는 달리 혼약자가 없었다.

"황태자비는 제가 직접 고를 생각입니다. 그리고 아버님께도 이미 허락을 얻었습니다. 일단 아버님의 병환도 있고, 조금 더 시간을 가지고 싶은 것이 제 마음입니다. 이해해 주시겠습니까?"

권력과는 거리가 멀지만 그래도 그의 숙부를 무시할 수는 없기에 로렌은 짜증을 억누르며 부드럽게 말했다.

'후우, 숙부님보다는 차라리 시안과 얼굴을 마주 대는 편이 좋은데 말이야.'

마음은 이미 저 멀리 콩밭에 가 있는 로렌.

그는 남은 일이 무엇이 있나 곰곰이 생각을 했다.

"자아, 그럼 이만 이 늙은이는 물러날까 합니다."

"아, 예. 숙부님."

다행이 눈치 있게 일어나 주는 숙부에게 로렌은 마음속으로 감사
를 표했다.

"다음번에는 좀 더 좋은 소식이 제게 들려왔으면 합니다."

새빨간 장미가 한가득 피어나 있는 화려한 정원.

그 한구석에 이 세상과는 상관없는 듯 보이는 희고 빛나는 존재
가 앉아 있었다.

따스하게 내리쬐는 햇빛을 그대로 한 몸에 받으며 하염없이 미세
하게 흔들리는 장미 봉오리만을 바라보고 있는 은회색 눈.

그 눈에는 조금의 생기도 없었다.

"시안님, 들어가실 시간입니다."

"……."

에메렌이 다가와 그녀를 불렀지만 시안은 손가락 하나 꼼짝하지
않았다.

반응이라고는 그녀 대신 그녀의 주위를 맴돌던 바람이 순식간에
사라지는 것뿐.

에메렌은 갑작스럽게 불려와 자신이 돌보고 있는 이 신비한 아가
씨의 주위에 이렇게 늘 불고 있는 바람이 이상하기는 했지만 전혀
내색을 하지 않았다.

"로렌 전하께서 기다리고 계십니다."

"…로렌?"

그나마 이 아가씨가 반응을 보이는 사람이 다른 이가 아닌, 로렌
황태자라는 것에 조금 안도를 하고 있을 뿐이다.

어느 것에도 관심이 없고, 아무리 좋게 봐주어도 결코 제정신이
라고 할 수 없는 시안이 반응하는 상대는, 현재로써는 로렌뿐이었

다. 가끔 검을 들고 있는 기사들을 보면 흠칫흠칫 놀라기는 하지만 이름을 기억하고 있는 상대는 그뿐인 것이다.

"네. 로렌 전하께서 시안님을 기다리고 계십니다."

에메렌은 힘없이 늘어져 있는 시안의 손을 부드럽게 잡아당겼다.

"나중에 로렌 전하께서 돌아가시면 그때 다시 나오시면 됩니다."

아무것에도 반응하지 않는 시안이 좋아하는 것은 이것뿐이다.

쉴 새 없이 바람이 불어오는 이 화려한 정원의 한가운데 넋을 놓고 앉아 있는 것.

그녀는 적어도 시안이 제정신으로 돌아올 때까지는 책임지고 그녀를 돌보겠다고 마음먹고 있었다. 어떤 끔찍한 일을 겪었기에 이런 상태가 되어 있는지는 모르겠지만 왠지 보호 본능을 불러일으키는 시안에게 에메렌은 로렌 못지 않게 마음을 빼앗기고 있었다.

"자, 따라오세요."

시안의 눈이 자신의 뺨을 스치는 바람을 따라 하늘로 올라갔다. 묘하게 기분이 좋아 보이는 시안을 바라보던 에메렌이 말했다.

"바람이 좋으신가요?"

"……"

시안이 손을 들자 지나가던 바람이 그 손가락 사이를 맴돌아 빠져나간다.

에메렌이 다시 시안의 한쪽 손을 당겼다. 그 손에 이끌려 시안은 천천히 발걸음을 옮겼다.

*　　　*　　　*

"메. 하니다."

앞으로 길게 뻗은 기엘의 두 손바닥 사이에 작은 바람이 일렁였다.

그 아래위로 로운의 손이 더해졌다.

"메. 하니다."

똑같은 주문이 로운의 입에서도 흘러나오자 작은 바람은 이제 소용돌이가 되어 손바닥 사이에서 맴돌기 시작했다.

손가락 사이로 실낱 같지만 강한 힘을 가진 바람이 새어 나온다.

그 바람은 밖으로 힘을 뻗는 동시에 두 사람의 손바닥을 뚫고 안으로 안으로 파고들었다. 피곤해진 신경과 근육을 두드려 깨우면서 온몸으로 퍼져 나가는 정화의 바람.

정화의 바람이 신경 끝까지 이르는 것을 느낀 두 사람의 입에서 동시에 하나의 주문이 흘러나와 완성되었다.

"로운 디 로크레슈. 바람의 이름 미메이라의 시작… 엘-메타모르포시스 오프(el-metamorphosis off)."

"기엘 디 하라스다인. 바람의 이름 미메이라의 시작… 엘-메타모르포시스 오프(el-metamorphosis off)."

주문이 완성되는 순간 화악― 하고 그들의 손에서 은백색의 빛이 뿜어 나왔다.

그 빛은 손끝에서 시작되어 팔을 타고 올라가 온몸으로 감겨 들었다.

이리야는 이전에도 한번 목격했던 그 광경을 경이롭다는 눈빛으로 지켜보고 있었다.

잠시 후 두 사람이 원래의 은백색 머리카락으로 돌아온 것을 보고 이리야는 한숨을 내쉬었다.

“왜 이제 와서 다시 원래대로 돌아오는 거지? 위험하지 않을까?”

가볍게 숨을 고르는 두 사람을 보면서 이리야는 갈색으로 변해 있는 자신의 머리카락을 매만졌다. 나름대로 자신의 그 짙푸른 머리카락을 좋아하기는 하지만, 다른 사람의 시선을 받지 않고 여러 곳을 아무렇지도 않게 돌아다닐 수 있다는 것이 더 마음에 들었다.

“쓸데없는 곳에 힘을 쓸 여유는 없으니까.”

“현재로써는 하세카로부터의 위협도 거의 사라진 것 같은데 굳이 머리 색 같은 것에 연연해할 필요가 없다고 생각합니다.”

이리야에게 더 이상 설명을 할 필요는 없다고 생각한 기엘이 대답했다.

물론 속 사정은 다르다. 시안을 언제 다시 만날 수 있을지 기약도 없다. 머리카락에 건 변환술을 유지하는 데 사용되는 엘이 비록 미미할지라도 현재로써는 조금이라도 불필요한 곳에 사용되는 힘을 최대한으로 줄이고 싶은 것이 그의 심정이었던 것이다.

“머리 색에 연연해하는 게 아니라, 내 말은 그 머리로 카드미엘을 활보하는 건 ‘제발 저 좀 잡아가 주십쇼’라고 광고하는 거나 마찬가지란 얘기야.”

“가리고 다닐 거야. 기엘, 머리카락 좀 잘라줄래?”

“아….”

그렇게 긴 머리는 아니지만 어깨 선에서 간당간당하는 머리카락을 이리저리 만져 보던 로운이 말했다.

“내 솜씨가 별로인 것은 알지?”

“물론. 절대로 최악인 것은 알지만 어쩔 수 없잖아.”

상당히 불만이라는 듯이 로운이 말했다.

칼 솜씨(?)가 좋기는 좋지만 그것은 검술에 한해서이다. 사람에게는 누구나 잘할 수 있는 것이 있고, 못하는 것이 있는 법.

"참 재미있단 말야. 겉으로 보기엔 꽤나 잘할 것 같은데. 이리 줘봐."

기엘이 주춤거리며 날이 새파랗게 선 단도를 들고 있는데 이리야가 한숨을 내쉬면서 말했다.

"나도 솜씨는 별로지만 이 기사 양반보다는 나을 거라고 생각해."

이리야가 단도를 받아 들며 말을 이었다.

"하지만 아무리 그래도 머리카락 유지하는 힘까지 쓸모없다고 하는 건 좀 그렇잖아?"

"으음. 일종의 정신 통일을 위한 방법이라고 생각하시면 됩니다, 이리야 씨. 바람술을 쓸 때면 왠지 원래의 색이 아니면 기분이 이상해서요. 이리야 씨는 혹 그런 기분 드실 때 없으셨는지요?"

"난 그런 거 없어. 여하튼 핑계는 좋군."

사락사락 소리를 내면서 은색의 머리카락이 잘려져 나갔다.

그 모습을 보고 있다가 기엘은 조금 떨어진 곳에 자리를 잡았다.

이리야는 그가 무엇을 하려는지 바라보고 있다가 기엘의 손에 오로프의 새가 생겨나는 것을 보고 로운에게 말했다.

"연락도 안 온다면서 부지런히도 보내는군."

"연락이 없으니까…."

시안과 떨어진 이후로 두 사람은 번갈아서 미메이라로 연락을 넣고 있었다.

하지만 보통 이틀이면 돌아오던 답신이 이상하게도 돌아오지를 않고 있는 것이었다.

"별일없으니까 연락 안 하는 거 아닌가?"

"그럴 리가 없잖아. 시안님이 납치되었다고 연락을 넣었는데…."

"에헤— 우, 우악!!"

"이리야!!"

후두둑 하고 피가 떨어졌다. 한눈을 팔고 있던 이리야가 그만 손가락을 서걱하고 베어버린 것이다.

"아야야야야—!!"

"엄살 떨지 마, 이런 정도로!"

"우아— 이리야 죽는다!"

"시끄럽다니까!!"

"이리야 씨, 손을 이리로."

불안한 마음을 감추려는 듯 세 사람은 작은 일에도 시끄럽게 소란을 떨었다.

"우어— 젠장. 이놈의 칼을!"

"그러니까 가위라도 구했으면 좋잖아, 로운."

"그런 거 구할 시간 있으면 빨리 가지고 한 게 누군데."

"하지만…."

"이리야, 시끄럽게 굴지 말고 엄살 떨 기운 있으면 회복 주문이라도 읊어!"

"매정하구만!"

"매정하기는. 치유술 쪽으로는 나보다 훨씬 솜씨가 있다는 거 알아."

"오호~ 말 잘했다."

생각을 하지 않으면 불안하지 않을지도 모른다, 다른 일에 정신을 팔면 조금쯤 안정이 될지도 모른다는 생각이 무의식 중에 그들을 소란스럽게 만들고 있었다.

＊　　　　＊　　　　＊

"대신관님!!"
"이게 무슨 소란인가."
대신관 카류는 조용한 아침 명상 시간, 갑작스럽게 중앙 홀로 뛰어든 견습 사제에게 반질책의 눈초리를 보내며 말했다.
"대신관님, 기, 기사님들께서…."
"……?"
"시, 신전이 포위되었습니다."
"뭐?"
카류는 놀라서 자리에서 일어섰다.

급하게 뛰어나간 대신관의 앞에 뜻밖의 인물이 보였다.
"이게 무슨 일입니까, 하라스다인 장로!"
"일이 그렇게 되었소."
"……."
그뿐만이 아니었다. 카류는 고개를 들어서 몇 명의 얼굴을 확인하다 말고 흠칫 그 자리에 얼어붙고 말았다.
미메이라의 전 수장, 레이죠 장로가 저 멀리 한가운데에 고즈넉하게 서 있는 것을 발견했기 때문이다.
"레이죠 장로님…."
카류와 눈이 마주치기가 무섭게 레이죠 장로 쪽에서 먼저 고개를 돌려 버렸다.

"얌전히 따라준다면 무력 행사는 하지 않겠소."

"도대체 이게 무슨 일인지 제게 설명을 해주실 분 안 계십니까?"

카류의 손이 분노로 떨리고 있었다. 도대체 이게 무슨 날벼락이란 말인가.

명색이 전 수장이라는 사람과 방위사로 수장을 지극으로 섬겨야 마땅한 사람이 신관을 무력으로 봉쇄했다는 것은 명백한 반역이었다.

"이렇게 서 있을 것이 아니라 일단 안으로 들어갑시다."

문득 들려온 목소리에 카류가 황급히 고개를 돌렸다.

로크레슈 장로였다.

"로크레슈 장로님, 당신까지…!?"

"인간의 일은 원래 예측을 못하는 법입니다."

하라스다인 장로가 레이죠 장로와 함께 나타났을 때 카류는 시안 일행을 노리고 있는 검은 암살단을 사주한 자들이 그들임을 직감했다. 그러나 로크레슈 장로가 나타나는 순간 카류의 머리 속에는 혼돈의 바람밖에 불지 않았다.

'틀림없이 하라스다인 장로 쪽이라고 생각했는데, 어떻게 레이죠 장로께서…'

불만이라는 것은 언제 어디서나 어떤 이유에서든 생길 수 있는 것이다. 그러나.

카류는 혼란한 와중에서도 재빨리 신전 앞에 길게 늘어서 있는 기사들과 병사들을 둘러보았다.

대부분의 기사들이 나이트 사아르로, 궁정 기사단 세아트 소속의 기사들은 보이지 않았다. 적어도 한둘 정도는 나이트 사아르 소속의 기사들을 지휘할 만한 자들이 있어야 함에도 불구하고 단 한 명

도 눈에 띄지 않는다는 것은 하라스다인이 신국 방위사임에도 불구
하고 군부를 전부 장악하지는 못했다는 소리가 된다. 물론 미메이
라에는 사실상 군부라고 부를 대상이 특별히 많지는 않다. 얼마 안
되는 세아트 소속의 기사들과 나이트 사아르들, 그들이 결국은 중
심 세력인 것이다.

그는 강직하기로 소문난 궁정 기사단 단장 모데스 디 크로운의
얼굴을 떠올렸다.

왠지 그가 무사하지만은 않을 것이라는 생각이 그의 머리에 떠올
랐다.

당장이라도 손짓 한번만 하면 신전의 성기사단 소속의 기사들이
전부 죽음을 불사하고 그의 명령을 따를 것이다. 하지만 그들의 숫
자는 지금 신전을 포위하고 있는 나이트 사아르들과 병사들에 대항
하기엔 턱없이 부족한 상황.

평화로 점철되어 있는 미메이라에 있어서 성기사단이라는 것은
식전 의례의 의미밖에 가지고 있지 않다. 비록 그들이 실력에 있어
서는 나이트 세아트에 뒤지지 않더라도 말이다.

"들어갑시다."

두 명의 장로가 카류를 재촉했다.

미메이라를 두 손 안에 넣고 좌지우지할 수 있는 최고 권력에 있
는 두 사람.

결국 카류는 두 손을 들고 말았다.

그날 부로 미메이라의 바람의 대신전은 나이트 사아르에 의해서
무력 봉쇄되었다는 소식이 전 미메이라로 퍼져 나갔다.

그리고 그 소식은 저 멀리 계승로에 나선 두 사람의 기사에게도
뒤늦게 전해졌다.

"이대로 대하 나하르까지 최단거리를 잡아서 가는 거지. 그리고 거기서 배를 구해서 북상을 하는 거야. 카드미엘에 들어가는 길로는 일단 이게 제일 빨라."

"…배를 타고 북상을 해? 이봐, 이봐. 아무리 내가 물의 술사라고 해도 거슬러 올라가는 게 어디 쉬운 줄 알아?"

"이리야 씨 힘을 빌리려는 것이 아닙니다."

건장한 체구의 남자 세 명이 머리를 맞대고 고민을 하고 있었다.

시켜놓은 음식과 음료수들은 뒷전으로 한 채 그들이 지금 보고 있는 것은 제국을 중심으로 작성된 지도였다.

그곳에는 그들이 현재 있는 곳과 앞으로 가야 할 목적지가 표시되어 있었다.

"말을 타고 가는 데는 한계가 있습니다. 이동 마법을 쓸 수 있는 것도 아니고, 일단은 조금 힘들더라도 빠른 길을 선택할 수밖에 없지요."

"그러니까 내 말이 그 말이잖아. 배를 타고 북상을 한다는 게 그게 쉬운 일인 줄 아느냐구. 게다가 나하르는 아슈레이 최대의 대하라구. 흐름을 타고 내려가는 것도 아니고 올라가자구? 웃기지 마. 난 안 해."

"당신더러 하라는 거 아니니까 안심해."

이리야가 말도 안 된다고 하면서 손을 내젓는데 로운이 묵필을 들고서 이리야의 시선을 끌었다.

"지도를 봐봐."

"보는 중이야."

"여기가 카드미엘이고, 여기가 미메이라의 키리엔이지."

새카만 점 하나가 아무것도 표시되어 있지 않은 한곳에 찍혔다.

미메이라의 남단이다.

"우리 식으로 설명하자면, 미메이라의 바람의 흐름은 이곳 키리엔에서부터 소용돌이처럼 불어 나가."

그렇게 말하면서 로운은 쓱쓱 미메이라를 중심으로 해서 휘어진 화살표를 몇 개나 그렸다.

"그건 미메이라의 경우잖아. 그걸 나한테 설명해서 뭐 하는데?"

"미메이라에 한정해서라면 설명할 필요가 없지. 그런데 이 흐름이 그대로 대륙 전체에 해당된다면?"

"에?"

"꼭 그렇지는 않지만 대략적으로 바람은 이렇게 불어. 반시계 방향으로."

로운은 미메이라에 그려놓았던 화살표를 연장하여 제국 쪽으로 길게 그려 넣었다.

길게 이어지는 화살표 중 하나가 나하르의 위를 통과하여 카드미엘 쪽으로 올라갔다.

"흐응."

"보통 사람이 느끼는 것과 우리가 느끼는 바람은 다르지. 여기서 내가 말하고 싶은 것은, 바람이 꼭 그렇게 부는 것은 아니지만 대륙 전체에 퍼져 있는 바람의 엘은 이런 방향으로 흐르고 있다는 거야. 물론 아직 시안님께서 제대로 의식을 다 거치시지 않았기 때문에 안정되어 있지는 않아도 이 정도면 나와 기엘 둘이서 그 흐름의 힘을 빌리는 것은 그리 어려운 일이 아니야."

"일단 나하르에도 분명 정기선이 있을 것이라고 생각합니다. 그 중 하나를 탄 후에 대기의 흐름을 조정한다면 강을 거슬러 올라가는 것도 큰 무리가 없습니다.”

“…허어, 당신들 정말 무모한 인간들이라는 거 알아?”

뭔가 이해가 잘 되지 않는 설명들뿐이다.

엘의 흐름이 어떻고, 대기의 흐름이 어떻고 하는 것은 그들이 전문가니까 그렇다고 해주겠지만 그것을 조정해서 어쩌고저쩌고하는 것만큼은 아무리 이해를 해주려고 해도 무리였다.

하기사 어떤 사람이 이런 말들을 이해해 줄까? 그나마 이만큼이나 알아듣고 있는 것도 자신이 엘러이기 때문이다. 아마도 일반 사람들은 이 인간들이 도대체 무슨 소리를 하고 있는 것인지 그 자체도 이해를 못할 것이다.

“그렇게 무모한 게 아닙니다. 이 경우에는 저희가 대기의 흐름을 바꾸려는 게 아니라 단지 그 힘을 빌리면서 조금 증폭시키려는 것이죠.”

“그러니까 그렇게 놀랄 필요 없어.”

“그거나 그거나잖아!! 에잇!”

설경을 들으나마나였다고 생각하면서 이리야는 지도를 걷어치워 버렸다.

“알았으니 밥이나 먹자구. 으… 정말이지 일행을 잘못 만나도 진짜 잘못 만났어. 평생을 후회할 거라구. 젠장할!”

김이 다 빠져 가는 맥주를 벌컥벌컥 들이마시며 이리야는 타는 속을 달랬다.

그나마 지난번의 그 폭주 이후로 나름대로는 꽤 얌전하다 싶었던 두 사람이 알고 보니 뒤로 호박씨를 까고 있었던 것이다.

“여기 맥주 한 잔 추가!!”

“…추가라는 소리, 아주 오랜만에 듣는 기분이군.”

“……”

“이봐!! 둘 다 우울해지지 마. 무슨 소리를 못하겠어. 참나.”

아닌 척하고 있지만 기엘이나 로운, 그리고 이리야 모두 식사를 할 때가 되면 누가 먼저랄 것도 없이 우울해진다.

다른 때는 몰라도 식사 시간만큼은 정확하게 챙기던 사람이 없어지자 일행의 식사 시간은 불규칙해졌다. 게다가 이렇게 가끔 음식을 먹기 위해 주점 같은 곳에 오게 되면 왠지 ‘추가’라는 단어가 금구가 되어버리는 것이다.

“먹자구, 먹어. 일단 인간은 먹어야 사는 거야. 아니, 살기 위해 먹던가? 아니면 먹기 위해 사는 것인지도 모르겠군. 특히 그 녀석은 그러고도 남아.”

그 녀석이 누구를 지칭하는지는 굳이 설명할 것도 없다.

기엘이 우울한 목소리로 대답했다.

“잘 계실지 걱정되는군.”

“어떻게 알아낼 방법 없어?”

“현재로는 불가능해. 지금 상태로는 어디에 있다 정도밖에는 안 느껴지니까. 상태를 알려면 좀 더 가까이 가야… 어?”

로운이 말을 하다 말고 벌떡 일어났다. 그것은 기엘도 마찬가지였다.

“…오로프다.”

“주인장, 여기 제일 높은 곳이 어디죠?”

“아아, 위층으로 올라가 보쇼. 제일 높지는 않아도 우리 여관 지붕도 꽤 높으니까. 계단을 따라 올라가면 되는데… 갑자기 왜 그러슈?”

“실례 좀 하겠습니다.”

그리고 이리야가 말릴 사이도 없이 두 사람은 다투어 후닥닥 계단을 뛰어 올라가기 시작했다.

연락이 끊어진 것이 벌써 오래전이다.

페이요트 산맥의 초입에서 의례적인 답신을 받은 것이 마지막.

그리고 첫 답신인 것이다.

"지붕으로 올라가."

"알았어."

3층까지 단숨에 뛰어 올라간 로운에게 기엘이 말했다. 그들은 활짝 열려져 있는 창문으로 몸을 내밀고 주문을 외워 가볍게 지붕 위로 뛰어 올라갔다.

"로운 디 로크레슈. 나이트 로운의 명령이다. 오로프의 새여— 그대의 모습을 드러내어 주인의 말을 전하라. 아샨."

로운이 팔을 뻗어 높이 쳐들었다.

하지만 그의 손끝에는 아무것도 나타나지 않았다.

"어? 이상한데. 분명히 오로프의 기운이 느껴지는데…."

"내가 해볼게, 혹시 모르니까. 기엘 디 하라스다인 나이트 기엘의 명령이다. 오로프의 새여— 그대의 모습을 드러내어 주인의 말을 전하라. 아샨."

일반적으로 연락은 대신관이 로운에게 전해왔다. 그러나 이번만큼은 그 수령자가 다른지 시간이 얼마 걸리지 않아 기엘의 손끝에 희미한 새의 형체가 만들어지기 시작했다.

"어쩐 일이지? 내가 아니라 너라니."

"모르지."

흐릿하게 나타난 새의 형체가 날갯짓을 몇 번 연거푸 했다. 그리고 희미한 광채를 내면서 빛나더니 곧 이어 투명하게 변하여 기엘의 손끝으로 스며들었다.

"……"

"누구야? 대신관님?"

"이게 무슨… 단장님께서 구금되셨다니…"

오로프의 새가 전하는 말은 그 수신자의 몸속으로 스며들어 거짓 없는 진실 그대로를 전한다.

"그게 무슨 말이야! 단장님이라면 궁정 기사단장을 말하는 건가?"

"……"

기엘은 할 말을 잃었다.

방금 전에 자신이 전해 받은 소식을 믿을 수가 없었기 때문이다.

"도대체 뭐야!! 말을 좀 해봐."

"신전이 봉쇄되었대. 연락은… 로엔이 한 거야."

"로엔?"

"내 수석 비서관이었는데…"

로운은 이미 기엘의 말을 듣고 있지 않았다.

그는 기엘의 팔을 붙들고 거칠게 물었다.

"정확하게 말해 봐."

"며칠 전에… 며칠 전에 갑작스럽게 로열 나이트 전체와 궁정 기사단, 나이트 사아르, 그리고 수련원에까지 전부 근신 명령이 떨어졌대. 그리고 나서 하루 만에 신전이 봉쇄되었다는 소식을 들었대. 연유는 알 수 없지만 나이트 사아르가 전부 동원되었고, 궁정 기사단장님께서는 구금되셨다는군."

"그게 말이나 돼?! 대신관님께서는 뭘 하신 거야!!"

"로엔 역시 현재 수련원에서 단 한 발자국도 나갈 수 없는 상태이고, 로열 나이트들도 대부분 자택에 연금되어 있는 것이나 마찬가지라고 하는군. 신전에 대한 것은 그 외에는 어떤 소식도 없어."

"그럼 시안님이 납치되셨다는 소식도 못 들으신 거 아니야?"

"그럴 가망성도 있어. 이게 도대체 어떻게 돌아가는 거지?"

당연히 있어야 할 답신이 없는 것에서부터 기엘과 로운은 나름대로 염려를 하고 있었다.

자신들이 떠나 있는 동안 그들의 아버지들이 무슨 짓을 할지 아무도 몰랐기 때문이다.

그러나 설마 설마 하던 일이 이런 식으로 일어나게 될 줄 누가 상상할 수 있었을까?

"아버님인가…."

로운의 표정이 심각해졌다.

"아니, 우리 아버님이실 가능성이 더 많아. 너희 아버님은 이미 포기하신 거 아니었어?"

"하지만 왜? 왜 지금 그러시느냐구!"

"내가 어떻게 알아!! 화내지 마!!"

"화를 내는 게 아니야!!"

작은 나라이지만 나름대로 내전이 일어나지 않는 나라는 아니다.

무엇보다 실력이 우선시 되었던 신국이기에 더 더욱.

하지만 지금까지 이렇게 수장 계승자가 계승로에 있는 동안 반란이 일어난 적은 단 한 번도 없었다.

그러나 현재의 상황은 다름 아닌 대신전의 무력 봉쇄.

수장위가 비어 있는 동안 수장 대리의 임무를 맡은 것은 다름 아닌 대신관이다.

"빌어먹을, 왜 이렇게 꼬이는 거야!!"

로운이 화를 내고 있는 동안 기엘은 한쪽으로 물러나 주문을 외웠다.

"나이트 기엘의 명령이다. 로엔 튜프레온에게 전하라. 상세한 정보를 청한다. 오로프."

연락의 새가 날갯짓을 하며 사라지자 기엘이 로운에게 냉정한 목소리로 말했다.

"일단은 시안님부터 찾는다. 그리고 나머지는 연락이 오면 그때 생각하자구. 진정해, 로운. 현재 우리가 해야 할 일은 따로 있잖아."

"제길!! 아버님은 도대체 무슨 생각을 하고 계시는 거야!!"

"……"

"시안이 돌아가서라면 또 몰라."

"누가 주체인지도 모르잖아."

"누가 알아!! 하셰카에 의뢰한 것이 아버님일 수도 있어!!"

"설마, 네가 있는데."

"그 인간은 그러고도 남아."

"로운!!"

아버지에 대해서라면 왠지 자제심을 곧장 잃곤 하던 로운을 자주 봐왔던 기엘이다.

기엘은 단호한 어조로 로운에게 말했다.

"지금은 확인된 것이 아무것도 없어. 게다가 키리엔에서는 우리가 이런 연락을 받았을 것이라고는 생각도 못하고 있을 거다. 설사 무슨 일이 일어났다고 해도, 대신관님께 어떤 위해가 가해지지는 않을 거야. 뭐니 뭐니 해도 대신관님이다. 무슨 말인지 알지?"

"……"

"네 입장에서는 어떨지 모르지만 내 머리 속에는 키리엔에 대한 것보다는 시안님에 대한 생각밖에 없어. 그리고 그게 내가 지금 해야 할 일이고. 그건 너한테도 해당되는 말이다."

"…젠장."

"나더러 머리를 식히고 정신을 차리라고 했지. 이번에는 그 말을 너에게 돌려주지. 머리 식히고, 그리고 냉정하게 생각해. 날 제어할 수 있는 것은 현재로써는 너밖에 없어. 너마저 흥분을 해버린다면 난 나 자신을 제어할 만한 자신이 없다구."

자신이 현재 시안 이외에 어떤 것도 안중에 없다는 것을 기엘은 잘 깨닫고 있었다. 그렇기에 그의 말은 더 더욱 로운에게 진심으로 와 닿았다.

로운은 세차게 머리를 흔들고는 고개를 들었다.

"미안하다."

"좋아."

"후우~ 참, 별일 다 일어나는군."

"예언의 현자 마샤님이 아닌 이상, 미래를 누가 예측할 수 있겠어."

"그렇겠지."

"내려가자. 이리야 씨가 기다릴 거야. 둘 다 미친 사람처럼 뛰어나왔으니."

"그 자식은 좀 혼자 놔둬도 돼. 내려가고 싶으면 먼저 내려가라. 나는 좀 더 머리를 식히고 내려갈 테니까."

로운은 털썩하고 그 자리에 주저앉았다.

"자살 희망자로 보이지 않게 적당히 하고 내려와."

"흥, 3층 지붕에서 뛰어내린다고 누가 죽겠어?"

"그러니까 소란이 될 수도 있다는 거지. 그럼 먼저 내려갈게."

그 말을 끝으로 기엘이 먼저 훌쩍 뛰어 내려갔다.

뒤에 남은 로운은 그런 기엘을 바라보다가 고개를 들어 하늘을 바라보았다.

저녁 하늘의 붉은색이 그의 눈으로 빨려 들어갔다.

'…정말 예측 불허의 일들만 일어나는군.'

흐르는 바람과 함께 그의 상념은 미메이라로 날아가기 시작했다.

누가 뭐라고 해도 결국 그는 미메이라인인 것이다.

'언제쯤 돌아갈 수 있을까? 아니, 돌아갈 수나 있을까?'

*　　　*　　　*

"또 올라가셨다구?"

"예. 말리려고 했습니다만, 워낙 막무가내셔서."

서슬 퍼런 에메렌의 앞에서 시녀들이 변명을 하면서 주춤주춤 뒤로 물러났다.

"어제도 그러다가 쓰러지시지 않았어?! 무슨 수를 써서라도 말렸어야지!!"

"하지만…."

에메렌은 결국 한숨을 내쉬고 말았다.

시안을 말리지 못하는 그녀들의 심정을 어쩔 수 없이 이해해 줄 수밖에 없었기 때문이다.

실제 사정이 어찌 되었든 간에 현재 카드미엘의 황태자 궁에서 시안에게 이래라저래라 명령을 할 수 있는 사람은 단 한 사람도 없기 때문이다.

로렌이 아침저녁으로 시안의 상태를 체크하기 위해 꼭꼭 그녀의 방에 드나든다.

그녀의 방에서 밤을 지샌 적은 단 한 번도 없었지만 다른 사람의 눈에 그것이 어떻게 비칠지는 뻔하다.

'후우, 조금씩 정신을 차려가시는 것 같아 다행이지만….'

그것 말고도 시녀들이 차마 시안에게 가까이 가지 못하는 이유가 또 하나 있다.

그것은 그녀가 처음 이 궁에 왔을 때, 아직 말 한마디 제대로 하지 못했을 때의 일이다.

조금만 시안이 싫어할 만한 일을 시키거나 억지로 그녀의 행동을 막으려 하면 바로 그녀의 몸에서 이상한 바람이 불어 나왔던 것이다.

그 바람은 결코 누구에게 해를 줄 정도는 아니었지만, 보통 사람의 입장에서는 온몸에서 수시로 불규칙한 바람을 마구 뿜어대는 시안이 평범한 사람으로 보일 리가 없다.

어메렌과 로렌의 엄중한 명령에 의해서 그런 사실에 대해 함구령이 내려지긴 했지만 그렇다고 해서 사실이 거짓이 되지는 않는다.

에메렌 역시 그런 시안이 두렵기는 했지만, 아무 데도 의지할 데 없는 불쌍한 아가씨라는 생각을 하면서 두려움을 삭이고 있었다. 무엇보다 그녀 자신이 의외로 그런 기이한 것에 영향을 많이 받는 타입이 아니었다는 것이 크게 작용하기도 했다.

"내가 올라가 볼 테니 혹 전하께서 오시면 또 시안님께서 탑에 올라가셨다고 전하도록 하게."

"예, 에메렌님."

일단 탑 꼭대기에 올라간 이상 쓰러지거나, 아니면 스스로 피곤해서 내려오는 경우가 아니라면 그녀를 거기서 끌고 내려올 사람은 단 한 사람, 로렌밖에 없다.

어째서 시안이 다른 사람의 말은 절대로 듣지 않으면서 로렌의 말은 듣는 것인지 아무도 그 이유를 알 수 없었지만, 여하튼 시안은 로렌의 말만큼은 들어주었던 것이다.

시안이 조금씩 정신을 차리기 시작한 것은 그녀가 이 궁에 도착한 지 나흘째였다.

그전까지는 누가 뭐라고 해도 말 한마디 하지 않다가 그나마 이제는 배가 고프다던가 하는 아주 기본적인 의사 표시를 하기 시작했던 것이다.

문제는 그녀가 조금 정신을 차린 후부터는 어떻게 알았는지 눈을 떼기만 하면, 또는 아무도 그녀를 말리지 않으면 바로 황태자 궁의 제일 높은 탑 위로 올라가기 시작한 것이다.

시안이 왜 그런 행동을 하는지 알 수 있는 사람은 아무도 없었다.

그녀가 탑에 올라가기 시작한 것이 벌써 삼 일째.

누구도 말릴 수가 없어서 그녀는 하루 종일, 쓰러질 때까지 그저 넋을 놓고 바람을 맞으며 먼 곳을 바라보고만 있었다.

"시안님."

"……."

에메렌이 살며시 시안을 불렀지만 아니나 다를까 시안은 고개조차 돌리지 않는다.

"시안님, 몸에 좋지 않습니다. 저와 함께 내려가시지요."

"……."

살며시 시안의 팔을 잡으며 에메렌이 다시 말했다.

손끝에 잡힌 시안의 몸이 차갑게 식어 있다는 것을 깨닫고 에메렌이 그녀의 몸을 잡아당겼지만 시안은 그런 에메렌의 팔을 가볍게 쳐내 버렸다.

"누군가를 기다리시는 건가요?"

자신의 힘으로는 절대 시안을 아래로 끌고 갈 수 없다는 것을 삼일 동안 처절하게 깨닫고 있던 에메렌이 포기한 듯이 물었지만 시안에게서는 역시 아무런 대답이 돌아오지 않았다.

"후우… 전하께서 돌아오시면 또 걱정을 하실 겁니다. 시안님."

그녀는 들고 있던 두터운 숄을 시안의 몸에 둘러주었다.

햇살은 따스하지만 이렇게 높은 탑에 불어오는 바람은 상당히 차가웠다.

흘러내리는 숄을 몇 번이나 시안의 어깨에 고쳐서 둘러주던 에메렌은 결국 포기하고 말았다.

이 상태면 로렌이 돌아오기 전까지는 계속 이러고 있을 것임에 틀림이 없기 때문이다.

"내키시면 언제든 내려와 주세요. 시안님."

하염없이 먼 곳만을 바라보고 있는 시안 옆에 마냥 있으려고 해도 에메렌은 그것이 자신에게는 약간 무리라는 것을 알고 있었다.

처음에는 혹시나 뛰어내릴까 걱정돼서 몇 명의 시녀를 포함해서 교대로 지키고 있었지만 그럴 위험이 거의 없다는 것을 깨달은 이후로는 마냥 그녀를 혼자 두고 있는 형편이다. 무엇보다 시녀들이 시안의 옆에 가는 것을 꺼려하는 이유도 있었다.

"잠시 후에 식사를 가지고 다시 오겠습니다."

"……."

에메렌이 사라지고 나서도 시안은 멀고 먼 곳에 눈을 고정시킨 채 그 자리에 굳어버린 석상처럼 손가락 하나 꼼짝하지 않고 서 있었다.

휘이이이잉—

한참을 그러고 있는 시안의 주위로 거센 바람이 불어왔다.

시안의 흐린 눈이 순간 크게 떠졌다.

불어온 바람이 그녀의 바로 앞쪽에 둥글게 소용돌이치면서 희미하게 빛나기 시작했다. 그와 동시에 시안의 몸에서도 은백색의 광채와 함께 바람이 스며 나왔다.

그것은 동시에 인간의 형체로 굳어지면서 점점 색채를 띠어가기 시작했다.

얼굴과 목, 가슴과 다리, 그리고 마지막으로 은백색의 머리카락까지. 마치 거울을 사이에 두고 있는 것처럼 거의 흡사한 인간의 형체가 바람과 함께 시안의 앞과 뒤에 나타났다.

"…케인."

약속이라도 한 것처럼 시안의 입에서 작은 목소리가 흘러나왔다.

"아니, 내 이름은 유린이다."

시안의 앞쪽, 아무것도 없는 공간에 나타난 존재가 미소를 지으면서 대답했다.

"유… 린?"

시안의 뒤쪽에 형체를 드러낸 세나케인이 앞쪽으로 다가와 시안의 몸을 감쌌다.

"왜 나타났지?"

순간 유린이라고 자신의 이름을 밝힌 형체가 일렁였다.

"바람의 힘, 바람의 의지 세나케인이여."

"……."

"시간이 없다. 이런 곳에 머물 이유도 없다."

"유린, 그대가 나타날 이유도 없지 않은가. 아직 시간은 많을 텐데?"

"아니, 시간이 부족하다."

"……."

"세나케인, 그대가 각성할 정도의 힘이다. 더 이상은 지체할 수가 없다. 그리고 나를 부른 것은 바로 그 바람의 계승자다."

유린의 시선이 시안과 마주쳤다.

"그렇지. 내가 각성했으니 유린, 그대도 각성을 할 수 있었겠지…."

세나케인의 형체가 서서히 흐려지기 시작했다.

"시안의 의지를 받아 가도 좋아. 하지만 시안의 수호자는 나다."

"인정한다. 바람의 계승자의 수호자인 그대가 허락하였으니, 나바람의… 는……."

불어오던 바람이 더 더욱 거세졌다. 그 바람은 이제 윙윙하는 거대한 신음 소리가 되어 시안이 서 있는 탑 전체를 맴돌기 시작했다.

유린의 마지막 말이 그 바람 소리에 묻혀 희미하게 들려왔다.

"계승자의 의지를 받아……."

휘이이이이잉—

세나케인의 모습이 사라짐과 동시에 유린의 모습이 흐려지기 시작했다.

시안은 무의식 중에 천천히 그의 팔을 높이 치켜 올렸다.

거센 바람의 한 자락이 그의 손끝을 스쳐 지나갔다.

그날 카드미엘에는 사상 유례를 찾아볼 수 없을 정도의 돌풍이
불었다.

그리고 그 돌풍이 불었던 바로 그때, 길고 긴 드래곤의 형상을 한
은빛의 바람이 카드미엘의 황태자 궁 상공에서 목격되었다는 소문
이 온 카드미엘에 퍼져 나갔다.

〈4권으로 이어집니다〉

아슈레이 세계

나메스
바라스
벤항일
리사다임
나유
카브리스
미메이라
호로스
킹리엔
카르모니아
가이칸 제국
디오카
자유도시 레카
제국수도 카드미엘
하나스
요하엘
케슈톤
폴리카르 강
페이요트 산맥
대하 나하르
2000. 10. 18